무아지경
無我之境

무아지경 4

이화영 新무협 판타지 소설

초판 1쇄 찍은 날 § 2003년 9월 10일
초판 1쇄 펴낸 날 § 2003년 9월 20일

지은이 § 이화영
펴낸이 § 서경석

편집장 § 문혜영
편집 § 장상수 · 권민정
마케팅 § 정필 · 강양원 · 이선구 · 김규진 · 홍현경

펴낸곳 § 도서출판 청어람
등록번호 § 제1081-1-89호
등록일자 § 1999. 5. 31
어람번호 § 제2-0255호

주소 § 경기도 부천시 원미구 심곡1동 350-1 남성B/D 3F (우) 420-011
전화 § 032-656-4452 팩스 § 032-656-4453
http://www.chungeoram.com
E-mail § eoram99@chollian.net

ⓒ 이화영, 2003

값 8,000원

ISBN 89-5505-819-5 04810
ISBN 89-5505-690-7 (SET)

이화영 新무협 판타지 소설

무아지경

無我之境

4 거자래인(去者來人)

도서출판 청어람

예리한 검날에 손가락들은
하나씩 하나씩 잘려 땅으로 떨어졌다

나는 조금 '둔한' 아이였다.

하지만 사람들은 나를 '착한 아이' 라고 불렀다.

내가 둔하지만 착한 아이가 된 것은 아버지를 사랑했기 때문이다.

아버지는 훌륭한 아버지에 대한 강박관념이 있었다. 늘상 '기르면서 가르치지 않으면 아버지의 잘못이다[養不敎 父之過]' 라는 구절을 외우고 다니셨다.

하지만 훌륭한 아버지가 되기엔 너무 바쁘다고 생각하셨던 것 같다. 그 뒤에는 반드시 '가르침에 엄하지 않으면 스승의 게으름이다[敎不嚴 師之惰]' 라는 구절을 빼먹지 않으셨으니까.

덕분에 나는 언제나 두 명의 늙은 글선생들과 지루한

시간을 보내야 했다. 글선생들은 주름이 가득한 얼굴로 아버지가 언제 돌아오시는지 물어보았다. 아버지가 돌아오실 때마다 글선생들의 양 손이 푸짐해졌기 때문이다. 아버지는 그것 때문에 글선생들이 날 효과적으로 가르칠 것이라 여겼지만 결과는 반대였다. 그들은 여물만 먹고 달리는 것은 싫어하는 늙은 말들 같았다.

내 어린 시절은 지루하기 짝이 없었다. 아버지가 돌아오시면 글선생들은 언제나 '착한 아드님'이 얼마나 얌전하고 말을 잘 듣는지 입에 침이 마르도록 늘어놓아 아버지를 기쁘게 했다.

아버지는 장사 때문에 집을 비우는 적이 많았다. 그런 내가 소장주라고 떠받드는 사람들 사이에서 자라 철이 없는 것은 당연했다. 내가 버릇없이 굴거나 잘못을 저질러도 사람들은 그저 '엄마가 얼마나 보고 싶으면' 등의 말을 하며 눈물을 글썽거렸다. 사람들의 동정 어린 시선은 아버지를 힘들게 하였을 것이다.

아버지는 '어미 없는 자식'이 '돈도 없는 자식'까지 될까 봐 걱정이셨던지 더욱 바쁘게 사셨다. 아내 몫까지 아들을 사랑하려면 돈이 많이 있어야 한다고 생각하신 모양이다. 그러나 나는 늘 아버지와 함께 있고 싶었다.

어느 해 겨울, 나는 아버지의 창고에 쥐를 풀어놓았다. 꼬리에 불을 붙이는 것도 잊지 않았다. 어린 마음에 팔 물건이 없으면 아버지가 집을 떠나지 않으리라 생각한 것이다. 창고는 홀랑 다 탔지만 아버지는 꾸짖지 않으셨다. 단지 날 꼭 안아주셨다. 그렇지만 아버지는 그해 겨울에도 장사를 떠나셨다.

나는 딱 한 번 다른 아이와 싸움을 벌인 적이 있었다. 내가 그 아이의 남루한 옷차림을 놀리자 그 아이가 '엄마도 없는 게'라는 말로 날

자극했던 것이 발단이었다. 아무도 내게 '엄마도 없는 아이'라는 말은 하면 안 되었다. 그것은 아버지의 돈이 가진 힘이었다.

아이들은 그 돈 때문에 나를 싫어했다. 나는 엄마는 있지만 돈이 없는 아이들을 초라하게 생각했고 그들은 돈만 있고 엄마가 없는 나를 경멸했다.

나는 아버지가 걱정하실까 봐 폭력적인 행동은 자제하려 하였지만 그날만은 분노가 나를 지배했다. 내가 덤벼들자 그 애는 오히려 잘되었다는 듯이 날 신나게 두들겨 팼다. 가난한 그 애는 인근 아이들의 두목 격인 아이였다. 두목의 명령에 다른 아이들도 모두 폭력에 가담했고 결국 난 기절했다.

나중에 돌아와 그 이야기를 들으신 아버지는 불같이 노여워하셨다. 아버지가 그렇게 화를 내시는 것은 처음 보았다. 날 때린 아이들의 부모들이 모두 찾아와 사흘 밤낮으로 빌고서야 아버지는 겨우 용서를 해 주셨다.

어린 시절에 경험하는 이런 종류의 사건들은 평생 동안 뇌리를 떠나지 않는 법이다. 그 일로 내가 얻은 교훈은 폭력은 위험하다는 것과 폭력보다 금력이 우월하다는 것이었다. 하지만 그건 결코 좋은 게 아니었다.

그 뒤로 아버지는 날 가난한 아이들과 놀지 못하게 했고 늙은 글선생들은 더 늘어났다. 그건 썩 유쾌한 일이 아니었다. 아니, 지겨운 일이었다. 난 내가 재미없게 된 것이 아버지의 돈 때문이라고 생각했다.

그래서 속으로 내가 부잣집 아이가 아닌 가난한 아이였으면 하고 바랐다. 다른 사람이 되면 싫은 일은 하지 않아도 되니까.

기억 속의 과거는 언제나 희미한 모습으로 남는다. 저 일들 외에는 그리 특별하게 떠오르는 것이 없는 걸 보면…….

전생의 기억들은 나에게는 낯선 것이었다. 내 것이 아닌 것이 분명한 기억들이 지금 내 운명을 지배하게 될까 봐 두려웠다.

내가 다른 사람이 되거나 차라리 아무도 아닌 게 되어버리면 이 불안함을 떨쳐 버릴 수 있지 않을까?

아버지는 지금 어디 계실까?

갑자기 머리가 깨질 듯이 아팠다.

아니, 머리뿐만이 아니었다. 순간적으로 온몸이 산산이 부서지는 것이 아닌가 하는 착각이 들었다. 그것은 처음에는 섬광처럼, 다음에는 숨을 들이쉴 때마다 폐부를 천천히 가르는 듯이 찾아왔다.

'왜 이렇게 아픈 거지?'

생각을 길게 할 수는 없었다. 응룡의 머리는 질릴 만큼 거대해서 마치 먹장구름이 한꺼번에 몰려드는 것처럼 보였다. 창만한 이빨들이 두 줄로 나 있는 아가리가 서서히 다가오고 있었다. 조금이라도 방심했다간 저 이빨들 사이에 끼어 있는 고기 조각 신세가 되고 말 것이다.

무룡은 그 이빨들 안쪽, 시뻘건 혀 위에 얹혀 있는 검은 구체를 응시했다. 그 속에 가부좌를 틀고 앉은 전동의 모습이 또렷이 보였다. 눈꼬리가 거의 귀까지 찢어진 자였다.

"저놈이 분명 우두머리겠지. 먼저 처지해야 해. 으! 그런데 머리가 왜 이렇게 아픈 거야."

머리가 흔들리는 것은 응룡이 꼬리를 세차게 휘둘렀기 때문이다. 무룡의 몸은 거센 풍랑 속으로 내던져진 작은 배처럼 흔들렸다. 하지만 그 배는 원래부터 응룡에게 달려 있던 비늘처럼 꿈쩍도 하지 않았다.

오히려 흔들리는 꼬리 때문에 정신이 없어진 마도사들이 하나둘씩 땅으로 곤두박질쳤다.

마도사들이 떨어지자 웅룡의 꼬리는 조금씩 짧아졌다. 그때마다 무룡은 일 장씩 앞으로 전진하여 이제는 웅룡의 머리 가까이에 와 있었다.

전동은 마도사들의 기력이 점점 약해지는 것을 느끼며 초조한 듯 아래를 내려다보았다. 태연자약하게 바위 위에 누워 있는 무애 대사와 이자오가 무룡을 돕는 날에는 유천복을 잡기는커녕 자신의 목숨조차 부지하기 힘들 것이다.

'저 늙은 것들을 여기서 만나게 될 줄이야… 조금만 더 몰아붙이면 충분히 승산이 있었는데…….'

아쉬움은 길수록 좋지 않은 법이다.

'하지만 림주가 원하는 것은 이자의 목숨이 아니다. 후후. 구미, 내가 모르는 줄 알겠지만 네 의도가 무엇이든 지금은 속아주지. 나 역시 이자를 충분히 시험해 보고 싶으니까.'

전동의 눈빛은 더욱 어둡게 가라앉았다.

무룡의 무공은 마림에서 예상한 것보다 훨씬 강했다. 요와의 일전에서 아끼는 수하들을 대부분 잃은 전동은 무룡을 죽여 뼈를 갈아 마셔도 시원치 않을 것 같았다. 그러나 림주의 천비환생자 추살령은 사실이 아니었다. 그것은 소취란의 거짓말이었다. 림주가 폐관에 들어갔다는 것은 전동만이 알고 있었다. 림주의 출관은 아직 멀었다. 소취란은 이 기회를 빌어 이자를 처치하려 하는 것이다.

그녀가 천비의 환생자에게 어떤 원한이 있든 전동은 알 바 아니었다. 그는 이 싸움에 최선을 다할 뿐이었다. 여기서 무룡이 죽는다면 림주의 추궁은 소취란이 받게 될 것이었다.

바위 위에는 또 한 명이 있었다. 마유였다. 두 노인은 싸움에 정신이 팔려 마유가 정신을 차렸다는 것도 모르고 있었다.

마유는 통증이 사무칠수록 정신이 더욱 맑아졌다. 남아 있던 한 팔은 상처가 깊어 소생이 어려울 듯했다. 힘줄 몇 가닥만 붙어 있는 팔은 간신히 어깨에 매달려 대롱거렸다. 이자오 덕으로 목숨은 건졌으나 죽느니만 못한 모습이었다.

'멍청이 소상공자가 아니었으면 어차피 예전에 떨어졌을 팔이니 아까울 것도 없지.'

마유는 조소했다. 소취란의 머리카락 하나 건드려 보지 못하고 또다시 한 팔을 내어주다니, 자만한 탓이었다.

눈 한 번 깜빡거리지 않고 위를 올려다보고 있지만 그의 눈에는 흑운을 넘나드는 무룡의 움직임이 제대로 보이지도 않았다. 무룡의 무공이 어느 정도인지 그로서는 도저히 감을 잡을 수가 없었다. 황산에서보다 훨씬 강해진 것만은 틀림없었다. 쓸쓸한 기분이 들었다.

유천복은 볼 때마다 자신의 예상을 훌쩍 뛰어넘고 있었다.

옆의 두 노인네는 뭐가 그렇게 좋은지 두 팔을 흔들며 신이 나 있었다.

"그렇지. 피해랏! 아니, 이쪽으로 움직였어야지! 그렇게 휘두르는 게 아닌데……. 크게 연습하여 작게 사용하고 길게 연습하여 짧게 사용하는 법이거늘 저렇게 쓸데없이 휘두르기만 해서야…… 쯧쯧, 아깝구나, 아까워. 그러고 보면 꼬리 쪽이 떨어져 나간 것은 행운이었던 게야. 그런데 개코야! 이상하지 않느냐?"

"킁킁, 뭔 말이냐? 킁킁."

무애 대사는 녹이 잔뜩 슨 철 지팡이를 들어 하늘을 가리켰다.

이자오의 고개가 뒤로 더욱 젖혀졌다.

"저놈 말이다. 저 용의 강기가 이처럼 센데 놈은 어째서 떨어지지 않느냐? 넌 저렇게 할 수 있느냐? 내공도 그리 세어 보이지 않는데 정말 이상해. 어떨 때는 태산처럼 느껴지다가 어떤 때는 텅 빈 항아리 같으니 내가 노망이 나지 않았다면 어찌 그럴 수가 있느냐 말이다. 누구나 강한 내공을 갖고 싶어하는데 저놈은 강한가 하면 약하고 약한가 하면 강하니 내 평생 저런 이상한 내공은 들은 적도 본 적도 없다."

여환무단신공이 끊임없이 기를 대지와 자연으로 순환시키는 무공임을 모르는 무애 대사로서는 무룡의 내공이 이상할 수밖에 없었다.

"쿵쿵. 모가지 아파 죽겠다. 땡중 네놈이 모르는 일을 어찌 나한테 묻누? 전에 그 유천복인가 하는 놈도 그러지 않았느냐. 그러고 보니 저놈도 비슷하게 생긴 듯… 쿵쿵, 아이쿠! 저거저거… 안에서 움직여야 놈을 잡을 텐데… 손발을 따로 놀려서야… 어엇! 아가리가 달려든다! 저거저거 잡아먹히겠다!"

이자오의 목소리가 흥분한 듯 커졌다. 무애 대사도 벌떡 일어섰다.

마유는 두 노인의 안력이 부러웠다. 자신은 도저히 볼 수 없는 것을 보고 있는 것이다. 저 흑운 속에서는 무슨 일이 벌어지고 있을까?

"놈! 지금까지 제법 버티었다만 이게 마지막이다."

빠지지직—

음산한 목소리와 함께 검은 구체 속에서 뼈를 바수는 듯한 소리가 들리기 시작했다. 무룡은 긴장을 늦출 수가 없었다.

"뇌격신룡(雷擊神龍). 참(斬)!"

무룡은 흑운에서 터지듯 뿜어진 빛살이 위로 솟구쳐 오르는 것을 보았다. 순식간에 한줄기 붉은 빛이 응룡의 몸을 휘감아 돌며 강렬한 열기를 뿜어내었다.

멀리서 독왕자를 상대하고 있던 아랑은 우연히 그 광경을 보았다. 그녀의 온몸으로 참을 수 없는 한기가 스며들었다. 그러나 그녀로서는 지금 독왕자를 막는 것만으로도 벅차 무룡에게 도움을 줄 수 없었다.

그저 안타까운 마음으로 무룡을 응원하는 것이 그녀가 할 수 있는 일의 전부였다.

"양패구상하시겠다? 그렇게 맘대로 안 될걸."

무룡은 히죽거리며 정면을 바라보았다. 불길이 날름거리는 가운데 응룡의 검은 뿔은 붉은색에서 다시 흰색으로 변하며 강렬한 흰 빛을 뿜어내었다.

"그렇지만 저거에 맞으면 꽤 아프겠는걸."

무룡은 양손을 벌리고 온몸의 근육과 신경을 이완시켰다. 천천히 손끝에서 부드러운 바람이 느껴졌다. 바람은 손목을 타고 어깨로 올라와 다시 반대 편으로 지나갔다. 무룡의 몸은 바람에 흩어지는 듯이 보였다. 몸 앞쪽에서 뒤쪽의 광경을 볼 수 있을 정도로 투명해지고 있었던 것이다.

"사라진다?"

전동은 무룡의 모습이 서서히 흐려지자 자신의 눈을 의심했다. 분명 무룡이 무슨 사술을 쓰고 있는 것이라고 생각했다. 급한 마음에 아직 준비가 덜 되었음에도 그만 무룡을 공격하고 마는 우를 범하고 말았다.

번쩍!

무룡은 새하얀 빛이 거대해지고 있는 것을 보고 있었다. 빠지직 빠지직 기분 나쁜 소리를 내는 흰 빛이 번쩍 할 때마다 땅이 갈라지는 소리와 함께 벼락이 내리꽂혔다.

무애 대사와 이자오는 마유를 들쳐 업고 흰 빛을 피해 메뚜기처럼 이리 뛰고 저리 뛰었다.

"쿵쿵. 망할! 마른하늘에 날벼락이라더니, 저 미친놈이 별 요술을 다 부리는구나. 쿵쿵."

뛰는 와중에도 입을 쉬지 않고 있는 이자오였다.

콰콰콰쾅!

천지가 번쩍 하더니 굉음이 연거푸 고막을 울렸다. 모든 것은 순식간에 일어났다가 또 사라졌다. 매캐한 흙먼지가 감도는 가운데 주위는 거짓말처럼 조용해졌다.

"대체 무슨 일이 있었던 게냐? 아니, 다 어디로 갔어?"

무애 대사가 바위 뒤에서 고개를 내밀었다. 이자오도 덩달아 따라 일어섰다.

"쿵쿵. 아니, 그 커다란 것이 어떻게 감쪽같이 사라졌지? 쿵쿵. 이놈들은 어디 갔냐?"

어리둥절한 것은 마유도 마찬가지였다. 흰 빛이 번쩍 하고 고막을 찢을 듯한 소리가 들린 것이 전부였다. 그리고는 사라져 버렸다. 아니, 사라진 것은 웅룡뿐이었다.

"저기다!"

세 사람은 땅바닥에 누워 있는 무룡을 발견하였다.

"으으, 머리야."

무룡은 옷에 묻은 먼지를 털듯 머리를 흔들었으나 두통은 나아지지 않았다. 전동이 펼쳐 낸 공격은 일대를 초토화시킬 만큼 대단한 것이었다. 만일 무룡이 자신의 몸으로 그 기운을 빨아들여 땅으로 흘러보내지 않았다면 이 근방은 아수라장이 되어버렸을 것이다.

전동과 마도사들의 모습은 어디에도 보이지 않았다. 마지막 공격이 무위로 돌아가자 재빨리 사라져 버린 것이다.

"제길! 하마터면 통구이가 될 뻔했네. 멍청한 마도사들, 무식하기로 치면 사부보다 더한 것 같군. 이런, 옷이 다 찢어졌잖아."

아무렇지도 않게 말하는 무룡이었지만 덜덜 떨리는 목소리는 좀 전의 충격에서 벗어나지 못했다는 것을 말해 주었다. 실제로 무룡은 좀 전의 공격을 온몸으로 막아내느라 손가락 하나 움직일 기운도 없었다. 자신의 몸을 대롱으로 사용하는 것은 생각보다 어려웠다.

여환무단신공의 운기조식 방법은 여타의 무공과는 판이하게 달랐다. 이미 예전의 기억이 전부 되돌아온 무룡은 하늘의 기운과 땅의 기운이 잘 흘러 들어올 수 있게 큰대자로 누웠다.

"피곤할 땐 역시 자는 것이… 웅얼웅얼."

순식간에 코를 드르렁거리며 잠이 든 무룡을 보며 마유는 피식 웃었다. 이자는 확실히 유천복과는 다르다.

"어라? 이놈 보게. 잠을 자?"

무애 대사는 기가 막히다는 듯이 무룡을 바라보며 발을 툭 쳤다.

"킁킁. 배짱 한번 좋구나. 이 상황에서 잠을 자다니. 킁킁."

"그러게 말이다. 우리처럼 죽을 날 받아놓고 사는 늙은 것들도 졸음을 참고 있거늘."

"킁킁. 땡중아, 그냥 우리도 이놈 옆에서 자자. 킁킁. 그 독왕자인지 뭔지 그만 쫓아다니자. 발에 물집이 잡혀 난 더 못 걷겠다구. 킁킁."

무룡이 운기조식하고 있다는 것을 알 리 없는 두 노인은 무룡의 머리맡과 발치에 앉아 심통을 부렸다.

"개코놈아, 저놈부터 처리하고 코가 삐뚤어지게 자라고 하지 않드냐. 빨리 가자. 이러다 또 놓치겠다."

"쿵쿵. 싫다. 안 가. 나도 잘 거야. 거지가 맘 편히 자지도 못하게 하다니, 땡중 네놈은 부처의 마음도 없는 것이냐. 쿵쿵."

가기 싫다는 이자오를 억지로 끌고 가는 무애 대사를 보며 마유는 무룡의 곁에 앉았다.

"또 네게 신세를 졌군. 이래서야 사내 체면이 어디 서겠나. 그리고 보니 소상공자도 내 목숨을 구한 적이 있었지. 그 빚도 아직 갚지 못했어."

마유는 조용히 앉아 혼잣말을 했다. 지금은 쉬고 싶었다. 무룡처럼 등을 땅에 대고 눕자 어깨의 통증이 조금 가시는 것 같았다.

"아아, 별이 많구나. 죽은 사람은 별이 된다던데… 나도 죽으면 별이 되려나."

처음엔 멋으로 술을 배웠다. 그러나 지금은 자학으로 술을 마셨다.

도영을 정말 사랑했었나?

시간이 지날수록 기억은 희미해지고 화주 한 병에 일그러지는 일상은 점점 멀게만 느껴진다. 추억으로 술을 마시던 때는 그래도 아름다웠다. 그리워할 것이 남아 있어 세상은 살아갈 만한 것인가? 그렇다면 내가 그리워하는 것은 무엇일까? 도영이 곁에 있는데도 참을 수 없는 외로움은 어디에서 오는 것일까?

"내 딸은 어디 있느냐?"

능운겸이 또다시 물어왔다.

"당신 딸을 왜 내게 묻는 거요?"

　도비류는 머리가 아팠다. 뒷목에서 스멀거리며 올라오는 기운은 항상 관자놀이 양쪽을 묵직하게 만들었다. 머리가 멍한 것은 그 때문이다.

　도영을 다시 만나고 나서부터는 항상 머리가 아팠다. 아마도 죽음이 가까이 다가오고 있기 때문일 것이다. 주향에 섞여 감도는 아련한 매화향이 갈수록 짙어졌다. 후각이 더욱 예민해지는 걸 느낄 수 있었다. 이번에는 자신이 도영을 남겨두고 떠나야 한다. 도영은 그가 없어도 잘살 수 있을 것 같다. 그렇게 생각하면 더욱 그녀에게 집착하고 있는 자신을 발견하곤 하였다.

　"이런 죽일 놈, 네 정녕 아영이를 모른단 말이냐?"

　앞에 선 자는 살기등등하여 다그쳤지만 무엇을 묻고 있는 것인지 알 수가 없다. 저자의 얼굴은 누구를 떠오르게 한다. 그게 누구인지 생각하려 할수록 점점 더 머리가 아파왔다.

　아영? 그 이름을 들으면 가슴이 아파왔다. 분명히 모르는 이름인데 왜 가슴이 아파야 하지? 저자는 대체 나한테 무엇을 원하고 있는 걸까?

　도비류는 눈알이 빠질 것 같아 차라리 눈을 감고 있기로 하였다.

　"나는 나의 누이밖에는 모르오."

　자신이 알고 있는 것을 정성껏 대답하려 노력했으나 그자는 별로 맘에 들지 않는 것 같았다.

　"오냐! 네놈이 그렇게 나온다면 나도 더 이상은 묻지 않겠다!"

　능운겸은 이를 갈았다. 이런 사내에게 정을 준 딸의 어리석음이 그를 화나게 하였다. 딸과 함께 그를 만날 날을 고대하던 자신의 모습이 우스웠다. 이런 자를 사위로 맞이하려 하였다니… 아영이 이런 자를 좋아하였다니… 분노는 가슴을 뜨겁게 달구고 서서히 위로 솟구쳤다.

"오라버니, 그 계집을 말하는 거예요."

백리향이 까르르 웃었다.

웃음소리는 비수가 되어 능운겸의 가슴을 후벼팠다. 도비류는 도영의 웃음소리가 너무 높아 다시 머리가 아파왔다.

'전에는 이렇지 않았는데… 도영의 웃음소리는 맑고 가벼웠지. 마치 봄날의 산들바람처럼……. 하지만 지금은 내가 잘못 들은 거야… 머리가 아파.'

"그 계집이라니, 누구를 말하는 것이냐?"

백리향의 말에 안달이 난 능운겸이 쏜살같이 달려왔다.

'계집? 도영이 말하는 계집이 누굴까?'

도비류는 찌르는 듯한 관자놀이를 누르며 이마를 찌푸렸다. 그러면서도 행여 저자가 도영을 해칠까 봐 앞을 막아섰다. 한순간이라도 도영에게서 눈을 떼면 또다시 날아가 버릴 것 같았다. 두 번 다시 그런 일은 없어야 했다. 지켜야 할 것을 지키지 못하는 일은 이제 없을 것이다. 지금 그가 지켜야 할 것은 도영이었다.

백리향은 도비류를 보며 입가에 미소를 머금었다. 오늘따라 넓은 등이 더욱 든든해 보였다. 정말 쓸 만한 몸을 가진 사내였다.

"본 타에 미친 계집이 하나 있다, 도 오라버니만 졸졸 따라다니는. 듣기로는 개봉에 살았다던데……."

"아영이가……."

능운겸은 눈에 불이 번쩍 하는 듯하였다. 단박에 사태를 파악한 것이다. 능초영이 두 남녀의 일을 알았다면 능히 미치고도 남았을 것이다. 평소 딸의 성격을 잘 아는 능운겸은 머리끝까지 화기가 치솟고 심장이 두근거렸다.

"네 이놈!"

말보다 먼저 검이 앞장을 섰다. 도비류는 능운겸의 검을 살짝 피하며 미간을 찡그렸다. 이자는 왜 자꾸만 자신을 죽이려 하는가?

자신은 그저 도영과 함께 있고 싶은 것뿐이었다. 왜 사람들은 그가 조용히 살도록 내버려 두지 않는 것일까? 한시라도 빨리 이들을 처리하고 도영과 돌아가고 싶었다.

"단주님, 조심하세요."

도진의 목소리가 능운겸에게 위험을 알렸다. 그 순간 도비류의 삼초검이 푸른 빛을 발하며 큰 원을 그렸다.

능운겸은 푸른 빛이 자신의 머리 위로 내려오는 것을 느꼈으나 개의치 않고 검을 찔러 들어갔다. 그는 이미 심화가 골수에 미쳐 이성을 잃고 있었다. 능초영의 성정이 급하고 예민한 것은 아비인 능운겸을 닮았기 때문이었다. 평상시에는 냉정하지만 마음을 두는 일에는 그렇지 못한 것이 능가 부녀의 단점이었다.

두 사람은 순식간에 백여 합이나 겨루었다. 그러나 미친 듯이 화를 내는 능운겸은 평소의 소면호가 아니었다. 웃는 얼굴로 상대를 지옥으로 보내 버린다는 그의 명성은 오늘 이후 귀면호로 바뀔 것 같았다. 청수했던 능운겸의 모습은 사라지고 자식을 걱정하는 마음에 악귀같이 악을 쓰며 도비류를 재차 찔러 들어갔다.

평소 능운겸의 성격을 곁에서 지켜본 도진의 얼굴이 어두웠다.

"도 형, 어찌 될 것 같소?"

최호는 도진이 무슨 생각을 하고 있을까 궁금해졌다.

"좋지 않소. 정말 좋지 않아요."

도진은 사람의 생사에 대해서만은 누구보다 정확했다. 그는 양손을 꽉 움켜쥔 채 능운겸을 보고 있었다. 도진에게 능운겸은 상사이자 스승이자 아버지 같은 존재였다. 언제나 흔들리지 않는 거목처럼 우뚝 서 갈 길을 알려주던 그가 오늘은 바람에 흔들리는 갈대처럼 연약하고 위험해 보였다. 도진의 마음은 몹시 불안했다.

최호와 도진이 달려들려 하자 능운겸이 소리쳤다.

"다들 그 자리에서 꼼짝도 마시오! 이 위선자의 탈을 쓴 죽일 놈은 반드시 내 손으로 처치할 것이오! 이 색마음적 놈아!"

능운겸의 시선이 잠시 분산된 틈을 노려 도비류가 검을 찔러 들어왔다. 능운겸은 몸을 돌려 피하려 하였다. 그 순간이었다.

머리 속이 후끈하더니 입가에 찝찔한 무엇인가가 흘러내렸다.

'코피?'

무의식적으로 소매를 들어 코피를 닦아내려는데 머리 속에서 툭, 뭔가 끊어지는 소리가 들려왔다. 그뿐이었다. 능운겸은 손을 얼굴에 올린 채 멈칫하였다.

도비류의 눈이 날카롭게 빛났다.

검을 든 팔과 함께 능운겸의 몸이 쓰러질 듯 앞으로 기울었다. 푸른 빛이 천천히 다가오는 것이 보였다. 그것은 마치 꿈속에서 벌어지는 일처럼 실체가 없어 보였다. 서서히 다가오는 검을 피해야 한다고 생각했지만 발이 말을 듣지 않았다. 온몸이 돌이 되어버린 것만 같았다. 혀끝에 묻은 피 맛이 비렸다.

"커헉! 이런……."

가슴 쪽으로 화끈한 통증이 밀려들었다. 그제야 능운겸은 양손을 움직일 수 있었다. 가슴에 박힌 삼초검을 양손으로 움켜쥐었다. 예리한 검날에 손가락들은 하나씩 하나씩 잘려 땅으로 떨어졌다. 핏물이 분수처럼 솟구치고 있었다.

"으아아아!"

도비류는 영문 모를 분노가 치밀어 올랐다. 붉은 피를 흠뻑 뒤집어쓴 탓인지 머리가 터질 것처럼 아팠다. 앞에 선 자는 검을 쥔 채 움직이지 않고 있었다. 마치 그를 시험하려는 듯했다. 어서 더 찔러보라는 듯 오만한 모습이었다. 적이 그렇게 말하면 그대로 해주는 것이 예의였다. 삼초검은 항상 그의 신뢰를 저버리지 않았다.

푸욱—

처음에는 부드러운 것이, 다음에는 딱딱한 것이 연이어 팔목으로 전해졌다.

능운겸은 마침내 자신이 원하던 한 동작을 할 수 있었다. 반쯤 잘린 자신의 손은 아직도 삼초검에 붙어 있었다. 그는 몸을 움직일 수 있다고 느낀 순간 자유로워진 양 발로 도비류를 걷어차려 하였다. 그러나 뜻을 이룰 수 없다는 걸 금방 깨달았다. 자신의 몸에 달리긴 했지만 어쩐지 따로 노는 듯이 보이는 손과 함께 발이 뒤로 주르륵 밀렸던 것이다. 아까는 움직이려 해도 되지 않던 것이 지금은 멈추려 해도 멈추어지지 않았다.

등이 세차게 나무에 부딪치자 능운겸은 더 이상 밀리지 않았다. 손잡이까지 틀어박힌 삼초검은 더 이상 움직이지 않았다. 도비류는 미친 사람 같았다. 능운겸과 나무를 일검에 꿰뚫어 버린 삼초검은 밖으로 검봉이 삐죽 나와 있었다.

"아… 영……."

능운겸은 숨이 끊어지는 순간까지 눈을 감지 못하였다. 실핏줄이 터져 피눈물을 흘리는 능운겸의 눈은 낯익었다.

'맑은 눈? 전에도 이런 눈을 본 적이 있는데……'

갑자기 떠오른 한 쌍의 눈 때문에 도비류는 퍼뜩 정신이 들었다. 삼초검을 쥔 손이 반이나 능운겸의 가슴에 박혀 있는 것이 보였다.

고개를 돌리자 기가 질린 듯 자신을 쳐다보고 있는 여자의 모습이 보였다.

"도영, 이제 돌아가자."

백리향은 피를 뒤집어써 아수라처럼 보이는 도비류가 두려워졌다. 그의 몸에서 뿜어져 나오는 무시무시한 살기를 처음 대한 것이다. 언제나 넋이 나간 듯 보이던 사내였다. 한데 오늘은 어쩐 일인지 악귀처럼 돌변한 것이다. 저 검이 만일 자신에게 겨누어진다면… 오싹한 살기에 그녀는 다리 힘이 풀려서 휘청거렸다.

도비류의 피 묻은 손이 그녀의 허리를 바짝 안아 당겼다.

"저들은 어쩌구."

"머리가 아파… 이제 가야겠어."

"나, 나도 그래, 오라버니……. 이제 돌아가는 것이 좋겠어요. 피를 보았더니 기분이 나빠."

백리향은 몸을 빙글 돌려 도비류를 따라가며 최호를 노려보았다.

전란의 틈을 타서 황궁을 빠져나왔고 삼천교에서는 그녀의 시신을 미리 안배하였다. 화비 옥청화 역시 그 같은 방법으로 삼천교에 돌아와 있었다. 그런데 최호가 그 일을 알고 있다니 아무래도 마음이 찜찜했다. 확실히 죽여 후환을 없애는 편이 좋을 것이다. 그러나 그 일은 꼭 도비류가 아니더라도 상관없었다. 독왕자가 대신 해줄 테니까.

"쿵. 땡중아, 찾았느냐?"

“아직 못 찾았다.”

“킁킁. 저기 있다. 킁! 천을 둘둘 말고 있는 저놈, 우리가 찾던 그놈 맞지? 킁킁.”

두 노인이 달려오며 보니 독왕자가 세 사람 사이에서 미친 듯이 팔을 휘두르는 것이 보였다.

“그래, 맞다. 개코인 줄만 알았더니 눈도 아직 쓸 만하구나. 어이쿠! 큰일 났다! 저 미친놈이 또 애꿎은 인명을 해치려는구나. 어서 가자. 이러다 땡중과 개코가 정말 무간지옥(無間地獄)에 빠질라.”

아무리 시간이 걸려도 자신이 저지른 일은 꼭 해결해야 한다는 것이 무애 대사의 생각이었다. 그렇지만 팔아먹은 경서들을 되찾는 일보다는 이쪽이 쉬워 보였다. 기억도 가물가물한 일을 쫓아다니다간 머리에 쥐가 날지도 모를 일이다.

“킁킁, 빌어먹을! 저놈이 미쳐도 단단히 미친 모양이다. 이러다 내 오늘 저놈 손에 죽는 거나 아닌지 모르겠군. 지금까지 잘 살았는데 땡중을 만난 뒤로는 하루도 편할 날이 없으니. 킁! 이래서 친구와 마누라는 잘 얻어야 하는 건데. 킁킁!”

이자오가 더러운 손가락으로 머리를 긁으며 투덜거렸다. 그는 독왕자를 유심히 보고 있었다. 독왕자가 한 발자국을 옮길 때마다 그 곁의 풀과 나무들은 생기를 잃고 누렇게 시들어 녹아내렸고 발 밑의 돌들은 푸석거리며 부서져 내렸다.

“잔소리 말고 가기나 하자.”

독왕자의 모습을 보며 잔뜩 인상을 구기던 이자오는 하는 수 없다는 듯이 무애 대사의 뒤를 따랐다.

“킁킁. 네놈은 저 흉한 모습을 보고도 가고 싶은 생각이 드냐? 킁.

여기서도 골이 다 지끈지끈거리누만.”

“이 개코 놈아, 보살의 마음이란 형상에 집착하는 것이 아니니라. 마땅히 저놈에게 내 살을 보시해서라도 업보를 씻어야 할 터. 궁시렁대지 말아라.”

독왕자를 둘러싼 세 사람의 몰골은 처참하였다.

패악과 최호는 물론이고 아랑도 입은 옷이 너덜거려 속살이 다 드러나 보였다.

아랑은 간간이 시선을 돌려 무룡을 보았다. 몸을 움직일 때마다 찢어진 옷자락 사이로 뽀얀 살결이 드러났다.

“난 여태 아랑이 여자인지 남자인지 헷갈렸었는데 오늘 보니 여자가 분명하구나.”

“패악! 지금 그런 소리가 나와요!”

눈요기를 하던 패악의 턱 밑으로 독왕자의 손가락이 스쳐 지나갔다.

“이크! 큰일 날 뻔하였다. 이놈의 동작이 그리 빠르지 않아 천만다행이구나.”

패악이 뒤로 물러서자 독왕자가 중심을 잡지 못하고 휘청거렸다. 그때를 놓치지 않고 최호와 아랑이 양쪽에서 달려들었다. 그러나 가까이 다가가기도 전에 숨이 턱 막히며 머리가 어찔하였다.

“아랑, 부적이라도 좀 써보라구. 이래서야 어디 가까이 다가갈 수나 있겠어.”

“저 사람이 무슨 귀신이라도 되는 줄 알아요? 무슨 부적을 쓰란 말이에요!”

“전주의 귀신 같은 놈들은 몸을 움직이지 않게 하는 술법도 부리더만 우리 도 형은 그런 것도 할 줄 모르니… 쩝, 있으나마나라니까!”

패악은 능운겸의 시신을 나무에서 내리고 있는 도진에게 들으라는 듯이 큰 소리를 질렀다.

"산 사람을 조종하려면 부적을 몸에 붙여야 효과가 있는데 이자의 몸에는 아무것도 붙일 수 없다구요."

"그럼 방법이 없다는 말이야? 사두라도 뭔가 수를 좀 내보라구. 저 지독한 독기 때문에 점점 머리가 어지럽다구."

독왕자는 패악이 내민 검을 양손으로 움켜잡았다. 치치직 손바닥 사이에서 쇠가 녹는 소리가 들렸다.

"어엇! 내 검 다 망가질라."

패악이 울상을 지으며 손을 비틀자 청운검 속에 있던 적하검이 쏙 빠져나왔다. 청운검은 독왕자 손에서 서서히 형태를 잃어가고 있었다.

"아이구, 아까워라. 이게 얼마짜리 검인데. 아이고."

그때 앞쪽에서 머리가 허연 노인 둘이 소리를 지르며 달려오는 것이 보였다. 신법이 어찌나 빠른지 눈 한 번 깜빡하는 사이에 벌써 코앞으로 짓쳐들었다.

"이 망할 놈아! 제발 정신 차려라!"

무애 대사의 일갈에 나무들이 우수수 흔들렸다. 나뭇잎들은 독왕자의 어깨에 닿기도 전에 녹아버렸다. 독왕자가 양손을 쭉 뻗으려 하자 이자오는 가뜩이나 굽은 허리를 깊게 숙였다.

"쿵! 이걸 그대로 받았다간 개방의 개코거지가 피곤죽거지로 둔갑하고 말겠구나. 쿵쿵. 땡중 놈의 초이(草履)라도 벗겨야겠다."

이자오가 어느새 무애 대사의 신 두 짝을 벗겨 양손에 끼고 냅다 독장을 맞받아친다.

퍼엉!

가죽 북이 터지는 듯한 소리가 나더니 독왕자의 몸이 십여 장이나 주르륵 밀렸다. 독기야 강하다지만 공력의 차이는 쉽게 극복되는 것이 아니었다.

"이런 빌어먹을 개코 놈아! 네 신도 있는데 왜 하필 내 신을 벗겨 가는 거냐?"

이자오에게 신발을 빼앗겨 땅에 엉덩방아를 찧은 무애 대사는 버럭 성을 내었다. 이자오가 미안하다는 듯이 맨 손바닥을 펼쳐 보였다. 두 신짝은 독왕자의 장력에 벌써 녹아 없어지고 말았다.

"쿵! 이놈아, 내가 신이 어딨냐?"

그 말도 맞는 말이었다. 때에 절어 시커먼 이자오의 맨발을 보며 무애 대사는 튀어나오려는 욕을 꾹 눌러 삼켰다.

"이크, 또 온다. 이런 망할, 이젠 신짝도 없으니 어쩌누."

또다시 독장이 밀려오자 무애 대사는 급한 대로 호리병을 휘둘러 독장을 쳐냈다.

아랑은 독장의 위력을 직접 경험해 본지라 두 노인을 걱정하였으나 이내 기우였음을 깨달았다. 두 노인은 입으로는 죽는다고 소리를 치지만 무서운 독장도 두 노인에게는 별 해가 되지 않는 듯하였다.

"소문에 소림사 중들은 옷과 지팡이만 가지고도 백 명의 적을 상대할 수 있다기에 내 믿지 않았었는데, 오늘 보니 과연 명불허전이로고."

"패악, 그게 무슨 말이에요?"

"흠! 아랑은 저 두 노인이 누군지 모르나 보군."

한시름 놓게 되자 패악은 심심하다는 듯 입을 놀렸다. 아랑은 삼첨 양인도를 바닥에 푹 박고는 바닥에 털썩 주저앉았다. 그 꼴을 본 이자오가 고래고래 소리쳤다.

"쿵! 아니, 저 연놈들은 노인도 공경할 줄 모르는 호로자식들이구나! 이 연놈들아! 어서 와서 거들지 못해! 쿵쿵."

입으로는 연신 지껄이면서도 이자오는 개구리처럼 펄쩍펄쩍 뛰어 독왕자의 공격을 다 막아내었다.

"이 개코 영감아, 그렇게 뛰기만 하면 저놈을 어찌 잡느냐? 뒤로 돌아가 꼼짝 못하게 허리라도 껴안고 있어야 내가 공격을 하든지 말든지 할 거 아니냐. 저놈을 잡아야 정신을 차리게 하지."

"쿵쿵. 땡중 놈이 날 벗겨 먹은 걸로도 모자라 이젠 날 아주 죽이려 하는구나. 이놈아, 그렇게 자신있거든 네가 허리를 잡아라, 내가 공격할 테니."

"흥! 잡으라면 내가 못 잡을 줄 아느냐."

무애 대사는 옷까지 벗어 양손에 감고는 독왕자를 잡으러 다가들었다. 그러나 가까이 다가가기만 해도 옷이 푸스스 타버리는지라 일 장 이내로 접근하지 못하고 그저 빙빙 돌기만 할 뿐이었다.

"쿵쿵! 잘한다, 잘해. 그렇게 빙빙 돌기만 하면서 어떻게 잡겠다는 거냐? 네놈이 잡을 때까지 난 여기서 구경이나 할란다. 쿵."

이자오가 물러서려 하자 무애 대사는 한 손으로는 독왕자의 공격을 막으며 다른 손으로는 이자오의 발 밑을 후려쳐 이자오가 다시 되돌아오게 하였다.

"쿵쿵. 땡중이 미쳤나? 왜 나를 치고 난리야?"

"네놈에게 공덕을 쌓을 기회를 주는 것도 마다하면 어쩌냐."

두 노인은 독왕자가 가까이 다가오지 못하도록 방비하며 서로에게 삿대질을 하였다.

패악은 간신히 손잡이만 남은 청운검을 집어 들어 검집에 넣었다.

"하남에서 제일 유명한 대장간에서 만든 검인데 이렇게 구겨졌으니 돈푼깨나 들어가게 생겼네."

"패악, 저 노인네들은 누구예요?"

아랑이 다시 물었다.

"아까 어디까지 얘기했지? 아참! 저 늙은 중은 소림신승 무애 대사이고 늙은 거지는 개방 방주인 견비왜개라고 하지. 저 두 사람의 무공이라면 독왕자를 상대하는 것쯤이야 어린애 손바닥 뒤집는 것보다 쉬울 테니 우리 같은 무림말학이 감히 끼어들 자라나 있겠나. 안 그렇습니까, 두 분? 저희 같은 어린것들은 여기서 두 분의 고매하고 놀라우신 무공을 견식하는 것만으로도 숨이 막힐 지경입니다요. 어서어서 신공절학을 펼치셔서 후배들의 안목을 높여주십시오."

패악이 능청스럽게 말하자 이자오는 약이 오르는지 이쪽을 향해 무언가 말하려는 듯 입을 크게 벌렸다. 곧 카악 하는 소리와 함께 빠른 속도로 암기가 날아들었다.

"패악, 조심해요."

아랑이 서둘러 삼첨양인도를 휘둘러 암기를 쳐내려 하였으나 뜻대로 되지 않았다. 암기란 것이 이자오가 내뱉은 한 덩어리의 가래침이었다. 가래침은 삼첨양인도를 타고 주르륵 흘러 그만 아랑의 손을 적시고 말았다.

"으윽! 이게 뭐예요?"

"내 그래서 말했잖아. 고수들은 옷과 지팡이는 물론이고 한 방울의 침으로도 적을 죽일 수 있는 법이라고. 흐흐, 오늘 놀라운 일을 연이어 보게 되는군. 놀라운 만리신담(萬里神痰) 수법이로고. 이후로는 아랑이 어딜 가든 견비 어르신의 시야를 벗어날 수 없게 되었네."

이자오는 패악이 개방의 만리신향(萬里神香)을 알고 있자 고개를 갸웃거렸다.

만리신향이란 이자오의 후각이 예민한 것을 이용한 개방의 추적술이었다. 개방도는 물론이고 추적하고자 하는 인물이 이 향을 쓰면 만리 밖에 있다 하더라도 알 수 있었다. 물론 이자오의 코가 있기 때문에 가능한 방법이었다. 무림은 물론 개방 내에서도 아는 자가 극히 드물다 할 수 있는 것을 패악이 입에 올렸으니 그가 놀라는 것도 당연하였다.

"지금 저 어르신이 찌른 수법은 쇄옥파운지(碎玉破雲指)로군. 쇄심지(碎心指), 연화지(蓮花指)와 더불어 개방의 삼대지법으로 불리는 것이지. 아이쿠! 저쪽을 보라구. 소림의 절기인 항마복호곤(降魔伏虎棍)이로구나. 내 저 지팡이를 언제 쓰나 유심히 보고 있었지. 독왕자의 독장에도 끄떡이 없다니 과연 소림이로구나. 대사님, 그 철장은 어디서 만드셨나요?"

패악은 쉴 새 없이 수다를 떨었다. 수다만으로 따진다면 패악도 결코 이자오에 뒤지지 않았다.

그는 독왕자가 독장만 무서울 뿐 내공이나 초식의 정교함은 떨어지는 것을 보자 무공이 그리 높지 않다는 것을 알고 일부러 여러 무공을 들먹거렸다.

사람이란 모를 때 더 용감해지는 법이다. 알면 알수록 두려움은 커지는 법이니 지금 독왕자의 심경이 그러했다.

약선의 말대로라면 자신의 독을 막을 수 있는 사람은 손가락을 꼽을 정도라 하였다. 그러나 만일 독장을 막을 수 있는 사람이 나타나면 승산이 없으니 그대로 몸을 빼라는 말도 잊지 않고 해주었다.

독왕자 아삼!

그는 자신의 독장으로 두 노인을 어쩔 수 없다는 것을 알고 있었다. 원래 그의 천성은 강자 앞에선 약한 터라 패악의 말이 아니더라도 아까부터 물러설 기회만 엿보고 있었다. 그런데 이 두 노인네는 전생에 아삼의 부모라도 되었던지 영 놓아줄 기색이 없었다.

패악은 이쪽의 공격이 소강 상태에 접어들자 심심한지 고개를 돌려 도비류와 함께 자리를 뜨는 백리향을 보고 있었다.

"호리정 같은 년, 미친놈 하나 믿고 날뛰는 꼴이라니."

뒤돌아가던 백리향이 우뚝 멈추었다. 가느다란 눈썹이 파르르 떨렸다. 자신이 가장 싫어하는 욕을 하다니 참을 수가 없었다. 그 욕을 들을 때마다 항주의 기녀원이 떠올랐다. 그녀는 몸을 홱 돌렸다.

"네놈이 나를 능멸하다니… 감히 내가 누군 줄 알고……. 오라버니, 저들을 죽이지 않는다면 내 다시는 오라버니와 밤을 보내지 않을 거예요!"

백리향의 노골적인 말에 중인들의 얼굴이 시뻘게졌다.

"네년이 부끄러운 줄도 모르고 터진 입이라고 그 따위 말을 하다니! 내 신하 된 도리를 하지 않을 수 없구나!"

마침내 최호가 참지 못하고 백리향 쪽으로 몸을 날렸다.

"꺄악! 오라버니."

무서운 속도로 달려오는 최호를 보며 백리향은 비명을 질렀다.

삼초검에 진로가 막히자 최호는 버럭 소리를 질렀다.

"도 대협! 제발 정신 좀 차리시오! 천하의 삼초검이 어찌 요녀의 사술 따위에 현혹되어 놀아난단 말이오!"

안타까운 심경이 그대로 전해졌으나 도비류의 표정은 변화가 없었다.

"요녀라니! 도영에게 그런 말을 하도록 놔둘 수는 없다."

푸른 빛은 민첩하게 최호가 빠른 검을 다 막아내었다. 최호는 원래 백리향에게 조종당하는 도비류를 동정하였다. 그러나 능운곁이 허망하게 죽자 끓어오르는 살기를 감추지 못했다.

"한낱 여자의 치마폭에 휘감겨 시비를 가릴 줄 모르다니 어찌 대협이라 할 수 있겠소. 그대와 저 요녀를 처단하여 지하에서나마나 능 대협이 편히 눈을 감을 수 있도록 하겠소!"

챙 하는 소리가 들리며 최호의 검이 파르르 떨렸다. 그의 손에는 아주 가늘고 얇은 검이 한 자루 들려 있었다. 연검이었다.

'왜일까? 저 검을 처음 보는 게 아닌 것 같아.'

최호의 검을 보는 순간 아랑의 가슴이 두근거렸다. 유달리 흰빛을 드러내는 검은 보는 것만으로도 예기가 느껴질 만큼 날카로워 보였다.

아랑에게 그런 느낌을 줄 수 있는 검은 단 하나밖에 없었다.

여환검!

팽소연은 최호의 집을 나오며 그 검을 감사의 표시로 두고 나왔던 것이다. 그녀는 몸에 지닌 값나가는 패물들을 모두 사기꾼에게 속아 빼앗기고 여환검 하나만 허리에 차고 있었다.

연검이란 공력을 주입하여 사용하면 매우 훌륭한 무기가 될 수 있었다. 그러나 공력도 높지 않은 팽소연에게는 휘어지기만 하는 연검이 소용없었다.

최호는 팽소연을 생각하여 여환검을 항상 몸에 지니고 다녔다. 이제 도비류가 삼초검을 사용하자 자신도 잊고 있던 여환검에 생각이 미쳤다. 한 번도 사용해 본 적은 없었으나 예사 검이 아니라는 것 정도는 알고 있었다. 공력을 주입하자 챙 하는 소리가 들리며 검신이 빳빳이

서는 것이 어떤 보검 못지않아 보였다.

"호오, 사두가 검을 든 것은 정말 오랜만에 보는걸. 하지만 그렇게 야들야들해서야 원… 그건 차라리 아랑에게나 줘버리는 게 낫겠군. 차라리 내 걸 쓰라고, 이것도 쓸 만할 거야."

패악이 웃으며 청운적하검을 내밀었다. 그러자 최호도 유천복 앞에서 팽소연이 남긴 검을 쓰는 것이 마음에 걸렸던지라 얼른 패악의 검을 받았다.

"패악의 말대로 이건 아랑이 가지시오."

최호가 청운적하검을 휘두르자 붉은 구름이 피어오르면 푸른 강기가 세찬 바람에 밀려가듯 사방을 압박하며 피어올랐다.

도비류는 지금껏 보지 못한 강적을 만났음을 깨달았다.

아랑은 엉겁결에 여환검을 받아 들었다. 검이 손아귀에 잡히는 순간 그녀는 마음이 크게 진탕되는 것을 느꼈다.

그때 두 사람 사이로 끼어드는 그림자가 있었다.

"도 대협!"

간신히 몸을 일으킨 무룡이 마유와 함께 서 있었다. 좀 더 쉬고 싶었지만 도비류가 능운겸을 죽였다는 말을 듣자 누워 있을 수만은 없었다.

유천복이 도비류에게 얼마나 큰 빚을 졌는지 아는 무룡이었다. 무슨 곡절이 틀림없이 있을 것이다. 그렇지 않다면 도비류가 어찌 이런 짓을 저지를 수 있으랴! 가까이 다가서는 무룡을 보며 최호가 소리쳤다.

"조심하시오! 그자는 제정신이 아니오!"

"도 대협, 아니, 도 형. 나요, 유천복이오."

무룡이 스스로 유천복이라고 말한 것은 이번이 처음이었다. 그가 보기에도 도비류는 정상이 아니었다. 유천복을 보면 정신이 돌아오지 않을까 여긴 것이다.

달려들던 도비류는 무룡을 보자 멈추어 섰다. 무슨 생각이 떠오른 것인지 더 이상 오려 하지 않고 백리향을 재촉하였다.

"오늘은 더 이상 이곳에 있고 싶지 않아. 도영, 어서 돌아가자꾸나."

"도 형! 도 형!"

무룡이 안타깝게 불렀다.

"소용없다오. 바로 저 요녀에게 홀린 것이오. 예쁜 여자는 음탕하다 더니 저 계집이야말로 그 말에 딱 어울리는 년이오."

최호가 더럽다는 듯이 백리향 쪽으로 침을 퉤 뱉자 백리향은 머리에 서 김이 솟을 지경이었다. 그러나 도비류가 팔을 끌어당기자 이쪽을 노려보며 천천히 사라졌다.

무룡이 아무리 소리쳐 불러도 도비류는 뒤돌아보지 않았다.

"유가장을 떠난 뒤 무슨 일이 있었던 것일까?"

무룡의 머리 속이 복잡해졌다. 그날 말도 없이 사라진 도비류가 어 째서 삼천교의 수족 노릇을 하고 있는 것일까?

"부단주님은 화기가 골수에 미쳐 주화입마에 들었소. 그 때문에 움 직일 수 없었던 것이오. 따님에 대한 걱정으로 심화가 든 데다 울화까 지 치밀어……."

도진이 침통한 표정으로 다가오며 능운겸이 어째서 도비류에게 당 했는지 말해 주었다.

"쯧쯧. 천왕문의 능 소저가 어찌 금수만도 못한 놈과 인연을 맺었는 지 모르겠군. 여자란 자고로 지아비를 잘 만나야 하는 법이거늘."

패악이 혀를 찼다.

"사람의 일은 원래 알 수가 없는 법이니 함부로 말하지 말아요."

아랑은 도비류의 슬픈 듯한 모습에 마음이 아팠다. 그것은 사랑에 빠진 사람의 눈빛이 아니었다. 한없이 공허했고 뜬구름처럼 허망해 보였다.

"쿵. 에구구, 허리야. 더는 못하겠다! 쿵. 밧줄도 소용없고 뭐든 녹여 버리는 놈을 무슨 재주로 잡는단 말이야! 쿵."

돌연 이자오가 공을 튀기듯 이쪽으로 툭 튀어나오더니 땅바닥에 큰 대자로 누워 고래고래 소리를 질렀다.

"나는 더 이상 못해! 안 해! 쿵. 땡중이 저지른 일이니 너 혼자 알아서 하거라. 카악, 퉤."

이자오가 침을 뱉자 시커먼 객담이 땅에 툭 하니 떨어지며 연기가 푸스스 올라왔다. 지독한 독기였다. 열 개나 되는 상투는 하나도 성한 곳이 없어 쑥대머리로 변해 버렸다.

무애 대사는 입고 있던 옷마저 홀랑 녹아버려 우스운 몰골을 하고 있었다. 머리에 꽂았던 구리 동곳은 이미 머리카락과 함께 반이나 녹아버렸고 철 지팡이도 그 형태가 예전과 달랐다.

"허허. 정말 독이 골수에 미쳤구나."

무애 대사의 탄식에 무룡은 고개를 돌려 아삼을 보았다.

"아삼!"

무룡은 천이 풀리며 드러난 아삼의 얼굴을 알아보았다.

그러나 무룡의 목소리를 들은 아삼의 눈빛은 붉게 물들었다. 독왕자가 되어 힘은 얻었으나 그것은 엄청난 고통을 수반하였다. 참을 수 없는 고통은 끊임없이 살을 에이고 뼈를 바수었다. 고통을 참아낼 수 있었던 것은 오로지 유천복을 원망하는 마음 때문이었다.

어쩌면 유천복이 죽었을지도 모른다고 생각했다. 그러나 그건 너무

시시했다. 반드시 자신의 앞에 무릎을 꿇게 하고 싶었다. 그러면 자신의 손으로 직접 명줄을 끊어줄 참이었다. 그러나 다시 만난 유천복은 어떤 상상과도 달랐다. 그는 예전보다 훨씬 더 좋아 보였다.

"내가… 내가… 얼마나 고통스럽게 사는지… 이게 다… 다 네놈 때문이다……!"

무애 대사는 독왕자가 괴성을 지르며 무서운 속도로 무룡에게 달려가자 그제야 타버린 수염을 추슬렀다. 애지중지하던 수염이 몽창 녹아버리고 이제는 턱 주변에 조금만이 남아 마치 염소처럼 보였다.

"큿큿! 땡중 놈아, 네 꼴을 보니 이제야 분이 풀리는구나. 큿큿."

"개코야, 항상 너 때문에 일이 이렇게 되는 것이 아니냐! 저번에도 그렇고 지금도 그렇고 네놈이 중간에 손을 빼지 않는다면 어찌 내가 낭패를 당하겠느냐!"

무애 대사가 잡으러 달려오자 이자오가 풀쩍 뛰어 달아나며 소리쳤다.

"큿큿. 어쨌거나 나는 이제 할 만큼 다 했으니 거지 소굴로 돌아가련다. 나머지는 땡중 혼자 잘해보라고. 제길 술 한잔 얻어먹으러 나왔다가 내 전 재산을 다 거덜 내다니, 이런 손해 보는 짓이 어디 있느냔 말이다. 큿큿."

"누가 보내줄 줄 알고."

고무공처럼 튀어 달아나는 이자오를 쫓아 화살처럼 달려가는 무애 대사였다.

무룡은 아삼이 무서운 얼굴로 달려들자 조금 의아했다. 다른 사람이라면 몰라도 아삼만은 유천복에게 미안해해야 한다고 생각했다. 그런데 오히려 유천복을 원망하고 있다니 알 수가 없었다.

"아삼?"

"다 유천복 네놈 때문이다… 너 때문이다!"

"어라? 네놈 때문에 정작 죽을 고생을 한 건 그 바보 멍청이인데 어째서 네놈이 잡아먹을 듯이 달려오는 거지?"

"유천복… 죽어라!"

아삼이 달려들며 미친 듯이 손을 휘둘렀다. 독장을 뿜어낼 때마다 살이 타 들어가는 듯한 고통이 느껴졌지만 이미 익숙한 것이었다. 유천복을 공격하는 독장은 아픔보다 쾌감이 더 컸다.

"어째서 이놈이고 저놈이고 나만 보면 죽이려고 덤벼들지? 다른 건 몰라도 이 멍청이가 남들에게 원한 살 짓을 한 건 없는데 말야."

무룡이 몸을 피할 때마다 아삼의 손가락 끝에서 뿜어져 나온 독기는 허공을 갈랐다.

"킁킁! 땡중아, 어째서 저놈은 독장에 아무렇지도 않은 게냐? 킁킁."

"허허, 그러게. 이상한 일이군."

두 노인은 싸우던 것도 잊어버리고 사이좋게 앉아 무룡과 아삼을 보며 고개를 갸우뚱거렸다.

"어찌 된 일인지 모르겠으나 나는 그 멍청이와는 달라. 봐줄 생각이 없다고. 따지고 보면 손해를 본 것은 이쪽이란 말이야."

무룡은 제자리에 서서 뻗쳐 오는 아삼의 팔목을 확 잡아끌었으나 이내 다시 손을 놓아야 했다. 코끝으로 비릿한 냄새가 확 풍겨왔다. 어느 틈에 아삼이 뒤로 돌아가 있었다.

"앗! 위험하다!"

아삼이 무룡에게 가까이 다가가자 모두들 깜짝 놀라 소리를 질렀다. 무애 대사가 철 지팡이로 아삼의 손을 쳐내려 하였으나 아삼은 완강히 거부하였다. 손을 뻗기만 하면 무룡의 어깨를 잡을 수 있었다.

무룡은 몸을 빼려 하였으나 다리가 꼬여 그대로 주저앉고 말았다.

"뭐 하는 거예요? 어서 뒤로 물러서요."

아랑이 발을 동동 구르며 달려오려 하였다. 그러나 무룡은 복령을 먹어 만독불침이 된 데다 환골탈태까지 하였으니 아삼의 독쯤 이겨내지 못하랴 생각하고 있었다.

치익―

그러나 그것은 무룡의 오판이었다. 아삼이 어깨를 잡자마자 살을 타는 듯한 독한 냄새와 함께 매캐한 연기가 확 풍겼다.

"아악!"

어깨뼈가 타는 듯한 고통에 무룡이 비명을 질렀다.

아삼은 이제야 원을 풀 수 있게 되었다고 생각했다. 유천복이 죽는 걸 보면 고통도 덜어질 것 같았다.

사람들이 아삼을 떼어놓기 위해 달려들었다. 그중에서도 가장 가까이 서 있던 마유가 제일 빨랐다. 그는 온몸을 던져 아삼에게 돌진하였다. 하나 남은 팔은 있으나마나 한 것이었으니 남은 것이라고는 몸뚱이밖에 없었다.

"타앗!"

전속력으로 달려오는 마유의 무게를 이기지 못한 아삼은 몇 바퀴나 굴러갔다. 마유는 그대로 쓰러져 더 이상 일어서지 못하였다.

"마 형!"

무룡이 절규하는 듯한 목소리가 들려왔다. 아마 유천복이었다면 벌써 울음을 터뜨렸겠지.

"멍청이 소상공자, 대체 어디 있는 거야? 보고 갔더라면 좋았을 것을."

무수히 많은 개미들이 온몸을 헤집고 다녔다. 고통은 쾌감의 다른 말이었다. 그는 몸이 서서히 녹아 오그라드는 것을 느꼈으나 고통스럽지는 않았다. 오히려 간지러운 곳을 마구 긁는 듯한 시원함이 온몸을 푹 적시고 있었다. 나른한 기운이 구석구석 쓸어내려 자꾸만 졸음이 쏟아졌다.

수없이 많은 별들이 눈앞으로 쏟아져 내렸다. 손만 뻗으면 얼마든지 잡을 수 있을 것 같았다. 마유는 손을 뻗었다. 그러자 별을 움켜쥐는 자신의 양손이 보였다. 양손과 팔에 이어 무거운 몸뚱이는 어느새 새 털처럼 가볍게 변하여 별과 함께 하늘로 날아올랐다.

'아하, 팔이 다시 생겼네.'

새로 생긴 팔은 예전보다 튼튼해 보였다. 그는 문득 묵검을 두고 온 것이 떠올라 아쉬웠지만 앞으로는 싸울 일이 없을 테니 상관없었다.

높이 높이 날아올라 아래를 보자 오그라든 자신의 육체를 둘러싸고 있는 사람들이 보였다. 자신이 나는 것을 보지 못한 것일까?

마유는 이제 할 일을 다 했다고 생각했다. 소상공자에게 진 빚을 갚아 마음이 가벼웠다.

"묵검을 그에게 주고 싶었는데……."

마유는 입을 열어 말할 수는 없었으나 무룡이 알아들었을 것이라 생각했다.

"마 형! 이렇게 무모한 짓을 하다니……."

어이가 없는 듯이 중얼거리는 무룡이었다. 아삼의 독이 고통스럽기는 하지만 자신이라면 중독되지는 않을 터였다. 무룡의 어깨는 시커멓게 변해 있었지만 점차 원래의 피부 색으로 돌아가고 있었다. 아삼의 독기는 무룡의 피부 속까지 침범하지는 못한 것이다.

기분이 이상했다. 마유는 유천복에게 있어서 친형과도 같은 존재였다. 무룡은 유천복이 의형인 도비류보다 마유에게 더 많이 의지하고 있었다는 것을 알고 있다. 묵검을 손에 들자 머리가 깨질 듯이 아파왔다. 혹시 이것은 유천복의 마음일까?

무애 대사는 아삼을 잡으러 다가서고 있었다. 마유에게 밀려 넘어진 아삼은 바위에 부딪쳐 한동안 일어서지 못하였다. 기회는 이때밖에 없는 듯하였다.

숨을 몰아쉬고 있던 아삼은 다가오는 발자국 소리에 몸을 일으키려 하였지만 천에 감긴 몸은 재빠르게 움직일 수 없었다.

"이놈아, 얌전히 있거라. 내 소림사로 데려가 독기가 다 빠질 때까지 참회동에 가둬놓을 테니 걱정 말거라. 네놈의 죄업을 씻는 길은 오직 그 길뿐이다."

그러나 무애 대사가 막 아삼을 잡으려는 찰나 갑자기 하늘에서 흰 천이 휘리릭 내려와 아삼을 감아 올렸다.

"어엇! 저게 뭐냐?"

무애 대사가 쳐다보니 희끄무레한 그림자가 아삼을 매달고 하늘 저쪽으로 사라지는 것이 보였다.

"킁킁. 저런, 저놈이 도망간다! 잡아라, 잡아! 킁킁."

이자오도 발을 동동 굴렀으나 따라갈 생각은 없는 듯하였다.

제33장

백일지몽

百日之夢

천하의 무림인들치고 금강불괴라는 말에
초연할 수 있는 사람이 몇이나 될까?

거울 속의 여자는 아름다웠다.

매끄럽고 윤기나는 검은 머리, 싱그러운 피부와 보드라운 입술, 마치 시들지 않는 꽃처럼 그녀는 삼십 년 동안이나 아름다움을 유지하고 있었다.

그러나 다른 사람들은 볼 수 없어도 그녀 자신만은 눈가에 잡힌 세월의 흔적들을 볼 수 있었다. 입가에 살짝 패인 주름도 지난날에는 없었던 것이다. 옥처럼 맑고 투명한 그녀의 미간이 살짝 흐려졌다.

"아아, 정녕 이대로 가는 시간을 잡을 수는 없단 말인가?"

붉은 입술이 살짝 벌어지며 탄식이 흘러나왔다.

양씨 부인은 좁은 어깨를 감싸 안았다. 몇 년 사이에

급격히 늙어가고 있다는 것을 알 수 있었다.

태산에서 우연히 만난 한 도사에게 토납법을 배웠던 덕에 그녀는 젊음의 시간을 다른 사람보다 길게 붙잡고 있을 수 있었다. 또한 그때 배운 몇 수의 무공은 강호에서 그 적을 찾아볼 수 없을 정도였다. 지금에 와 생각하니 그 도사는 신선이었던 것이 분명했다. 차라리 그때 그 신선을 따라갔더라면… 후회는 언제나 늦기 마련이다.

그녀는 옆에 놓인 광채가 화려한 검을 보며 한숨을 내쉬었다.

"수양제의 오채보룡검에 장생의 비밀이 적혀져 있다는 것도 다 헛소문이었어. 내 금단을 찾기 위해 그토록 노력하였으나 그도 헛일이었지. 양기를 쏘이지 않는 것만으로는 역시 부족하단 말인가. 햇볕을 멀리하고 화식과 육식을 금하고 칠정오욕을 끊었는데도 나는 점점 죽어가고 있구나. 선인들의 말대로 금단을 복용하지 않으면 결국 늙어버릴 수밖에 없어. 약선의 말대로 수옥이 금단이라면 반드시 어떻게 사용하는지 알아내고 말 테다."

흑진주 같은 눈에서는 맑은 눈물이 또르르 굴러 그녀의 투명한 손등을 적셨다. 나직하고 부드러운 울음소리는 너무도 애처로워 아무리 철석 같은 심장을 가진 사내라 할지라도 녹여 버리고 말 터였다.

"어찌하여 세월은 내게 이렇게 잔인하단 말이냐? 황을 두고 먼저 갈 수는 없어. 더구나 두공 그 아이를 곁에 두고 있는 꼴을 지하에서라도 내 어찌 볼 수 있으랴."

삼천교의 신도들은 서왕모라 추앙하였으나 그녀는 단지 양씨 부인이라고 불리우는 걸 더 좋아하였다.

양씨 부인은 비천한 출신이었다.

양귀비를 존경하여 스스로 성을 양씨로 하고 몰락한 대가의 후손이라 말하고 다녔다. 젊은 시절 타고난 미모 덕에 정안국(定安國) 황제인 오현명(烏玄明)의 눈에 들게 되었다. 아들을 낳았으나 황후의 계략으로 용종(龍種)으로 인정받지 못하고 그늘에 가려진 여인이 되었다. 앙심을 품은 양씨 부인은 오현명을 조종하여 여진(女眞)의 사신을 통하여 송나라에 국서를 보냈다. 송나라의 요정벌에 측면 지원을 하겠다고 하여 결국 요나라의 심기를 거스르고 만 것이다.

결국 요나라에 의해 다시 정안국이 멸망하게 되자 막대한 재물을 챙겨 아들과 몸을 숨겼다.

양씨 부인은 다시 두목영(豆木英)이란 자와 혼인을 하였으나 두목영이 천한 하녀에게서 아들을 낳게 되자 격분하였다. 양씨 부인이 참을 수 없었던 것은 어쩐 일인지 그 아들이 바로 자신의 아들과 쌍둥이처럼 닮아 있었던 것이다. 화가 난 그녀는 남편과 하녀를 죽여 버렸다. 그러나 그 아이만은 아들의 간곡한 권유로 살려둘 수밖에 없었다.

양씨 부인은 아들의 부탁을 한 번도 거절한 적이 없었다. 그녀는 아들에게 자신의 성씨를 따르도록 하였다. 아들은 장성할수록 더욱 미청년이 되어갔다. 그녀는 어떤 사내들에게서도 느끼지 못했던 지극한 사랑을 아들에게서 느꼈다. 아들이 차츰 연인처럼 느껴졌던 것이다.

"황을 두고 내가 먼저 갈 수는 없어……."

사람들은 삶에서 나와 죽음으로 들어간다. 오래 사는 사람이 열 명 중에 세 명쯤 있고, 일찍 죽는 사람도 열 명 중에 세 명쯤 있다. 또한 오래 살 수 있는데도 공연히 움직여 죽음으로 가는 사람도 열 명 중에 세 명쯤 있다. 그 이유는 바로 집착 때문이다.

삶에 대한 집착! 가진 것에 대한 집착! 나이가 들어 늙어가는 것은 어느 누구한테나 자연스러운 일이었다. 그러나 사람들은 종종 그 자연스러운 일이 자신에게만은 비껴가기를 원했다.

움켜쥔 손을 절대로 놓고 싶지 않은 사람들은 그걸 유지하기 위해 필사적이었다.

"요의 소태후가 그리 쉽게 포기한 것도 결국은 늙고 병들었기 때문이지. 나는 그녀처럼 되지는 않을 것이다. 내 시간이 얼마나 걸리든지 간에 그를 황제로 만들고 말겠다. 정안국처럼 약소국이 아닌 천하의 황제로! 그러기 위해선 시간이 필요해. 가는 세월을 붙잡아야만 해."

아들보다 먼저 늙고 추해져 결국은 죽음에 이른다는 것은 생각만 해도 끔찍했다. 양씨 부인은 삼천교를 만들었고 불로장생의 비술을 찾기 위해 모든 방법을 동원했다. 영원히 살 수만 있다면 나라 하나 세우는 것이야 어려운 일도 아니라고 생각하였다. 외부와의 접촉을 끊은 지천궁 안에서 양씨 부인의 부질없는 망상은 더욱더 부풀어갔다.

"어머니."

밖에서 양황의 목소리가 들려오자 그녀는 황급히 눈물 자국을 훔쳐내었다. 아들에게는 항상 아름다운 모습만 보여주고 싶었다.

그러나 들어온 아들은 꼴 보기 싫은 두공과 함께였다.

"본 교를 침입한 자들이 있어 혹시 놀라실까 봐 달려왔습니다."

언제 보아도 늠름한 아들, 양씨 부인의 얼굴은 화사한 복사꽃처럼 환해졌다. 그녀는 양황의 손을 끌어당겨 자신의 옆에 앉혔다.

"침입자라니요. 감히 어떤 자들이 이곳까지 들어올 수 있겠습니까? 이 어미 걱정은 마세요. 어미는 오히려 교주께서 놀라셨을까 걱정이 되는구려."

양씨 부인은 옥 같은 손을 들어 양황의 이마를 짚어보았다.

"아직 정체는 드러나지 않았습니다만, 곧 처리할 것이니 두 분께서는 걱정하지 마십시오.”

두공은 자신이 입을 열면 양씨 부인이 어떤 반응을 보일지 정확히 꿰뚫고 있었다. 양씨 부인 앞에서 숨소리조차 내지 못하던 두공이었다. 그러나 근자에는 그녀가 그다지 두렵게 느껴지지 않았다. 세월을 잡으려 안간힘을 쓰는 늙은 여자는 더 이상 두려운 존재가 아니었다. 게다가 자신의 말에 발끈하는 그녀를 보는 것은 묘한 즐거움이었다. 그의 예상대로 양씨 부인의 온화하던 얼굴은 사납게 일그러졌다.

“누가 네놈 따위에게 물었느냐! 그리고 내 거처에는 얼씬도 말라 일렀거늘… 천한 것이 함부로 들어오다니!”

양씨 부인은 저도 모르게 입술을 깨물었다. 두공을 볼 때마다 치밀어 오르는 질투심을 참을 수가 없었다. 인피면구 아래에서 자신을 비웃고 있을 얼굴만 떠올려도 욕지기가 치밀었다.

‘천한 놈이 제 분수도 모르고 점점 그를 현혹시키고 있구나. 교활하고 음탕한 것! 내 모를 줄 알고 있겠지. 흥! 그러나 그가 너를 귀여운 장난감으로 생각하고 있기 때문에 봐주고 있는 것뿐이니 자만하지 말거라. 곧 너에게 흥미를 잃을 것이니 그때는 반드시 네 어미와 같은 꼴이 되게 해줄 테다.’

여우 같은 옥청화를 떼어놓았더니 아들은 두공을 더욱 곁에 두고자 하였다. 그녀는 두공을 볼 때마다 자신이 훼손한 그의 용모가 떠올랐다. 불과 세 살도 안 된 아이였지만 그녀가 질투심을 느낄 만큼 예쁜 얼굴이었다. 더구나 그때 양황의 눈빛이 어떠하였는지 생각만 하여도 질투심으로 미칠 것만 같았다.

‘마음대로 생각하시지요. 그러나 당신의 뜻대로 되지는 않을 겁니다.’

양씨 부인의 안색이 변하자 두공은 자리를 떠났다. 뻔히 예상하고 있던 일이었다.

문을 나서는 두공의 입가에 희미한 미소가 떠올라 있었다. 자신을 볼 때마다 양씨 부인의 감정이 격해지는 것을 보는 것은 또 다른 재미였다. 어렸을 때는 마치 귀신을 보듯이 두려워하던 여자였다. 그러나 나이가 들수록 칼자루를 쥐고 있는 것은 자신이라는 생각이 들었다.

철이 들었을 무렵 복수를 꿈꾸지 않았던 것은 아니었다. 그러나 두공은 생각을 바꾸었다. 그녀가 가장 사랑하는 것과 가장 두려워하는 것이 무엇인지 알았기 때문이었다.

양황이 자신을 아낄수록 양씨 부인은 분노했다. 그 분노가 얼마나 격렬한지 그녀는 번번이 평정심을 잃었다. 그리고 평정심을 잃을 때마다 조금씩 늙어갔다.

두공은 양씨 부인의 곁에서 그녀가 늙고 병들어 추한 모습이 되어가는 것을 지켜봐 주기로 했다. 그것이 그가 택한 복수의 방법이었다. 양황의 앞에서는 언제나 자애롭고 현숙한 어머니의 모습을 하고 있지만 그 속이 어떤지는 두공만이 알고 있었다. 물 위를 한가로이 노니는 백조의 발짓은 언제나 바쁘기 마련이었다.

"당신이 아끼는 것을 확실히 빼앗아주지."

그걸 위해서라면 남자로서의 수치심과 모욕감 등은 얼마든지 버릴 수 있었다. 아직도 그의 꿈속에서는 사지가 절단된 어머니가 구해달라며 울부짖고 있었다.

양황은 양씨 부인의 노기를 풀어주느라 쩔쩔매고 있었다. 어머니는 날이 갈수록 신경이 예민해졌다.

"어머니, 죄송합니다. 같이 있다 보고를 받았기에 어머니께서 그를 멀리하시는 것을 잠시 잊었어요."

양황은 부드러운 목소리로 용서를 빌었다. 그러나 양씨 부인은 아들이 두공과 함께 있었다는 것을 알자 더욱 화가 났다.

"교주는 이 어미의 말을 듣지 않는군요. 저 애는 반드시 화가 될 거라 하지 않았습니까?"

양씨 부인은 애써 분노를 억누르며 간신히 입을 열었다.

"어머니, 항상 명심하고 있으니 염려 놓으세요."

양황은 언제나 온화한 양씨 부인이 두공에게만은 그렇지 않다는 것을 다른 여자에게 본 남편의 자식이기 때문이라고 생각했다. 부처도 씨앗 앞에서는 돌아앉는 법이라고 했으니 아무리 어머니라고 하여도 두공을 좋아할 수는 없을 것이었다. 그러나 그럴수록 그는 두공이 안타까웠고 불쌍했다.

어려서 두공을 처음 보았을 때 양황은 맹세했다. 맹수에게 쫓겨 길을 잃고 품에 뛰어든 토끼처럼 자신이 보호해 주지 않으면 두공은 끝내 어머니의 손에 죽임을 당하고 말 것이었다.

단 한 번도 양씨 부인의 명을 거역한 적 없는 착한 아들이었지만 두공에 대해서만은 물러서지 않는 그였다. 처음에는 동생으로, 그리고 차츰 연인으로 두공을 생각하게 되었다.

양씨 부인이 두공을 싫어하면 할수록 양황의 두공에 대한 애정은 더욱 깊어갔던 것이다.

그것은 어쩌면 양씨 부인의 비틀린 애정을 그대로 닮았기 때문인지도 몰랐다.

원래 양씨 부인은 아들에게 맞는 짝을 직접 찾겠다며 어린 옥청화를 데려와 키웠다. 그러나 정작 옥청화가 나이가 들자 억지로 황궁에 들여보냈다. 양황도 어머니가 골라주는 여자에게는 관심이 없었다. 그는 어머니가 싫어하는 두공을 옆에 두면서 묘한 해방감을 느꼈다.

두공은 어머니의 손이 미치지 않는 유일한 것이었다.

"수옥의 비밀은 어찌 되었나요?"

양씨 부인의 말에 멍하니 두공을 생각하고 있던 양황은 정신이 번쩍 들었다.

"약선이 연구하고 있지만 별 진척이 없습니다. 역시 송옥과 함께 있어야 효력을 발휘하나 봅니다."

"그럴 테지요. 그리 쉬울 리가 있겠습니까? 교주께서 이 어미를 위해 애쓰십니다."

양씨 부인은 흐트러진 아들의 머리를 귀 뒤로 넘겨주었다. 양황의 나이 이미 불혹을 지났건만 그녀의 눈에는 여전히 어린 아들이었다.

"저야 늘 어머님이 원하시는 대로 따를 뿐이니 염려 마세요."

듬직한 아들의 말에 양씨 부인의 얼굴에는 다시 햇살 같은 미소가 떠올랐다.

"사람은 태어나면 죽기 마련이지요. 내 어찌 그 이치를 모르겠습니까? 그러나 험한 세상에 교주를 혼자 두고 갈 것을 생각하면 절로 눈물이 납니다. 이 어미가 말했지요. 세상 사람들은 언제나 다른 사람들을 이용하기 위해 혈안이 되어 있습니다. 잠시만 방심해도 적은 나의 등에 칼을 꽂지요. 절대로 잊지 마세요. 교주를 진심으로 생각하는 사람은 이 어미뿐이라는 걸 잊으시면 안 됩니다. 이 어미는 목숨이 붙어 있는 한 교주를 지켜줄 것이에요."

양씨 부인의 눈이 촉촉이 젖어들자 양황이 손끝을 들어 눈물을 훔쳐내었다. 양씨 부인은 더욱 흐느끼며 애처로이 울었다.

"어머니가 이리 심약하시니 이 아들은 걱정이 태산같습니다. 하지만 걱정하실 것 없어요. 동정호의 석양은 곧 지기 때문에 아름답다고 하나 어머니의 아름다움은 영원히 지지 않을 것입니다. 이 아들이 꼭 그렇게 해드릴 것입니다."

"나는 교주만 믿겠습니다. 이 어미를 여태껏 한 번도 실망시킨 적 없었으니까요."

한참이 지나 양황이 밖으로 나오자 그때까지 기다리고 있던 두공이 나타났다.

"침입자들은 알아내었느냐?"

어깨를 나란히 하고 걸으며 양황이 물었다.

"유가장과 봉호문의 잔당들인 것 같아요. 수옥을 찾으러 왔겠지요."

"그래? 그자들이 간도 크구나. 하긴 수옥을 얻기 위해 그동안 수없이 많은 자들이 이곳을 침입하였지. 흥! 가소로운 것들. 하룻강아지 범 무서운 줄 모른다더니 바로 이런 경우를 두고 하는 말이지."

"형님은 걱정하실 필요 없어요. 제가 다 알아서 처리할 테니 가서 쉬고 계세요."

양황은 두공의 손을 잡고 자신의 거처로 향하다 앞에서 오는 능초영과 마주쳤다. 눈빛이 풀린 맨발의 능초영은 어디서 가지고 왔는지 약초를 한 아름 들고 바닥에 뿌리며 중얼거리고 있었다.

"오라버니, 약을 드세요. 약을 드세요……."

스치듯 옆을 지나가는 그녀의 모습은 처량하기 그지없었다.

"천왕문의 금지옥엽이 저리되다니, 검황이 지하에서 통곡할 일이군."

양황이 안쓰러운 듯이 말했다. 두공은 어깨를 으쓱했다. 변한 것은 자신뿐이 아닌 모양이었다. 언제나 변함없으리라 생각했던 양씨 부인이 흔들리는 모습은 그에게도 충격을 가져다 준 것이 분명했다.

"여인들이란 어째서 다들 저렇게 어리석은지……."

양황이 다시 한 번 능초영을 돌아보았다.

백리향과 도비류의 뒤를 따라 능초영이 왔을 때 그는 첫눈에 능초영이 도비류에 대한 애정으로 미쳤다는 것을 눈치 챘으나 그냥 두더라도 해가 되지는 않으리라 생각하여 상관하지 않았었다. 또한 얼마간은 백리향과 도비류를 자극하려는 생각도 있었다. 묘하게도 같은 시기에 정신이 나가 버린 두 연인의 모습이 양황의 마음을 움직였던 것이다.

양황은 백리향을 경멸하였지만 그녀로 인해 도비류를 적절히 써먹을 수 있기 때문에 내치지는 않았다. 제멋대로라는 점에서 양씨 모자의 성격은 매우 닮아 있었다.

"약선은 아직도 수옥에 대해 아무것도 알아내지 못했겠지?"

"오늘 아침까지는 그랬는데 지금은 어떤지 모르겠어요."

양황이 교주의 거처인 천신궁(天神宮)으로 사라지자 두공은 약당으로 향했다.

어느 틈엔지 능초영이 두공의 뒤를 따라오고 있었다.

등이 굽고 추한 몰골의 약선은 여전히 정체를 알 수 없는 것들에 둘러싸여 있었다. 각종 독물들과 식물들의 악취가 뒤섞여 코가 떨어져 나갈 것 같았다. 능초영이 들고 있던 약초는 아마도 이곳에서 가져왔을 터였다.

"추아(醜我), 왔느냐?"

고개도 들지 않고 약선이 중얼거렸다.

그때 능초영이 냉큼 약선의 곁으로 가더니 함박웃음을 지었다.

"할아버지, 나 좀 봐. 내가 약초를 이만큼이나 캐 왔어. 이것만 있으면 오라버니의 병을 고칠 수 있지?"

갑자기 앳된 목소리가 들려왔다. 아무와도 말하려 하지 않던 능초영이 약선에게 친밀하게 구는 것을 본 두공은 깜짝 놀랐다. 그러나 더욱 놀란 것은 약선의 따스해 보이는 얼굴이었다. 평상시 추한 모습은 그대로였지만 눈빛만은 한없이 인자했던 것이다.

"흐흐, 그렇구나. 그것만 있으면 네 오라버니 병은 금방 고칠 수 있을 게다. 그러니 너도 얼른 나아서 오라버니를 만나야지."

약선 또한 능초영의 광증이 심마에서 비롯되었다는 것을 알고 있다. 그의 의술이라면 도비류를 백리향의 섭혼술로부터 깨어나게 하는 것도 그리 어려운 것은 아니었다. 백리향에게 섭혼술에 쓰일 용현향을 만들어준 것 또한 약선이었으니 해독약을 만드는 것은 손바닥 뒤집기처럼 쉬울 터였다. 그러나 약선은 그러지 않았다. 능초영이 정신을 차리지 않기를 바랬기 때문이었다.

그는 능초영에게 약을 내어주며 마구 엉킨 머리를 빗으로 빗겨주었다. 정말로 할아버지와 손녀처럼 다정해 보였다.

"아이 써! 할아버지, 이 약을 먹으면 정말 오라버니를 만날 수 있어?"

능초영 또한 일곱 살 먹은 계집아이처럼 코 먹은 소리를 하며 애교를 부렸다. 그녀에게는 약선이 검황 능소천으로 보이고 있었던 것이다. 세상에서 가장 강하다고 생각했던 할아버지, 어린 시절에 보았던 그 할아버지를 만나자 그녀의 기억도 어린 시절로 돌아가 있었다.

"흐흐, 할아비가 대추를 주마."

꼬질꼬질한 허리춤에서 윤기가 자르르 흐르는 말린 대추를 꺼내며 약선이 껄껄 웃었다. 술을 살짝 뿌려 말린 대추는 달콤하면서도 쌉싸름한 맛이 난다. 대추 한 움큼을 받아 들자 능초영은 세상을 다 얻은 것처럼 행복해했다.

"할아버지, 다 먹으면 또 줄 거야?"

능초영은 약선을 정말 검황으로 여기고 있는 것일까? 두공은 문득 궁금해졌다.

약선의 의술 중에서도 가장 뛰어난 것은 바로 사람의 마음이 원하는 것을 상상할 수 있게 만들어주는 것이었다. 두공의 환술도 결국은 약선의 도움을 받아야만 가능했다.

능초영의 마음속에는 오직 할아버지만이 도비류를 구할 수 있을 것이라는 생각이 있었고 또한 도비류와 백리향의 관계를 잊어버리고 싶은 마음이 있던 터라 결국 어린 시절로 돌아가 버렸다.

약선은 삼천교에서 가장 중요한 사람 중 한 사람이었다. 그의 놀라운 의술은 천금방의 손무양과 견주어도 전혀 뒤지지 않는 것이었다. 그의 본명이 무엇인지 아는 사람은 없었다.

삼천교가 짧은 시간에 백성들을 현혹할 수 있었던 것은 그의 의술 덕이었다.

그는 젊은 시절 양씨 부인을 만났고 그 이후 계속 그녀를 따라다녔다고 했다. 두공은 그가 양씨 부인을 사랑하였을 것이라 생각하였지만 내색하지는 않았다.

두 사람의 오붓한 한때를 방해한 것은 두공이었다.

"약선, 잘되어가나요?"

한쪽 머리를 묶고 다시 빗질을 하던 약선의 손이 멈추었다. 그의 눈빛은 금세 흙탕물을 끼얹은 것처럼 어두워졌다. 능초영과의 시간을 방

해받아 화가 난 듯이 보였다.

　"추아, 잠시 기다리거라. 할아비가 이따가 머리를 마저 빗겨주마."

　"응, 손님이 가시면 다시 추아랑 놀아줘야 해."

　"오냐."

　능초영은 한쪽만 묶인 머리를 하고 한쪽 구석에 있는 약장 위로 냉큼 올라가 앉았다.

　두공은 좁은 실내를 둘러보다 한쪽 구석에 서 있는 두 명의 여자에게 시선을 주었다. 두 여자의 용모는 너무도 추악하여 말로 형용할 수 없을 정도였다.

　약선은 어느새 예전의 교활하고 음침한 눈빛으로 돌아가 세 명의 여자를 손가락질하였다.

　"훌륭한 모습이지. 날 쏙 빼어닮게 만들었거든."

　그의 말대로 두 여자들은 절구통 같은 머리에 푹 들어간 코, 길고 긴 손가락 발가락에는 굵디굵은 마디까지 맺혀 있었다. 목구멍은 사내처럼 튀어나왔는데 목 뒤로는 두둑하게 살이 쪄 어깨와 붙어 있었다. 커다란 머리통에는 머리칼이 띄엄띄엄 나 있었으며 피부는 옻칠을 한 듯 새카맣다.

　그러나 두공의 눈빛은 변함없이 차분했다. 그는 사람의 미추(美醜)가 얼마나 허망한 것인지 잘 알고 있었다.

　약선이 짓무른 눈을 비볐다.

　"그녀들은 삼귀녀(三鬼女)라네."

　두공은 여자들이 두 명뿐인 걸 보고 의아해하였으나 묻지는 않았다. 약선이 삼귀녀라고 했으니 삼귀녀가 분명할 것이다. 눈에 보이는 것보다 보이지 않는 것이 진실에 가깝다는 것을 그는 열 살도 되기 전에 깨달았다.

"이 두 여자들은 용모는 추해졌지만 대신 엄청난 괴력을 얻게 되었지. 이 방법은 원래 고대로부터 내려왔던 밀교의 비술이라네. 큭큭…… 옛날에 종리춘이라는 여자가 있었네. 그녀의 모습은 너무도 추악해 나이 마흔이 되도록 아무도 그녀와 결혼하지 않으려 하였다네. 그러자 종리춘은 직접 왕에게 찾아가 '군자는 색을 멀리해야 한다' 는 유교적 가르침을 들먹여 왕비가 되었지. 기록에는 그녀가 몸을 숨기는 신통한 재주와 뛰어난 언변으로 왕비의 자리에까지 올랐다고 되어 있지만 사실은 이 비방을 써 근골을 바꾼 것이네. 그녀는 왕과 신하들을 협박하거나 죽여 자신의 뜻을 이룰 수 있었지. 킬킬, 훌륭한 여장부가 아닌가! 이 비방을 쓰면 외모가 아주 추해지지. 하지만 도검에도 상하지 않게 되지."

"그럼 금강불괴(金剛不壞)란 말씀입니까?"

두공이 흥미를 보였다. 사실 교주인 양황이 절세신공을 터득하였다고는 하나 금강불괴를 이룬 것은 아니었다. 전날 당삼고와의 일전에서 우위를 점한 것은 모두 겉옷 속에 입은 보의 때문이란 걸 알고 있는 두공이었다.

천하의 무림인들치고 금강불괴라는 말에 초연할 수 있는 사람이 몇이나 될까? 강한 것에 대한 열망은 무공을 배운 자의 어쩔 수 없는 본성이었다. 더구나 두공은 누구보다 강해지고 싶었다.

자신의 의지와는 다르게 흘러가는 삶을 바로잡기 위해서라도 강해져야만 했다. 그것이 복수를 할 수 있는 유일한 방법이었다.

"왜, 믿지 못하겠나?"

"아니, 그런 말뜻이 아니고……."

"킬킬. 자네 말뜻을 모르는 건 아니지만 금강불괴가 뭐 별겐가."

약선의 눈이 희미하게 반짝거렸다. 두공과의 대화는 언제나 즐거웠다. 양황은 약당에 내려오는 법이 없었지만 두공은 달랐다. 그는 약선을 잘 따랐다.

사실 약선은 두공의 어린 시절을 가까이에서 지켜본 몇 안 되는 사람 중 하나였다. 두공이 양황과 같은 모습으로 태어나게 된 것에는 그가 깊게 관여하고 있었다.

두공이 태어나자마자 그의 얼굴에 손을 댄 것이 바로 약선이었다.

두목영이 하녀를 첩으로 들이자 양씨 부인은 분노했다. 약선은 그 틈을 이용해 그녀의 마음을 얻고자 하였으나 뜻을 이룰 수 없었다. 이미 그녀에게는 세상 무엇과도 바꿀 수 없는 아들이 있었던 것이다.

약선은 그만이 할 수 있는 방법으로 복수를 결심했다. 천한 하녀가 낳은 아들이 자신이 낳은 아들과 똑같이 생겼다는 것을 안 순간 양씨 부인의 자존심은 여지없이 무너져 내렸을 것이다.

그 때문일까? 약선은 종종 두공에게 친밀감을 느꼈다. 힐끔 약당 구석에 쪼그려 앉은 능초영에게로 시선을 주었다. 두공과 능초영, 두 사람은 그에게 있어 자식 같은 존재라고도 할 수 있었다. 그러나 약선에게 있어 아들과 딸은 실험의 결과물이라는 의미였다.

어쩌면 그에게도 진정한 의미의 아들과 딸이 있었을지 모른다. 그때 그곳을 떠나지 않았더라면…….

"킬킬, 두공. 자네가 생각하는 금강불괴란 무엇인가?"

약선의 짓무른 두 눈이 두공에게 향했다.

"금강불괴란 도검불침(刀劍不侵)의 금강지체와 수화불침(水火不侵)의 불괴지체를 가리키는 말 아닙니까? 만독이 불침하는 것은 물론이고 금강석과 같은 신체를 갖게 되며 저절로 호신강기가 일어 완벽하게 방어되는 경지를 일컫는 말이지요."

"그렇지. 금강불괴는 무림인들이 꿈에도 그리는 완전한 인간의 경지라고 할 수 있지. 그러나 그것은 금강석(金剛石)처럼 굳세어서 어떠한 수단으로도 파괴되지 않는 단단한 육체(肉體)만을 의미하는 것은 아니라네. 금강경(金剛經)에는 원래 금강불괴란 육체와 더불어 견고한 지덕으로 일체의 번뇌를 깨뜨린 후에야 도달하는 정신의 지고한 경지를 동시에 의미한다고 쓰여 있지. 즉, 정신과 육체가 모두 완전한 인간이 되어야만 금강불괴라 할 수 있지."

"정신과 육체……."

두공은 다시 한 번 되뇌었다. 완벽한 정신이란 어떤 것일까?

"양 부인이 말하는 불로불사의 경지는 바로 그런 정신과 육체의 금강불괴를 일컫는 것이지. 하지만 그게 정말 가능한지는 아무도 모르네. 금강불괴가 되기 위해서는 연형(練形), 연기(練氣), 연혼(練魂)의 세 단계를 거쳐야 한다고 하지. 이 세 가지는 계단을 오르는 것처럼 점차 이룰 수 있는 것이 아니라 하늘과 땅이 다르듯이, 인간과 동물이 다르듯이 따로이 존재하는 하나의 세계이지. 그러니 연형을 이루었다고 연기의 단계로 넘어가는 것이 아니란 말이야. 연형이나 연기, 연혼의 단계는 각각의 깨달음으로 얻게 되는 것이고 그걸 깨달았을 때 진정한 금강불괴를 이룰 수 있는 것이지."

"마치 중들이 염불하는 소리 같군요."

두공은 약선의 말뜻을 알아들을 수가 없었다.

"킬킬. 이걸 내 식대로 말한다면 연형이라는 것은 육체를 단련하는 것이요, 연기는 공력을, 연혼은 말 그대로 사람의 정신을 단련할 수 있다는 걸세.”

약선의 마지막 말은 묘한 울림을 갖고 있었다. 두공은 침을 꿀꺽 삼켰다.

“그래서요.”

“킬킬. 무공으로 금강불괴를 이루는 것은 어렵지만 약물로써 근골을 강하게 하고 피부를 옥석처럼 만들 수는 있지. 세 단계를 한 사람에게 갖추도록 하면 쪽박을 깰 수도 있으니 나누어서 세 사람이 각기 한 가지씩을 익히게 된다면 어느 누구도 세 사람의 합공을 깨기 힘들 거야. 다른 것은 몰라도 내 나누는 것은 잘한다네. 전에도 음양을 나눠보려 한 적이 있었는데……..”

순간 약선의 눈빛이 무엇을 기억하는지 심하게 흔들렸다.

“나는 연형을 권(拳)으로 보았네. 연형권은 근육과 뼈와 피부를 단단히 단련하는 것이지. 제대로 익히자면 능히 십 년은 배워야 할 것이네만 다른 방법을 쓰면 단기간에 폭발적인 위력을 발휘할 수 있어. 천귀녀의 온몸에는 금강주(金剛呪)를 빼곡이 적어놓았지. 단 한 곳을 제외하고는 그 어떤 무기로도 그녀를 상처 입힐 수 없을 거야.”

금강주라는 말에 두공은 눈을 가늘게 뜨고 안력을 집중했다. 검은 피부라고 생각했던 것은 사실은 온몸에 빽빽하게 써 넣은 문신이었다.

‘약선의 능력은 도대체 어디까지일까? 내가 태어나기 전부터 양씨 부인을 따라다녔다고 하지만 그의 내력을 아는 사람은 아무도 없다. 어쩌면 교의 실질적인 권력을 쥐고 있는 것은 양씨 모자가 아니라 약선이 아닐까?

전부터 생각해 오던 것이었다. 약선의 의술과 독술이 천하를 오시할 만하다는 것은 이미 알고 있었다.

두공이 익힌 환술 또한 약선이 알려준 것이었다. 물론 두공의 무공은 양황의 어깨너머로 배운 것들이었다. 양씨 부인의 눈을 피해 양황이 간간이 가르쳐 준 적도 있었으나 제대로 배운 것은 없었다. 그러나 약선이 가르쳐 준 환술만은 그렇지 않았다. 그것으로 두공은 여타의 고수들과의 대결에서 우위를 점할 수 있었다. 이 모든 것은 바로 약선의 덕이었다.

그는 약선이 지금은 사라진 환교의 인물일 것이라 짐작하고 있었다. 그렇다면 양씨 모자의 엄청난 무공도 약선의 작품인가? 두공은 자신의 상상이 터무니없다고 생각하면서도 일말의 가능성을 생각지 않을 수 없었다.

두공은 천귀녀를 보며 금강주가 적히지 않은 곳을 찾아보려 했으나 소용없었다. 아마 옷 속에 감추어진 여인의 은밀한 곳이리라. 약선은 두공이 물어오기를 기다리고 있었다.

"단 한 곳이라면?"

약선의 눈에 오만한 빛이 번뜩였다.

"흐흐, 그건 알려줄 수 없다네. 자네는 아마도 옥문이라 생각할 테지만 그곳은 아닐세. 큭큭. 쉽게 찾을 수는 없을 거야. 뭐, 그건 그렇다 치고… 다만 한 가지 아쉬운 점은……."

"아쉬운 점이라니요?"

두공이 물었다.

"그건 바로 평생 동안 써야 할 힘을 한꺼번에 다 쓰는 것이라 수명이 줄어든다는 것이지. 거기다 감정도 없는 꼭두각시가 되어버리고 만다는 것이 안타까운 일이야. 하긴 자신의 용모가 저토록 추해진 것을 알면 어떤 여자라도 미치고 말 테니 오히려 잘된 것인지도 모르지."

"수명이 줄어든다라면 얼마나요?"

"큭큭, 연형권을 익힌 천귀녀(天鬼女)의 경우는 아마 힘을 모두 쓰고 나면 급격하게 노쇠하게 될 거야. 몇 달밖에 살지 못하지. 큭큭."

그 말은 폭발적인 힘을 쓰고 나면 곧 죽는다는 말이나 다름없었다. 두공의 눈이 문득 천귀녀의 허리춤에 가 머물렀다. 허리에 찬 패옥이 낯익었다.

'그녀인가!'

약선이 만든 삼귀녀에 옥청화가 끼어 있는 줄을 몰랐었다. 그녀는 전쟁의 와중에 병사한 것처럼 꾸며 황궁에서 돌아와 있었다. 그것이 누구 때문인지 잘 알고 있는 두공은 씁쓸하게 웃었다.

"그녀는 양 부인이 직접 지목한 아이라 특별히 신경을 썼지. 큭큭."

약선은 옥청화를 고분고분하게 만들기 위해 썼던 방법들을 떠올리며 히죽 웃었다. 두공의 얼굴이 살짝 흐려졌다. 다른 것은 모두 변하였지만 추수같이 맑은 눈동자는 예전의 모습 그대로였다. 그러나 두공을 알아보지 못하는 듯 인형처럼 표정이 없었다.

'그래도 한때는 제자로, 연인으로 삼았던 여자인데 이렇게 만들어 버리다니… 양씨 모자는 정말 잔인하구나.'

사람이 사람에게 얼마나 잔인해질 수 있는지를 알고 있는 두공이었다.

"지귀녀(地鬼女)는 연기공을 익혔네. 그녀는 권각의 힘은 보통 사람보다 조금 나을 뿐이지만 공력만으로 따지면 천하의 그 누구보다도 강할 것이네. 단, 그녀 자신이 쓸 수는 없고 천귀녀와 인귀녀에게 공력을 줄 수가 있지. 그녀는 도둑이라 그런지 근골이 형편없어서 그릇으로밖에 쓸 수 없더군. 그러게 아무리 약물과 주술을 써도 기본이 없으면 좋은 게 나올 수 없지. 만일 싸우다 다른 귀녀의 공력이 고갈되면 지귀녀가 그 힘을 나누어 줄 수 있는 것이야.”

“이 여자는 누구지요?”

두공은 지귀녀가 정체가 무엇일까 궁금해졌다.

“킬킬, 그녀는 수옥을 훔치기 위해 약당에 들어왔다가 잡혔지. 자네도 알다시피 이곳이 보기에는 허술해 보여도 함부로 드나들 수 있는 곳은 아니잖는가. 킬킬. 그런데 간 크게도 혼자서 침입했으니 죽어도 할 말은 없을 게야.”

수옥이 삼천교에 있다는 소문이 퍼지고 얼마나 많은 도둑이 들어왔었는지 알고 있는 두공은 고개를 끄덕이는 것으로 답을 대신하였다.

“그런데 아까 하신 말씀은?”

“흐흐, 물론 천귀녀만으로도 얼마든지 적들을 패퇴시킬 수 있지만 만에 하나 천귀녀가 힘을 다 쓰고도 물리치지 못하는 적이 있을 경우 지귀녀가 공력을 나누어 줌으로써 또 한 번 싸울 수가 있지. 그러나 이 연기공은 한 번 펼치면 멈출 수 없네.”

“그럼 지귀녀는 어찌 되나요.”

“클, 할 일을 다하고 나면 지귀녀는 빈 껍데기만 남게 되어 죽고 말겠지.”

“여벌의 목숨이란 말씀이시군요. 마지막 인귀녀는 어디에 있지요?”

두공은 끝내 궁금증을 참을 수 없었다. 약선의 눈이 자랑스럽게 반짝거렸다.

“킬킬, 인귀녀는 내가 생각해도 대단해. 인귀녀가 펼치는 것은 연혼장이라 하는데, 그 위력은 그 힘에 있는 것이 아니라 성질에 있지. 이 장력으로는 사람을 상하게 할 수 없는 대신 반 시진 동안 그 사람을 조종할 수 있게 된다네. 원래 이 음양현독은 반 시진밖에 효과를 지속하지 못하지. 그래서 두공 자네의 환술도 반 시진이 그 한계인 게야. 하나 무공의 고하를 막론하고 누구든 연혼장을 맞게 되면 인귀녀의 명령에 무조건 복종하게 될 거야.”

약선의 말이 사실이라면 정말 대단한 일이었다. 원래 다른 이를 조종한다는 것은 언제나 자신보다 낮은 공력을 가진 자라야 가능한 것이었다. 그것은 부주술도 마찬가지다. 무공의 고수들에게는 섭혼술이나 부주술이 잘 통하지 않는 것이다. 그런데 무공의 고하를 가리지 않고 사용할 수 있는 독이라니 얼마나 무서운 일인가!

“그런 게 가능한가요?”

두공은 미심쩍은 듯이 다시 물었다. 하지만 약선의 능력은 그 자신이 더욱 잘 알고 있었다.

“눈으로써 상대를 제압하는 것이 섭혼술이라면 연혼장은 장력을 뿜을 때 일종의 독을 함께 뿜어내어 상대를 제압하는 거라네. 이 음양현독(陰陽玄毒)은 내가 음기와 양기를 나누려고 만든 독인데 실패했지. 그렇지만 다른 효과가 있다는 것을 알아냈네. 바로 상대를 조종할 수 있는 힘이지. 백여우의 용현향에도 이것이 조금 들어가 있다네. 그렇지만 그것은 매우 하급한 독인데 어째서 도비류라는 놈이 걸려들었는지 알 수가 없어. 그래서 세상일이란 재미있다고 하는 게야. 킬킬.”

“그럼 인귀녀는 대체?”

두공은 아직도 약선이 인귀녀가 누군지 말하지 않았다는 것을 지적했다. 약선은 도통 뜻 모를 미소만 짓고 있었다.

“혹시?”

두공은 저도 모르게 뒤를 돌아다보았다. 그곳에는 아직도 대추를 먹고 있는 능초영이 있었다.

"그녀가?"

약선이 킬킬 웃었다.

"추아는 어린애와 같아. 하지만 이 애가 정신이 들면 어떤 일이 벌어질지 생각만으로도 재미있지 않은가? 천하에 그 누가 이 애의 말을 거절할 수 있겠나? 무공을 아는 자치고 싸움을 마다하는 자가 어디 있겠나? 장력에 맞거나 또는 맞받아 치는 것만으로 중독이 되니 당할 자가 없을 거야. 천귀녀와 지귀녀도 그녀의 뜻대로 움직이지. 애석한 것은 연혼장을 두 번 이상 연이어 발출할 수 없다는 것이야. 또한 연혼장을 일단 두 번 쓰고 나면 사흘 동안은 다시 쓸 수 없다네. 그리고 훗날 어떤 부작용이 있을지 장담할 수 없다네. 내 음양현독을 제대로 알아낼 수만 있다면 부족한 부분을 보태어 천하에 다시없는 독장이 될 텐데."

하필이면 정신이 나간 능초영을 삼귀녀의 우두머리로 했느냐고 두공은 묻고 싶었지만 약선의 괴팍함이야 이미 아는 터였다.

"음양현독을 해독할 방법은 없습니까?"

"없어!"

약선이 단호하게 말했지만 두공은 그렇지 않을 것이라 생각했다. 그가 해독약도 없는 독을 만들었을 리가 없다. 만일 능초영이 약선 자신을 공격하면 어쩔 셈인가.

"연혼장을 맞은 상대는 반 시진 뒤에 어떻게 됩니까?"

"킬킬, 당연히 죽겠지. 사흘을 넘기지 못할 거야. 죽지 않는다면 그걸 어찌 독이라 부르며 또 무슨 재미가 있겠나? 하지만 사흘이 되기 전에 다시 연혼장에 맞으면 괜찮다네. 바로 이게 연혼장의 무서운 점이야. 더구나 연혼장에 맞으면 일시적으로 흥분이 되고 무공이 늘어난 것처럼 생각되지만 그 반대일세. 계속해서 독에 노출이 되면 종국에 가서는 온몸의 기력은 고갈되고 무시무시한 환상에 시달리다 죽게 되지."

어쩌면 약선은 능초영에게 도비류를 되찾을 기회를 주려 한 것이 아닐까? 반 시진 동안 자신의 뜻대로 사람들을 움직일 수 있다면, 능초영이 정신이 들었을 때 가장 먼저 할 일이 무엇일지 알 수 있을 것 같았다.

"삼귀녀는 누구의 명령을 듣나요?"

"글쎄, 천귀녀와 지귀녀는 자네나 내 명령에도 따르겠지만 추아는 고집이 워낙 세어서 말이야. 킬킬. 하지만 부탁하면 들어줄 게야. 착한 아이거든."

즐거운 듯이 약선이 웃자 능초영도 따라 웃었다.

"할아버지, 기분이 좋아요?"

"오냐, 그래, 기분이 좋구나."

"나도 좋아요. 오라버니한테 약을 갖다 주면 오라버니도 좋아할 거야. 그럼 유 공자와 함께 꽃구경을 가야지."

능초영은 대추 씨를 던졌다 받았다 하며 의미없는 말을 계속 중얼거리고 있었다.

두공은 백리향과 도비류가 돌아왔을 때 어떤 일이 벌어질지 보고 싶어졌다.

제34장

추연호굴
追戀虎窟

수십 개의 통로를 지나자 벽을 타고
한 사람이 간신히 내려갈 만한 계단이 아래로 연결되어 있었다

석양은 여명보다 찬란하다. 그래서 사람을 비롯해서 세상의 모든 것들은 소멸 직전에 가장 아름다운 모양이다. 아름답다는 말은 영원하지 않다는 말과도 같은 뜻일지도 모른다. 원래 영원한 아름다움이란 없는 것이니까.

황토를 짓이겨 만든 듯한 절벽은 눈부신 황금빛이었다. 크고 작은 황토 구릉들은 지는 햇살을 받아 멀리서 보면 마치 금색의 비단을 걸어놓은 것 같았다. 황금빛 비단 사이로 부연 구름이 뭉게뭉게 피어올랐다.

"저 언덕만 넘으면 삼천교인가?"

"……"

왕 노대는 주인이 자신에게 묻는 말이라는 걸 알았지

만 대답하지 않았다. 숨이 턱까지 차 올라 마른침을 삼키는 것만도 힘이 들었다. 더구나 자신을 부르는 호칭이 없었으니 대답하지 않는다 하더라도 잘못한 것은 아니다.

"왕 노대?"

이번에는 확실히 자신을 부른 것이다.

"예에."

대답과 함께 깊은 숨을 내쉬며 왕 노대는 물병을 들었다. 찰랑 하는 가벼운 소리는 듣기 좋았지만 먼 길을 떠나며 가죽 포대가 아닌 옥병에 물을 담게 하다니 정말 악취미였다. 아무리 가죽 포대에 담긴 물은 냄새가 독하다지만 옥병은 무게만도 장난이 아닌데다 깨지기도 쉬웠다. 다행한 것은 옥병의 개수를 아는 사람은 자신밖에 없다는 것이었다. 옥병 두 개를 준비해 날마다 가죽 포대에서 물을 채워놓더라도 주인은 알지 못했다. 그런 걸 보면 주인이 자랑하는 미각이라는 것은 귀기울일 필요가 없는 것이다.

"물을……."

왕 노대가 옥병을 들어 마시려는 찰나 주인이 물을 찾았다. 이럴 경우 왕 노대는 물맛이 변하지 않았나 보기 위해 먼저 한 모금을 마시고 주인에게 준다. 물이란 것이 잘 상하는 것은 아닐지라도 오랜 여행 중에는 나쁜 것이 들어갈 수도 있기 때문이다. 훌륭한 하인이라면 어디서든 주인의 건강을 신경 써야 한다.

"여기 있습니다."

소장주가 출행한 이후 왕 노대의 하루하루는 그야말로 평온할 날이 없었다. 이럴 줄 알았으면 무슨 일이 있더라도 그때 천금손가에서 소장주를 모시고 돌아오는 건데… 내내 땅을 치고 후회했지만 이미 늦어

버렸다.

"커억, 물맛 한번 좋다."

유장추는 옥병의 남은 물을 한번에 들이켰다. 이제 여정은 그 끝이 보이고 있었다. 말잔등에 부딪치는 허벅지는 잔뜩 부어올라 쓰렸고 엉덩이는 감각이 없어진 지 오래다. 아들을 찾으러 다니는 일은 장사를 다니는 일보다 고생스러웠다.

"그렇게 떠나보내는 것이 아니었는데… 언제까지나 어린아이라고 생각해서 내 품에만 끼고 있으려 했으니 다 내 잘못이야."

지난봄, 길을 떠나는 아들의 젖은 얼굴이 떠오르자 유장추의 가슴 한 켠이 묵직해졌다. 아들은 착한 녀석이었다. 그 나이 먹도록 아비 가슴을 아프게 하는 일은 한 번도 없었으니 효자라고 할 만도 했다. 장사꾼의 자질은 없었지만 그리 섭섭하지는 않았다. 똑똑한 며느리를 들여 손주를 빨리 보면 될 테니까. 천왕문과 사돈을 맺으려 했던 것은 바로 그런 이유였다. 능초영 정도라면 만족할 만한 며느릿감이었다.

"너무 걱정하지 마세요, 아버님. 전주에서 활약하신 유 가가 소식을 들으셨잖아요."

눈물을 글썽거리며 유장추의 손을 꼭 잡고 있는 것은 바로 팽소연이었다. 이 소저도 나쁘지는 않다고 생각했다. 재물이 많은 것은 자신의 눈으로 직접 확인했고 이 정도면 인물도 빠지지 않았다.

"오냐오냐."

거기다 벌써 자신을 아버님이라고 부르지 않는가! 유장추의 입가가 자신도 모르게 벌어졌다.

최호의 집에서 나온 팽소연은 그 길로 황산으로 돌아갔다. 봉호문에서는 유가장의 소식을 수소문하였고 천금방으로 유천복을 찾아간 유장추와 연락이 닿았다.

팽소연은 유장추의 신임을 확실히 얻기 위해 마음을 단단히 먹고 있었다. 그녀는 사랑에 빠져 있었고 사랑에 빠진 여자들이 대개 그러하듯 유천복 주변의 사람들에게 좋은 인상을 남기기 위해 안간힘을 쓰고 있었다. 그것은 비단 유장추뿐만이 아니라 왕 노대에게도 해당하는 것이었다.

왕 노대는 유장추가 지금 무슨 생각을 하고 있는지 알고 있었다. 그의 주인은 아마 능초영과 팽소연 중 어느 쪽을 사돈으로 맺을지 열심히 계산하고 있을 터였다. 그가 볼 때는 능초영보다는 팽소연 쪽이 더 여우 같아 보였다. 그리고 아둔한 소장주에게는 쌀쌀맞은 능초영보다 애교있는 팽소연이 훨씬 잘 어울릴 거라고 결론지었다. 절대로 팽소연이 유장추 몰래 집어준 재물 때문이 아니었다.

'내가 산을 내려간 것은 유가장에 가서 장주님을 뵙고 환심을 사려하던 거였는데 다행스럽게도 이제 뵈었으니 반드시 아버님 마음에 들고 말겠어. 흥! 천왕문의 금지옥엽? 두고 보라지!'

봉호문에 돌아간 뒤 팽소연은 두공의 말이 못내 마음에 걸려 있었다. 살아 있기만 하다면 혼인 따위는 어찌 돼도 상관없을 것 같았다. 그러나 전주의 일전에서 유천복을 보았다는 자들을 통해 생사를 확인하게 되자 생각이 바뀌었다. 다시금 질투의 불길이 활활 타올랐던 것이다.

질투란 원래 상상 속의 아픔을 진짜 고통으로 만드는 힘이 있는 법이다. 유천복이라는 이름이 주는 달콤함보다 능초영이라는 이름이 주는 가시 같은 아픔이 그녀를 더욱 채찍질하였다. 이제 그녀는 얼굴도 모르는 연적과의 대결에서 우위를 점하기 위해 필사의 노력을 기울여야 했다.

"그래, 아가. 네 말이 맞을 테니 내 걱정하지 않으마. 팽 단주님, 따님을 이처럼 곱게 키우시느라 얼마나 힘이 드셨소 그래."

팽소연의 속을 모르는 유장추는 팽소연의 손등을 토닥거렸다.

팽총은 속이 쓰렸다. 유장추나 그나 아내 없이 자식을 키운 것은 마찬가지였다. 그렇지만 사위를 보는 것과 며느리를 보는 것은 엄연히 다른 입장이었다.

'딸년 다 소용없다더니⋯ 망할 년.'

팽총은 천방지축 같은 딸년이 아비는 본체만체하고 유장추의 비위를 맞추는 걸 보자 기분이 언짢았다. 그저 딸 가진 죄려니 하고 마음을 다스렸지만 역시 화가 치미는 것은 어쩔 수 없다. 이럴 줄 알았으면 마누라가 죽기 전에 아들 하나 보는 건데⋯ 이제 와서 후회한들 무슨 소용이 있으랴.

"어르신께서 이쁘게 봐주시니 오히려 감사할 따름입지요. 유 공자야말로 걸출한 영웅의 풍모를 지녔으니 얼마나 든든하시겠습니까."

팽총은 울그락불그락하는 얼굴에 억지웃음을 지으며 팽소연의 등을 노려보았다.

"두 사람이 서로 얼굴에 금칠을 하는 꼴이 눈이 부셔서 못 보겠네그려."

돌연 굵직한 목소리가 화기애애한 분위기를 깨뜨렸다.

"내 말이 바로 그 말이야. 팽 형의 저 헤벌쭉 벌어진 입 좀 보라고. 선머슴 같은 질녀를 치우는 데다 문주님 같은 사위를 맞게 되었으니 경사난 거지."

포태화가 소곤거리자 견위강이 맞장구를 쳤다. 두 사람이 제 딴에는 작은 소리로 한다고 하는데 워낙 목청이 큰 포태화인지라 별반 소용이 없었다. 갑자기 포태화가 간드러지는 목소리를 내었다.

"그런데 큰일이군요. 만일 유 장주님이 질녀의 음식을 먹어보기만 하면 이 혼사는 깨진 거나 마찬가지잖아요."

"어머머! 그걸 말이라고 하세요! 오죽하면 질녀의 요리를 먹은 사람들이 죄다 야반도주를 했겠어요?"

견위강은 마유와 유천복, 도비류가 팽소연 모르게 산을 내려간 일을 끌어다 붙였다. 두 사람이 주거니 받거니 하는 말과 표정이 영락없이 냇가에서 수다를 떠는 아낙들이었다.

일행은 팽가 부녀의 눈치를 보며 터지는 웃음을 참느라 애를 써야 했다. 포태화는 한술 더 떠 털이 부숭부숭한 커다란 손으로 입을 가리고 호호 웃었다.

"호호호, 거기다 매파도 없이 처녀 혼자 혼담을 주선하다니 창피도 이만저만이 아니에요. 그게 어디 참한 규수가 할 짓이에요?"

"아유, 나 같으면 창피해서 고개도 들지 못할 거예요. 팽가 부녀는 그런 걸 보면 참 뻔뻔하기도 하지."

견위강이 허리를 틀며 까르륵거리자 포태화도 그만 참지 못하고 장비 같은 수염을 부르르 떨다가 끝내 광소를 터뜨렸다.

"크하하하! 견가야, 말 한번 잘했다. 그런 걸 두고 부전여전이라 하는 게지."

얼굴이 시뻘게진 팽총과 새하얘진 팽소연, 그리고 어색하게 서 있는 유장추는 누가 먼저랄 것도 없이 동시에 헛기침을 내뱉었다.

"길이 급하니 어서들 가시지요."

팽총이 유장추가 탄 말의 궁둥이를 치며 앞으로 몰았다. 고삐를 쥐고 있던 왕 노대는 때아닌 달음박질에 얼굴을 찡그렸다.

견위강은 고개를 뒤로 젖히고 배를 흔들며 웃다가 팔뚝을 탁 때렸다.

"아이쿠! 이놈의 모기 크기도 하다."

"하하, 북쪽은 모기도 파리만하다더니 그 말이 영 틀린 말은 아니군. 청충아, 이 형님은 먼저 갈 테니 거기서 모기에게 실컷 뜯기려무나."

포태화는 되돌아온 팽소연의 손끝을 슬쩍 피하며 앞으로 달아났다.

"어엇! 같이 가자구."

견위강도 덩달아 말 배에 박차를 가했다. 뒤에 남은 팽소연만이 입술을 깨물며 두 사람을 노려보고 있었다.

"그런데 문주님의 무공이 그렇게나 뛰어납니까?"

한 청년이 옆의 중년인에게 물었다. 청년은 봉호문에 들어온 지 얼마 되지 않아 유천복의 얼굴을 직접 본 적이 없었다.

"등사단과 현무단이 직접 요의 일전에 참여하여 들은 이야기니 틀림없을 게야. 나는 전에 당삼고와 문주님께서 손을 겨루는 것을 보았는데 조금도 밀리지 않았지. 한 마리 청룡이 승천하는 듯 정말 대단했거든. 내 평생 그런 놀라운 무공을 본 것은 처음이었어."

중년인은 멀리서 보았기 때문에 자세한 것은 알 수 없었다. 그러나 마치 옆에서 구경한 듯 침을 튀겨가며 열변을 토하였다.

"문주님의 나이가 이제 약관이 갓 지나셨다는데 그 같은 무위를 지니셨으니 앞으로 우리 봉호문이 소림, 무당과 어깨를 나란히 할 날도 멀지 않았군요!"

청년은 자신의 선택이 틀리지 않았다는 것을 확인하자 힘이 난 모양이었다. 목소리가 쩌렁쩌렁 밤하늘에 울려 퍼졌다.

다른 봉호문도들도 고개를 끄덕였다. 다들 요와의 일전에서 유천복이 큰 힘이 되었다는 소문을 들었다. 뒤늦게 전쟁에 참여하였던 봉호문도들이 돌아와 유천복이 요의 군대를 혼내준 일을 낱낱이 전하였던 것이다. 문주를 만나지는 못했지만 입에 입을 통해 문주의 신위를 확인한 문도들은 사기가 크게 증진되었다. 봉호문은 밀려드는 문도들을 받느라 한동안 바쁘기 그지없었다. 전룡이 기뻐한 것은 두말할 나위도 없었다.

작은 산처럼 보이는 구릉의 앞에 이르자 팽총의 손짓에 따라 멈추었다.

"저기가 바로 삼천교의 본타군요."

팽소연은 앞을 노려보며 침을 꿀꺽 삼켰다. 달빛에 나타난 삼천교 본타는 마치 왕의 무덤처럼 거대하고 음침한 모습이었다. 모두 근처 나무숲 아래 모습을 숨기고 전면을 살폈다.

"허, 미리 알고 오지 않았다면 낭패를 볼 뻔하였구나. 땅 밑에 집을 짓고 살다니, 교묘하군. 정말 교묘해."

유장추가 무릎을 치며 감탄하였다.

나무들로 뒤덮인 외부는 지키는 자가 없다는 것이 의외였다. 그만큼 방비에 자신이 있다는 얘기였다. 내부는 아마 미로처럼 되어 있을 것이다.

"안이 어떻게 되어 있는지 일반 신도들은 모르오. 이곳은 교주와 삼천교의 수뇌부만이 들어갈 수 있다고 하니."

신중한 표정의 백호가 앞을 노려보았다. 유천복이 황산을 내려간 후 백호단은 삼천교의 본타를 알아내기 위해 백방으로 노력하였다.

"용담호혈이 따로 없군. 이대로 그냥 들어가도 되겠소?"

팽총이 묻자 백호도 자신이 없는 표정이었다. 급한 마음에 달려오긴 했어도 막상 와보니 생각보다 더 대단하지 않은가!

봉호문도들과 유장추가 고용한 일단의 용병들은 의논 끝에 사면에서 요동으로 침입하기로 계획을 세웠다. 누가 먼저 들어갈 것인지 정하기도 전에 포태화가 벌떡 일어서더니 뛰쳐나갔다.

"순서는 무슨 순서요! 이렇게 숨어 일을 모의하는 건 내 성격에 맞지 않아. 여기가 무슨 흉신악살의 집이라고. 하하, 하긴 악귀들이라면 더 좋지. 다 때려잡아 내 술안주로 쓰리다!"

"포가가 귀신을 때려잡을지 반대로 때려 잡힐지 나와 내기를 걸 사람은 없소?"

여전히 입심 좋은 견위강이 포태화의 뒤를 따르며 소리쳤다.

팽총은 이맛살을 찌푸렸다. 저렇게 큰 소리를 내며 들어가니 적들보고 나 잡아가라고 떠드는 격이었다. 그러나 이미 벌어진 일, 적들이 방비하기 전에 선수를 치는 것이 좋을 것이다. 팽총은 서둘러 견위강을 따라갔다.

"도대체 문이 이렇게 수십 개나 되니 어디로 들어가야 할지 알 수가 없군."

누군가 툴툴거렸다. 그 말대로였다.

안으로 들어가자 다시 수십 개의 통로가 어지럽게 얽혀 있었다.

"이렇게 통로가 많으니 어디로 들어가야 할지 모르겠어요. 아버님께서는 전혀 기억이 나질 않으세요?"

팽소연은 유장추에게 삼천교에 잡혀 있던 때를 물었으나 유장추는 고개를 저었다.

"그때 일은 내 생각만 해도 끔찍하구나. 그 망할 놈의 추가 놈만 아니었어도 내 그리 쉽게 잡히지는 않았을 게야. 나쁜 놈인 줄은 알지만 그렇게 날강도 같은 놈일 줄이야… 그래도 어지간한 재물은 다 챙겼으니 걱정 말거라, 아가. 내 젊었을 때는 말이다……."

팽소연과 다른 사람들은 한시가 급했지만 그렇다고 유장추의 말을 자를 수는 없었다. 어쨌든 문주님의 부친이 아닌가 말이다.

한참 동안이나 이어진 유장추의 젊은 시절 이야기는 다들 하품을 참지 못할 무렵이 되어서야 끝이 났다.

"…그래서 눈을 가리고 한참을 아래로 내려갔다는 것밖에는 모르겠다. 눈을 떴을 때는 사방이 막힌 작은 방이었지. 풀어줄 때도 그렇게 나왔으니 도통 알 수가 없단 말이야. 무슨 약초 냄새 같은 게 많이 났던 것 같은데."

유장추는 자신을 왜 납치했다 그냥 풀어준 것인지 이유도 모르고 있다가 봉호문에 와서야 그 연유를 알 수 있었다. 원한 것은 그가 아니라 유가장이었다. 아마 유가장 아래 무엇이 있다고 생각한 모양이었다.

삼천교가 여러 곳의 지하에서 무엇인가 찾고 있다는 것이 알려지자 그게 당대의 보물이라는 소문에 멀쩡한 집 안팎을 파헤치는 일이 비일비재하였다.

팽소연은 아래로 끝없이 내려가는 통로를 보며 몸서리를 쳤다. 아래쪽에서 고오오오 하는 소리가 들려오는 것이 마치 지옥의 입구처럼 보였다.

벽에는 일정한 거리를 두고 횃불이 밝혀져 있어 어둡지 않았다. 수십 개의 통로를 지나자 벽을 타고 한 사람이 간신히 내려갈 만한 계단이 아래로 연결되어 있었다. 적이 침입한다 하더라도 한 번에 많은 사람이 몰려드는 것은 방지하기 위해서였다. 조금 더 내려가자 시야가 확 트이며 거대한 공동이 나타났다. 계단은 계속 이어져 있었지만 눈앞에 거대한 건물이 나타난 것이다.

"삼천교주가 저곳에 사는 걸까요?"

팽소연은 높은 탑 모양의 건물을 보았다. 건물은 아래가 넓고 위로 갈수록 뾰족했다. 계단과 탑을 연결하는 것은 아무것도 없었다. 그렇다면 입구는 가장 아래쪽에 있다는 얘기였다. 포태화의 걸걸한 목소리가 울려 퍼졌다.

"다 내려가 보면 알 수 있겠지."

"으악!"

돌연 처절한 비명 소리가 들려왔다.

포태화의 뒤를 따르던 봉호문도 한 명이 고꾸라지며 앞뒤의 사람들은 뜨겁고 비릿한 액체가 확 끼얹어지는 것을 느꼈다.

"저, 저… 귀신이다!"

비명 속에서 누군가 손가락으로 허공을 가리켰다. 그리고 사람들은 보았다, 탑에서 둥둥 떠올라 이쪽으로 날아오는 세 인영을!

"으아악!"

또다시 봉호문도 한 사람이 허공으로 솟아오르더니 시위를 벗어난 화살처럼 벽에 머리를 박고 떨어졌다. 끔찍한 비명 소리가 우웅거리며 아래쪽에서 들려오다가 뚝 끊어졌다.

새파랗게 질린 팽소연의 귀에 나뭇잎이 가볍게 스치는 듯한 소리가 미세하게 들려왔다.

휘리리릭— 따다닥!

돌들이 부딪치는 소리가 나더니 벽에서 불꽃이 확 일었다.

"소연아, 뒤로 바짝 붙거라."

팽총이 손짓을 했다. 팽소연은 유장추와 함께 벽 쪽으로 몸을 바짝 붙였다. 어느새 팽총이 들고 있던 수옥봉에는 끝에 추가 달린 줄이 감겨 있었다. 나뭇잎 소리는 바로 이것이 날아오는 소리였다.

"이런 엠병할 놈들아! 예고도 없이 살수를 쓰는 법이 어디 있느냐?"

포태화가 동곤을 들어 허공을 후려쳤다.

그러나 나타난 세 사람은 동요의 기색이 없었다. 순식간에 두 명이나 죽었지만 이쪽에서는 허공에 떠 있는 적들을 상대로 어떤 방법을 취해야 할지 알 수가 없었다.

갑자기 팽총이 들고 있던 수옥봉을 휙 내던졌다. 수옥봉은 아래로 뚝 떨어지다가 휙 방향을 바꾸더니 돌연 다시 위로 솟구쳐 올랐다.

"그물이 있군."

팽총은 수옥봉을 적이 내던진 줄로 감아 일부러 떨어뜨려 보았다. 예상대로 탑과 벽 사이에는 그물이 있었다. 떨어진 봉호문도는 재수없게도 하필이면 그물의 구멍 사이로 떨어져 목숨을 잃은 것이다.

그 말대로였다. 거미줄처럼 얇아 잘 보이지는 않지만 분명 그물이 쳐져 있었고 적들은 그 위에 서 있는 것이다.

팽소연도 눈을 가늘게 떴다. 그러자 핏물이 방울방울진 얇은 은사가 허공을 이리저리 가로질러 있는 것이 보였다. 그러나 그물이라기엔 너무 성글어 한 발자국만 잘못 디뎌도 아래로 떨어질 판이었다.

"팽 소저가 이곳까지 어쩐 일이오?"

복면을 벗자 허공에서 불쑥 솟아난 듯 두공의 얼굴이 드러났다.

"두공……."

잊을 수 없는 목소리였다. 팽소연의 낯빛은 더욱 창백해졌다.

"문주님이 이곳에 계시다는 걸 알고 왔어요! 더 이상 거짓말을 할 생각은 말아요, 당신 말은 절대로 믿지 않을 거니까!"

팽소연은 양손으로 귀를 틀어막으며 소리쳤다. 거짓말이라도 유천복이 죽었다는 말은 듣기 싫었다.

"호오, 당돌한 아가씨. 유 공자는 정말 이곳에 없지만 우리도 그를 찾고 있다오. 그러기 위해서는 부득이 여러분들을 이곳에 모셔야 할 것 같소."

"거짓말 말아요!"

"쯧쯧, 아가씨들은 종종 노인의 말에 귀 기울일 필요가 있다는 걸 모르지. 더구나 사랑에 빠지면 물불을 가리지 않는 법이니."

두공은 다시 팽소연의 곁에 있는 유장추를 보았다.

"유 장주님도 그렇게 보내 드렸건만 이곳에 또다시 오시다니 너무 후하게 대접해 드린 모양이군요."

유장추도 그 목소리를 기억해 낸 모양이었다. 그의 얼굴도 팽소연 못지않게 창백해졌다.

"아들이 이곳에 있다 들었으니 아비 된 자로 어찌 그냥 두고 볼 수 있겠소. 삼천교주께 할 말이 있으니 안내를 해주시오."

타협과 흥정은 유장추의 전문이었다. 오기 전에 이미 팽총과도 얘기가 되어 있었다. 삼천교도 천만금을 마다하지는 않으리란 예상이었다. 만금전장과 유가장의 재물을 합치면 나라를 사는 것도 불가능한 것만은 아니었다.

"본 교의 교주님을 모시는 시비입니다. 이들을 물리친다면 아마 뜻을 이룰 수 있을지도 모르지요."

두공의 옆에 서 있던 두 명의 인영이 앞으로 나오며 두건을 벗었다. 욕지기가 나올 정도로 추악한 용모의 두 여자가 드러나자 다들 낮은 신음 소리를 내었다.

"맙소사. 저것도 얼굴이냐?"

포태화가 코를 찡그리자 견위강이 맞장구를 쳤다.

"저 추물들은 도저히 인간의 모습이라고 할 수가 없겠구나."

"시비로 저런 추녀를 들이다니 삼천교주는 취미도 이상한 모양이다. 으하하하!"

봉호문도들이 웃으며 저마다 여자들의 흉한 외모를 비웃었다. 그러나 두 명의 여자들은 꼼짝도 않고 있었다. 그중 키가 큰 여인이 앞으로 걸어나오자 포태화가 기세 좋게 그물 위로 뛰어올랐다.

"유 장주님과 여러 형제들은 보고 있으시오. 내 추녀를 어찌 다루는지 알려 드리리다."

"포가야, 그분들에게 코나 물어뜯기지 않게 조심하거라. 납작코가 물어뜯기면 이제는 구멍만 남을 테니 그 추녀와 똑같이 생겨 구분할 수 없게 될까 봐 걱정이구나."

"청충, 네놈의 면상이나 신경 써."

포태화가 훌쩍 뛰어오르고 곤으로 반원을 그리며 휘둘러 천귀녀의 어깨를 쳐 내렸다. 그러나 천귀녀는 피할 생각이 없는 듯하였다.

"이것 봐라? 뭐 하자는 거야?"

빠캉!

동곤이 천귀녀의 어깨에 닿자 마치 돌과 돌끼리 부딪치는 듯한 이상한 소리가 들렸다.

"이제 보니 옷 속에 갑옷을 걸치고 있었구나. 흥. 그렇다면 다른 수가 있지!"

포태화는 동곤으로 천귀녀의 다리를 냅다 후려갈겼다. 그물이 휘청거리자 오른발을 약간 앞쪽으로 옮기면서 몸의 중심을 오른 다리에 두고 곤을 아래로 쳐내는 것과 동시에 발을 들어 천귀녀의 발을 밟으려한 것이다.

빠캉!

또다시 금속성이 들리자 포태화는 물론 봉호문도들도 의아한 생각이 들었다.

"포가야, 그 계집이 못생긴 줄만 알았더니 다리도 코끼리 다리인 모양이다. 흐흐, 조심하거라."

견위강이 엽전을 짤짤거리며 흥을 돋우자 다들 다시 웃음을 터뜨렸다.

"삼천교가 우리를 우습게 보았군요. 그렇지 않고서야 어찌 저런 아녀자를 내보냈겠어요?"

팽소연이 유장추의 귀에 대고 웃으며 소곤거렸다.

"저러다 교주의 시비가 피떡이 되면 어찌 흥정을 할까. 포 대협이 사정을 봐주어 살살 다루었으면 좋겠구나."

유장추는 포태화가 얼른 시비를 제압하기를 바라고 있었다.

포태화는 상대가 아녀자인데다 별반 다른 움직임을 보이지 않자 흥이 나질 않았다.

"이거 어쩌란 말이오? 뭐 대응을 해야 싸울 맛이 나지."

그 순간 천귀녀의 양 주먹이 연거푸 예닐곱 번이나 포태화의 복부를 가격했다. 방심하고 있던 포태화는 웃음을 떠올리려 하였으나 이내 무시무시한 통증이 온몸으로 퍼지며 저도 모르게 비명이 터져 나왔다. 천귀녀가 마지막 일격을 가하자 그의 몸은 건너편 벽까지 날아가 철퍼덕 소리와 함께 처박혔다.

"포… 포… 포가야!"

잠시 후 자신의 눈을 의심하고 있던 견위강은 포태화가 일어서지 못하자 큰 소리를 질렀다.

다들 입을 다물지 못하고 있는 가운데 견위강이 육중한 몸을 움직여 아래로 뛰어내려 갔다. 평상시 아옹다옹하는 두 사람이었지만 봉호문 내에서는 누구보다 친한 사이 아니었던가?

견위강이 가까이 가서 보니 포태화는 심장이 터져 그대로 즉사해 있었다. 주인을 잃은 동곤이 그물에 걸려 있다가 그제야 바닥에 부딪쳐 불꽃을 일으켰다.

"포가야, 이게 어찌 된 일이냐? 눈을 떠라! 이 바보 놈아, 눈을 뜨란 말이다!"

포태화의 어깨를 잡고 흔드는 견위강의 모습에 다들 눈시울을 붉혔다.

"저, 저럴 수가! 대체 저 여자가 인간이란 말이냐?"

봉호문도들은 순간 두려움과 공포로 말을 잇지 못하였다.

"주먹에는 눈이 없으니 미처 조심하라 말씀드리지 못했군요. 이거 죄송합니다. 그러나 여러분은 무인의 도리를 아시는 분들이니 아녀자를 한꺼번에 핍박하지는 않으시겠지요?"

영악한 두공의 말이었다. 천귀녀의 연형권이 무섭기는 하지만 권이란 원래 근접전을 펼치지 않으면 소용이 없는 것이다. 만일 한꺼번에 달려든다면 아무리 위력적이라 한들 두 주먹으로 당해낼 도리가 없는 것이다. 노기충천하여 우르르 달려들던 봉호문도들은 꿀 먹은 벙어리가 되어 다들 제자리로 돌아가고 말았다.

두공의 말대로였다. 저쪽은 괴물이라고는 하지만 여자 혼자가 아닌가? 여자 한 명을 상대로 이쪽 사람들이 모두 몰려 나간다면 훗날 봉호문이 어찌 정파로 이름을 드높일 수 있을까?

"후후, 이렇게 하지요. 제가 한 걸음 물러서겠습니다. 누구든지 천귀녀의 일권을 받을 수만 있다면 교주님께로 안내해 드리겠습니다."

팽소연은 능글거리는 얄미운 얼굴에 침이라도 뱉어주고 싶었다.

아무도 쉽사리 나서려 하지 않았다.

"제가 나가지요."

쇄옥권 백호였다. 백호의 일권 역시 태산을 부수는 위력이 있었다. 팽총은 내심 백호를 생각하고 있었으나 여자의 무공이 어떤지 짐작할 수 없어 말을 하지 못하고 있었다. 마침 백호가 그의 의중을 꿰뚫어 보고 먼저 나서자 고마운 마음이 들었다.

"그럼 각기 일권씩을 교환하는 것으로 하지요."

팽총이 먼저 말했다. 그는 이쪽에서 먼저 손을 쓰자고 하고 싶었으나 차마 그 말이 떨어지지 않았다.

"그럼 손님이 먼저 일권을 쓰십시오."

그런데 두공이 먼저 선수를 양보했다. 그만큼 자신이 있다는 소리였다. 팽소연은 백호가 일권에 집채만한 바위를 부수는 것도 본 일이 있는지라 속으로 기뻐하였다.

'아무리 괴물 같은 여자라도 백 아저씨의 주먹을 견딜 수 있을 리 없어.'

백호는 여자를 상대로 먼저 손을 쓰는 것이 께름칙했으나 포태화의 일로 격분된 상태였다. 그는 숨을 고른 뒤 그물에 올려진 양 발이 힘을 받을 때까지 기다렸다. 그가 익힌 쇄옥권은 온몸을 사용한 일격필살의 권법으로 지금 같은 접근전에는 가장 효과적인 무공이었다.

"흐읍."

그가 숨을 들이마실 때까지 눈앞의 여자는 꼼짝도 않고 있었다.

앞에 선 백호는 태산을 마주하고 있다는 느낌이 들었다. 그러나 자신의 일권에 자신이 있었다. 뼈와 살로 이루어진 사람이 분명하다면 쓰러지지 않을 리가 없었다.

"히얏!"

백호는 기합성을 터뜨리며 온몸의 힘을 일권에 집중하였다. 쇄옥절권이라는 일권은 옥을 단숨에 절단 낼 정도로 위력적인 권법이었다. 그러나 천귀녀의 복부에 작렬하는 순간 백호는 엄청난 반탄력을 느끼며 삼 장이나 뒤로 날아가고 말았다. 오른손에서 들리는 기이한 음향과 엄청난 통증은 뼈가 부러졌다는 것을 알려주고 있었다. 백호는 쇄옥권에 대한 회의가 들어 고개를 들지 못하였다.

"저년이 사람이 아닐진대 무슨 얼어죽을 도리를 따진단 말이냐! 어서 치지 않고 무엇들 하시오!"

포태화의 시체를 업고 올라온 견위강이 소리를 질렀다. 그 소리를 필두로 봉호문도들은 한꺼번에 몰려들어 천귀녀를 공격하기 시작했다.

휘리리릭— 따다다다당!

마치 가마솥을 두드리는 듯한 소리가 연거푸 들려왔다. 견위강의 엽전이 화살처럼 날아가 천귀녀의 몸에 박혔다.

그러나 그뿐이었다. 엽전들은 거대한 벽에 부딪치기라도 한 듯 힘없이 땅으로 떨어졌다. 천귀녀는 조금의 타격도 입지 않은 듯 보였다. 그녀는 봉호문도들과 용병들의 공격을 온몸으로 막아내며 정확히 일권씩을 사용해 순식간에 수십 명의 사람들을 모두 쓰러뜨린 것이다.

"그만! 그만!"

마침내 유장추가 소리를 질렀다.

"이제 그만 하시오."

두공이 손을 올리자 천귀녀의 움직임이 멈추었다. 정말 대단한 위력이었다. 한 명의 위력이 이럴진대 다른 한 명의 여자까지 가세한다면 정말 이곳에 뼈를 묻고 돌아가야 할지도 몰랐다.

"그럼 이대로 저를 따라오시지요. 여러분은 이 시간 이후 본 교의 손님입니다. 유 공자가 올 때까지 말이지요. 후후."

두공은 봉호문의 사람들을 모두 한곳으로 몰아넣었다.

"이렇게 되고 말다니 죄송해요."

포태화를 생각하며 팽소연이 울먹거렸다. 유장추는 팽소연의 머리를 쓰다듬어 주었다.

"아가, 네가 미안할 것이 뭐가 있느냐. 그러나저러나 그 여자 한번 대단하구나."

생각만 해도 몸서리가 쳐지는 듯 유장추는 몸을 부르르 떨었다. 그것은 옆에 있는 왕 노대도 마찬가지였다.

"여기서 뭐 해요?"

갑자기 어눌한 목소리가 들려왔다. 팽소연이 창문 틈으로 내다보자 머리를 산발한 맨발의 여인이 들꽃을 한 아름 안고 창문을 들여다보고 있었다. 때가 꾀죄죄한 모습이었다. 척 보아도 정신이 온전하지 않아 보였다. 팽소연은 혹시나 하는 마음으로 그녀에게 말을 걸었다.

"이보세요. 우리를 이곳에서 나가게 해줄래요. 우리는 유천복이라는 사람을 찾으러 왔어요. 혹시 어디 있는지 알아요?"

"유천복? 나는 도 오라버니 약을 구하러 가야 해요."

그때 유장추의 곁에 있던 왕 노대가 벌떡 일어났다.

"능 소저님! 저예요, 왕 노대. 유 공자와 함께 천금방에 갔던 왕 노대예요. 유 장주님도 여기 계시답니다."

"능 소저라니? 천금방의 능 소저가 여기 있다는 게야?"

유장추도 벌떡 일어섰다. 왕 노대는 유장추의 팔을 부축하여 창문 쪽으로 끌고 갔다. 팽소연은 어찌 된 일인지 영문을 몰랐다.

'저 더러운 여자가 천왕문의 능 소저라니, 어떻게 된 일이지? 그녀가 어째서 미친 모습으로 삼천교의 본타에 있는 것일까? 그렇다면 혹시 문주님도?'

"이봐요, 능 소저. 유 가가를 봤나요?"

"능 소저, 나요. 유가장의 유장추라오. 아버님은 그래 별고없으시오?"

아버지라는 말에 능초영은 고개를 갸웃거렸다.

"아버지?"

그러나 곧 밝은 표정으로 웃으며 말했다.

"우리 할아버지는 좋아요. 대추를 많이 줘요. 이거 먹을래요?"

불쑥 손 하나가 창문 안으로 들어왔다. 손을 활짝 펴자 대추 몇 알이 바닥으로 굴러 떨어졌다.

"어, 내 대추……."

유장추와 팽소연은 동시에 떠드느라 대추에는 관심도 없었다.

"우리 천복이는 어디 있는지 혹시 아오?"

"천복? 아참, 도 오라버니 약을 구하러 가야 하는데… 할아버지가 대추를 또 주신댔어."

능초영은 중얼거리더니 고개를 갸웃갸웃하며 한쪽으로 달려갔다.

"그녀가 왜 저렇게 되었을까요? 도 오라버니는 도 대협을 말하는 것 같은데 대체 무슨 일이 있었던 것일까? 천왕문으로 간다던 유 가가는 전주로 갔는데 능 소저는 왜 여기 있는 걸까?"

거기다 저런 몰골이라니, 팽소연은 그동안 능초영에게 느꼈던 질투심이 일시에 사라지는 것을 느꼈다. 그녀는 직감적으로 능초영이 저렇게 된 것은 도비류와 어떤 연관이 있을 것이라 느꼈다.

유장추는 사라지는 능초영의 뒷모습을 측은한 듯이 보았다.

"내 그래도 한때는 며느릿감으로 생각하고 있었는데… 아가, 미안하다. 내 진작 너를 알았더라면 저런 아이를 며느리로 들일 생각 따위는 하지 않았을 텐데."

"그럼요, 그럼요. 팽 소저처럼 훌륭한 소저를 얻게 되신 것은 나으리의 홍복입니다요."

입에 침이 마르게 칭찬하는 왕 노대였다. 그는 유장추만 다친 것에 대해 일말의 죄책감을 느꼈다. 그 비대한 몸이 자신을 가려주지 않았더라면 자신이 어찌 아직까지 살아 있을 수 있었겠는가.

팽소연 역시 같은 생각이었는지라 방긋 웃으며 유장추를 부축했다. 그러나 그녀의 머리 속에는 능초영에 대한 생각들로 꽉 차 있었다.

'연적이 저 지경이라면 너무 싱겁잖아. 좋아! 무슨 수를 쓰더라도 그녀를 원래대로 돌려놓고 말겠어! 그리고 유 가가가 누구를 선택하는지 볼 거야.'

여자들이란 때때로 사소한 일로 사랑을 확인하고자 하는 나쁜 습성을 가진 동물이었다.

평범한 사람들에게
옳고 그름의 기준이 되는 것은 굶주림이다

그것은 이상한 광경이었다. 가도 가도 끝이 없을 것 같은 누런 황톳길. 어둡고 황량한 땅을 간간이 휘감아 부는 바람조차 거칠고 메마른 숨소리를 내었다.

어디에도 사람들의 모습은 보이지 않았다. 개 짖는 소리야 그렇다 치더라도 귓전을 웅웅 울려오는 아이들의 까르륵거리는 웃음소리라니… 등골이 오싹했다. 평지 여기저기서 김이 모락모락 솟아오르고 있었다.

밥 짓는 연기였다. 무룡의 가슴속에 아련한 기억들이 연기처럼 피어올랐다. 밭두렁마다 가득 고인 밥 냄새를 뒤로하고 달리던 기억…….

유천복의 몸을 차지했을 때는 새로운 삶이 주어졌다고 생각했다. 기억나는 것이라곤 스승인 태허 도인과

잠깐의 외유밖에 없는 삶이 억울했었다. 자신의 운명은 단지 지키는 자였던가! 불안한 이유는 그것이었다. 지키는 자는 바꾸는 자가 될 수 없다는 걸 어렴풋이 느끼고 있기 때문이었다.

"쿵쿵. 옛말에 섬북에서는 마을 위로 수레가 다닌다고 하더니…….

이자오가 지팡이로 땅을 툭툭 두드렸다. 무룡은 그제야 자신이 있는 곳이 어떤 집의 마당 위라는 것을 깨달았다.

"여기만 지나면 삼천교요. 이곳에서 잠시 동태를 살피는 것이 좋겠소."

최호의 나직한 음성이었다.

"흐흐, 거 좋지. 사두가 모처럼 쓸모있는 소리를 하는군. 이 근처에 내 아우 놈이 살고 있으니 그리들 가자구."

패악은 솥뚜껑 같은 손으로 무룡의 어깨를 두드렸다. 최호 놀려먹기가 취미였던 패악은 무룡이 나타나자 노상 그 곁에 붙어 다녔다. 맞장구를 치는 무룡을 아랑이 안쓰러운 듯 보고 있었다.

"또요? 대체 패악은 형제가 몇이나 되는 거예요?"

아랑이 묻자 패악은 껄껄 웃었다. 아랑은 지금까지 얼마나 많은 패악의 형제들을 만났는지 수를 헤아려 보았다.

궁전사가 되기 전 패악이 무슨 일을 했는지 아는 사람은 아무도 없었다. 그러나 어느 곳을 가든지 패악이 형, 아우로 부르는 사람들은 꼭 있었다. 더구나 그 형과 아우는 패악을 죽은 아들이 살아 돌아온 것처럼 환대하여서 일행은 객점에 들지 않고도 이곳까지 편안히 올 수 있었다.

"사해가 동포라는데 따지고 보면 이 세상 사람들은 모두 한 형제 아닌가! 그러니 서로 돕고 사는 거야. 흐흐. 그럼, 그게 당연하지."

패악의 입에서 제대로 된 대답을 들을 것이라 예상한 사람은 아무도 없었다.

"흥! 어련하시겠어요. 묻는 내가 바보지."

아랑이 투덜거리며 재빨리 앞으로 걸어나갔다. 그러나 무룡 곁을 지나갈 때 그녀의 얼굴이 살짝 붉어졌다는 것을 눈치 챈 사람은 아무도 없었다.

'그가 천비님의 환생자라는 것을 알고 나서는 얼굴을 똑바로 볼 수가 없어. 언니 말로는 나와 인연이 닿아 있다고 했는데… 혹시 그도 나를 알아볼까?'

아랑은 달아오르는 볼을 감쌌다. 이런 기분은 처음이었다.

어려서부터 북해에서 자라 나이를 먹고 궁전사가 되어 전장을 쫓아다니던 그녀였다. 남자들은 모두 동료였고 한 번도 애틋한 마음을 품은 적이 없었다. 그런데 무룡만 보면 이상하게 숨이 막혔다.

"마림으로 가야 하는데……."

무룡은 아랑의 시선을 느끼지 못하고 생각에 잠겼다. 원래 아랑과 마림으로 향하려던 무룡은 일행의 만류로 능초영을 구하기 위해 삼천교로 가는 중이었다. 모두들 능운겸의 죽음을 애석해하였고 능운겸을 아버지처럼 모시던 도진의 슬픔은 더했다.

최호는 능운겸의 시신과 함께 도진을 황궁으로 보내어 뒷일을 도모하도록 하였다.

무룡은 능운겸보다 마유의 죽음이 내내 마음 한구석에 무겁게 자리했다. 묵검은 주인을 잃은 슬픔 때문인지 무룡의 등에서 계속 우는 소리를 내었다.

이곳까지 오는 동안 일행은 무림인들이 삼삼오오 떼를 지어 이곳으로 몰려오는 것을 보았다. 수옥이 삼천교에 있다는 소문이 퍼졌기 때문이다. 그러나 삼천교로 들어간 자들은 하나같이 소식들이 끊어졌다.

이자오와 무애 대사가 이곳에 나타난 것도 소림과 개방의 많은 인물들이 삼천교를 찾아갔다가 행방불명된 것을 알아보기 위해서였다.

"킁킁, 덕분에 네 제자 놈을 안 봐도 되니 얼마나 다행이냐. 킁킁."

이자오는 무애 대사를 놀렸다. 무애 대사의 얼굴이 잠시 흐려졌다.

"휴! 그놈이 어리긴 해도 섣부른 행동을 하는 녀석은 아닌데. 말년에 거둔 제자 놈이라 귀여워만 했더니 영 골칫거릴세."

"킁킁. 어리기는. 낼모레면 계인을 찍을 나이구먼. 그래도 그놈이 무너진 소림의 위상을 바로잡은 놈이잖아. 그래서 방장이 땡중 네놈과 짝을 지어준 거지. 킁킁. 웃긴 일이야, 사부가 사고를 치면 제자가 쫓아다니며 그 뒷수습을 하니. 킁킁."

"개코 놈아, 모르면 잠자코 있거라! 소마가 그 정도나마 할 수 있게 된 게 다 누구 덕인 줄 아느냐? 처음 소림에 와서 그놈이 대웅전을 태워먹을 뻔한 것을 내가 구했는데, 망할 놈의 장문인은 그 일은 들먹일 생각도 안 하고 장경각의 일만 추궁하려 드니 괘씸하기 짝이 없어. 더 얄미운 것은 천각 그놈이야. 계율원장이면 다냔 말이지. 망할 것들."

무애 대사는 장경각을 말아먹은 자신의 실수는 인정하지 않고 자신을 쫓는 제자를 탓했다. 그런데 그 제자가 소림의 다른 중들과 삼천교로 갔는데 그만 소식이 끊긴 것이다. 혹시 독왕자라는 괴물과 붙어 화라도 당한 것이 아닌가 은근히 걱정이 되던 참이었다.

"저건 닭이잖아?"

패악이 안내한 집으로 들어선 무룡은 땅속의 광경에 입이 떠억 벌어졌다.

흰 구름이 흐르는 파란 하늘 아래는 멀리 황토 절벽에서 눈앞의 작은 마당까지 온통 황금빛 햇살로 가득 차 있었다. 마당 안의 대추나무 가지 위에는 금빛 은은한 옥수수가 걸려 있고 둥근 출입문 안쪽의 잎이 짙푸른 대추나무엔 마노 같은 대추가 주렁주렁 열려 있었다.

"별천지가 따로 없군."

"여기가 정말 땅속이라니… 내 눈으로 보고서도 못 믿겠네."

"흐흐. 귀여운 것, 방금 들어오고도 그런 말을 하다니. 그럼 여기가 물속이겠냐?"

무룡의 하얀 볼을 사정없이 쥐고 흔드는 패악이었다. 처음에는 거부하던 무룡도 이젠 어느 정도 익숙해졌는지 패악의 만행을 그냥 웃어 넘겼다.

"아얏! 그만 해. 내 이런 걸 못 보고 그냥 저승으로 갔더라면 평생 억울했을 거야."

"그럼그럼, 아우가 그런 걸 보지 못하고 죽게 내버려 둔다면 형님이 어찌 편안히 잠을 잘 수 있겠나."

어느새 무룡을 아우라고 부르는 패악을 보며 아랑은 조금 전의 의문이 해결된 것을 알았다.

"아아! 패악의 그 많은 형제 관계가 그렇게 생긴 것이군요."

비꼬는 아랑의 말에 패악은 너털웃음을 터뜨렸다.

"사해는 동포라니까. 아랑은 여자라서 남자들 세계를 이해하지 못하는 거야."

"암요, 어련하시려구요."

두 사람의 입씨름은 요동에서 뛰어나온 곱상한 사내로 인해 중단되었다.

양피로 만든 두건과 겉옷을 입은 중년의 사내는 패악을 죽은 부모가 살아 돌아온 것처럼 반겼다. 무룡은 중년인이 패악보다 나이가 들어 보인다고 생각했다. 그런데 말끝마다 패악에게 형님이라고 하자 패악의 나이가 얼마나 될까 문득 궁금해졌다. 그러고 보니 패악의 겉모습만 보아서는 나이를 전혀 짐작할 수가 없었다. 어떻게 보면 최호와 비슷한 연배처럼 보이고 또 어떨 땐 무애 대사나 이자오와도 비슷해 보이는 것이다.

하긴 겉으로 보여지는 것을 있는 그대로 믿는다는 건 얼마나 바보짓인가! 자신만 하더라도 여기 있는 사람들 나이를 다 합친 것보다 오래 묵었지 않는가! 무룡은 자신도 모르게 큭 하고 웃었다.

"형님, 이게 대체 몇 년 만이오. 그간 통 연락이 없어서 난 형님이 끝내 기생 년 치마꼬리를 붙들고 죽었나 했수. 크하하하!"

곱상한 외모와 달리 포악한 말솜씨를 구사하는 송일(朱一)은 전직이 기루의 주인이라고 했다. 그렇다면 패악과는 어떻게 만났는지 듣지 않아도 알 일이었다.

송일은 안쪽의 온돌로 일행을 안내하고 말린 대추 한 광주리를 내왔다. 온돌 위에 책상다리를 하고 앉자 이내 훈훈한 온기가 스며들었다.

"집사람도 마침 없고, 여기는 외진 곳이라 변변히 대접할 게 없수. 형님, 이해하슈."

"예끼, 아우도 무슨 그런 말을 다 하나. 흐흐, 내가 무슨 손님이라고. 사는 게 다 그렇지."

패악이 송일에게 일행을 간단히 소개하는 동안 아랑은 집 안을 둘러보았다. 무룡을 만난 뒤로는 주변의 살림에 관심이 가는 것은 어쩔 수 없었다.

집 안은 세간살이라고 할 만한 것이 변변히 보이지 않았다. 그러나 부뚜막 위에 반질반질 잘 닦인 솥과 몇 개 안 되는 그릇들이 안주인의 부지런함을 대신 말해 주고 있었다. 벽 가까이 배추와 무 등을 담은 항아리, 물통 등이 나란히 놓여 있었고 그 옆에는 가지런히 쌓아놓은 호박 더미가 얌전히 놓여 있어 아기자기해 보였다.

"이거 맛있네요."

무룡은 대추 한 알을 입에 물었다. 달고 새콤한 맛에 입 안 가득 침이 고였다.

이 마을 사람들은 해마다 깨끗이 씻어 햇볕에 말린 대추를 단지에 넣고 백주(白酒)를 살짝 뿌려둔다. 보름 정도가 지나면 대추는 탱탱해지고 술 향기가 듬뿍 배는데, 이것을 취조(醉棗)라 한다. 어른 아이 할 것 없이 좋아하는 간식거리였다.

"취조는 비장과 신장에 좋고 많이 먹어도 탈이 나지 않지요."

최호가 색이 고운 취조 한 알을 입에 물며 말했다.

무룡은 최호가 모르는 것도 있을까 생각했다. 나이는 유천복보다 그리 많아 보이지 않는데 저 여유는 어디서 나오는 것일까? 아니, 유천복과는 천양지차였다.

전주에서도 느낀 것이지만 최호는 매사에 침착하고 흥분하는 법이 없었다. 번번이 덜렁거리기만 하는 유천복과 최호가 자꾸 비교되어지는 것은 어쩔 수 없었다. 유천복이 생각나지 않는다면 오히려 이상한 일일 것이다.

"멍청아, 어디로 도망간 거냐."

"옛?"

무룡의 옆에 있던 아랑은 그 소리를 알아듣고는 반문했다. 그녀는 무룡의 일거수일투족에 모두 신경이 쓰였다.

출입문으로 들어오는 햇살에 그녀의 머리는 마치 배꽃이 핀 듯 새하얗게 반짝거렸다.

'아랑 공주의 머리카락은 저기 저 말린 옥수수처럼 황금빛이었는데 그녀는 달빛이라니… 그리고 보면 그 모습 그대로 환생하는 것은 아닌 모양이군.'

무룡은 속으로 생각했다. 두 사람은 나란히 앉아 각기 다른 상념에 빠져들었다.

그러고 보면 여기 있는 사람들 모두 이상한 걸로 따지면 무룡에 못지않았다. 무공의 깊이를 알 수 없는 저 두 노인네는 각각 소림과 개방에서 가장 배분이 높다고 하지만 평소 행동으로 보면 반쯤 정신 나간 노인네들이었다. 또한 아랑도 여자의 몸으로 험한 전쟁터를 돌아다니고 있고 사문의 내력도 분명치 않았다.

'하지만 정말 환생한 걸까? 이름이 같아서 그렇게 착각하는지도 모르지.'

천비의 약혼녀였던 아랑에 대해서는 동정심을 느끼고 있는 무룡이었다. 머리 가죽이 벗겨졌던 아랑 공주의 처참한 시신이 현실 속 아랑의 털털한 모습 위로 교차되어 지나갔다.

'만일 이대로 이 멍청이가 돌아오지 않으면 어떻게 되는 거지?'

무룡은 유천복의 몸을 얻게 된 후 오로지 마림만을 생각해 왔다. 스승의 명을 끝까지 완수하지 못한 탓일까? 다른 생각은 들지 않았다. 오로지 마림의 야욕을 분쇄시키고 수옥과 송옥을 찾아 천비님의 한을 풀어드리는 것이 그가 할 일이었다. 어쩌면 태허 도인은 자신이 사백 년 후에 나타나게 될 것까지도 이미 알고 있었을지도 모른다.

하지만 마림의 발호는 자신의 예상보다 크지 않았다. 마림이라는 곳을 모르는 사람이 더 많지 않은가. 특별히 악한 행동을 하는 것 같지도 않은데 굳이 그들을 처단할 필요가 있을까? 그리고 수옥과 송옥을 찾아 천비님의 한을 풀어드리고 난 후 나는 어떻게 되는 걸까? 이대로 살아간다면 멍청이 유천복은 또 어떻게 되는 거지?

무룡은 웃고 앉아 떠드는 일행의 모습을 보며 그냥 이들 속에 묻혀 평범하게 살아도 좋겠다는 생각이 들었다. 늘 혼자서 지내왔던 무룡에게 그것은 새로운 것이었다. 문득 자신을 보고 있던 도진과 눈이 마주치자 무룡은 자신도 모르게 고개를 숙였다. 도진은 모든 것을 알고 있다는 듯한 눈빛을 하고 있었다. 하지만 그가 알고 있는 것은 아무것도 없는 것이 분명하다.

"아아, 이거 맛있구나."

출출한 참인지 어느새 다들 광주리 주위로 몰려들었다.

"제수씨는 어디로 갔나?"

패악의 손은 쥐 곳간 드나들듯 광주리와 입 사이를 오갔고 말린 대추는 금방 동이 났다. 이자오와 무애 대사는 몇 개 주워 먹지도 못했는데라는 표정으로 패악을 잔뜩 노려보았다. 특히 이자오의 무시무시한 표정에 다른 사람들은 그가 패악을 덥석 안아 들어메치기라도 하면 어쩌나 걱정이 되었다.

송일이 다시 더욱 큰 광주리에 대추와 낙화생, 해바라기씨 등을 하나 가득 내왔다. 양 옆구리에는 커다란 술 단지 두 개를 끼고 있었다.

"마누라는 저 건너 마을에 혼례식이 있어 구경 갔소. 차라리 잘되었지. 마누라가 있으면 어디 그 등쌀에 형님과 술이라도 제대로 마실 수 있었겠소."

"하하, 맞아맞아. 여자들은 자고로 남자들의 세계를 이해하지 못하는 것이 당연하지."

"또 여자, 여기서 여자가 왜 나와요? 아니, 술 마시는 것까지 여자 남자를 가려야 해요. 흥! 그러니 패악이 아직도 장가를 못 간 거예요."

"아이쿠. 여기에도 암호랑이가 있었지 참."

아랑의 매서운 눈길을 피해 패악이 밀봉되어 있는 단지를 열자 독한 술 냄새가 확 풍겼다. 이자오와 무애 대사의 눈이 길게 옆으로 찢어졌다.

"허허, 좋아좋아! 젊은 사람이 노인 공경하는 법을 제대로 잘 알고 있구먼. 나이 들수록 곡차가 좋아지는 걸 보며 내가 죽을 때가 다 된 게지 암."

"킁킁, 얼어죽을. 네놈이 해가 갈수록 얼굴이 대춧빛으로 좋아지고 있는데 무슨 망발이냐. 거기다 땡중이 내가 할 말을 먼저 해버리면 거지는 할 말이 없지 않느냐. 킁킁. 젊은이, 복받을 걸세. 복받을 거야. 킁킁. 카아, 좋다, 좋아. 정말 죽이는구나."

이자오는 송일의 손에서 바가지를 낚아채 술잔에 따르기도 전에 연거푸 퍼마셨다.

"아이구, 어르신들. 그걸 말씀이라고 하십니까. 당연한 것이지요."

백발이 성성한 두 노인네가 반백의 머리를 가진 송일을 젊은이라 부르며 술잔을 들고 희희낙락하는 모습은 평화로운 일상이었다.

패악도 기분이 좋은지 대접 가득 백주를 들이키며 연신 좋다를 연발하였다.

다들 얼큰하게 취하자 송일이 노래를 한 곡조 뽑았다.

하늘이여!
나는 그대와 살고 싶어,

영원히 영원토록.

산이 평지 되고 강물이 마를 때까지

겨울에 천둥 치고

여름에 눈 내릴 때까지

하늘과 땅이 서로 맞닿는 날

나는 그대와 헤어지리.

上邪!

我欲與君相知,

長命無絶衰.

山無陵, 江水爲竭,

冬雷震震, 夏雨雪,

天地合,

乃敢與君絶.

다소 유치하지만 애틋한 노래 가사에 아랑의 마음은 다시 울렁거리기 시작했다.

'수옥을 되찾으면 바로 선문으로 갈 수 있을 거야. 내 말을 듣고 나면 그가 흔쾌히 따라나설까? 가기 싫다고 하면 어쩌지? 아냐, 그의 목적도 마림이니까 반드시 같이 갈 거야.'

아랑의 마음은 벌써 북해의 너른 들을 달리고 있었다. 눈부신 얼음이 둥둥 떠다니는 북해에서 떠오르는 해를 같이 보는 상상만으로도 즐거웠다.

최호는 팽소연을 생각하고 있었다. 그는 눈치가 빨라 금방 아랑의 마음을 알아차렸다.

‘팽 소저가 저 유 공자를 만나면 상심이 클 텐데… 여기 일이 마무리되면 황산에 가 팽 소저를 만나봐야겠다. 그가 유 공자가 아니라는 것을 쉽게 이해할 수 없을 거야.’

무룡이 유천복이 아니라는 것은 들어 알고 있었으나 팽소연에 대해 한마디도 하지 않는 것을 보자 한편으로는 기쁘고 한편으로는 화가 났다. 팽소연이 유천복을 얼마나 걱정하고 있는가 너무도 잘 알고 있는 그로서는 그저 기뻐할 수만은 없는 노릇이었다. 나중에 그녀가 이 사실을 알게 되면 얼마나 낙심할지 걱정이 되었다.

“이야, 이건 정말 살아 있는 것 같구나.”

무룡은 다른 곳에 정신이 팔려 있었다. 집 안에는 곳곳에 나뭇잎으로 만든 꽃과 인형, 그리고 동물의 조각들이 가득하였다.

“이 근처 사람들은 모두 삼천교도들이지요. 사실 해마다 보리흉년이 들 때 삼천교에서 나눠 주는 곡식이 아니면 굶어 죽는 사람이 많았을 거예요.”

송일의 말대로라면 삼천교는 구휼제민(救恤濟民)을 펼치는 훌륭한 집단이었다. 사람들은 너나 할 것 없이 멀뚱한 표정이 되었다.

“그거 좋군, 좋아. 그러고 보면 삼천교가 순 엉터리는 아닌 모양이야.”

술이 얼큰히 취해 기분이 좋아진 무애 대사는 그간의 점잖을 빼던 일도 잊고 헤벌쭉 웃고 있었다.

“쿵쿵. 그러게. 자네들이 말한 것과는 다르군. 근데 이 대추 더 없나? 쿵쿵.”

이자오는 볼 한가득 남아 있는 대추를 밀어 넣으며 송일을 향해 빈 광주리를 내밀었다.

"그렇지만 삼천교로 가서 돌아오지 않는 사람들이 있다는 건 이상한 일입니다. 소림은 물론이고 각 문파마다 실종자가 늘어나고 있습니다. 일단 삼천교에 입교하기만 하면 가족들이 찾아가도 몰라본다더군요."

"쿵쿵. 거기가 더 좋은가 부지. 그게 뭐가 이상해. 아! 대추 좀 더 가지고 와. 쿵."

이자오는 미적거리는 송일을 향해 대추 광주리를 던졌다. 무애 대사는 그 모습을 보고 박수를 치며 웃었다.

"식구조차 몰라본다는 것은 충분히 이상한 일이지요. 실종된 자들 중에는 관부의 인물들도 적지 않아 황궁에서도 이제는 삼천교를 주시하고 있습니다."

최호는 한왕의 밀명을 떠올렸다.

삼천교(三天敎) 멸(滅)! 이미 무림과 관부의 인물들로 이루어진 정예부대가 이곳으로 출발하였을 것이다. 자신은 그전에 수옥을 찾아야 했다.

"사두가 그렇다면 그런 거야. 사두가 언제 틀린 말 했나. 백성들을 현혹시키는 사교는 멸하는 것이 당연하다구. 암, 당연하지. 황제께서도 삼천교의 횡포에 등을 돌리신 마당에 겁날 게 무에 있다고."

그랬다. 요와 전연의 맹을 맺은 뒤 진종은 한왕의 진언을 받아들여 삼천교의 조사를 허락했다. 그러나 이미 조정 안팎으로 삼천교도들이 많아 일을 은밀히 진행할 수밖에 없었다.

패악이 송일에게서 대추 광주리를 받아 앞에 놓자 이자오가 잽싸게 뺏어 자신의 앞에 놓았다.

"이게 뭔지 아는 사람?"

무룡이 양손을 내밀었다. 울긋불긋한 여러 가지 모양의 반죽들이 보였다.

"하하, 그것은 내 아내가 만든 것이라네."

송일의 얼굴에 자랑스러운 표정이 나타났다. 그는 항아리에서 여러 개의 동물 모양을 꺼내어 사람들에게 하나씩 나눠 주고 또 버들잎으로 만든 연꽃이며 모란 등의 꽃들도 구경시켜 주었다.

"그건 전엽(剪葉)과 면화(麵花)예요."

밖에서 고운 목소리가 들려왔다. 송일의 얼굴이 환하게 펴졌다.

송일의 아내는 시골 촌부라 하기에는 너무 미색이 고왔다. 그녀는 잔칫집에서 얻어왔다며 떡과 교자, 그리고 뜨끈한 호박죽을 내왔다.

"손님께 대추와 술만 드리다니 당신답군요."

송 부인은 음식을 치운 뒤 무룡에게 전엽과 면화에 대해 말해 주었다.

"전엽은 버들잎을 따서 만들어요. 이 버들잎은 매년 신교에서 나눠 주는데 이것으로 호랑이를 만들어 문에 붙이면 잡귀 따위는 얼씬도 못 한답니다. 만일 비가 계속 내리면 여자들은 빗자루를 든 사람의 형상을 만들어 신교에 바쳐요. 그러면 곧 비가 그치지요. 교주님의 신통력은 하늘에 닿아 있기 때문에 불가능한 일이 없어요."

아내가 신교를 들먹거리자 송일의 얼굴에 잠시 어두운 기색이 스쳐 지나갔다. 일행은 송 부인이 말한 신교가 바로 삼천교라는 것을 알 수 있었다. 신교라는 말이 나올 때마다 송 부인의 얼굴에는 존경의 빛이 가득했다. 일행의 얼굴은 떨떠름하게 변했다.

"이 면화 역시 신교에서 나눠 준 반죽으로 만들어야지만 효험이 있어요. 면화를 먹으면 일 년 동안 병에 걸리지 않는답니다."

송 부인은 축축한 베로 여러 겹 감싼 반죽덩어리를 갖고 왔다. 반죽 덩어리를 작게 잘라내어 몇 번 주무르니 이내 작은 새의 몸통이 되었다. 이어서 짤막한 원통 모양을 빚더니 이를 납작하게 눌러 새의 몸통 위에 교차시켜 붙이고 빗으로 깃털 무늬를 꾹꾹 눌러 찍었다. 새의 머리에는 뾰족한 부리를 빚어내고, 다시 가로로 몇 번 가위질을 하자 새의 부리가 쩍 벌어졌다. 이처럼 붙이고 찍고 가위질을 하자 허공을 향해 지저귀는 종달새가 완성되었다.

"어! 어!"

무룡은 송 부인의 기가 막힌 손놀림에 벌린 입을 다물지 못하였다. 송일은 자랑스러운 기색으로 만들어진 면화를 찌기 위해 들고 나갔다.

"네놈이 장가는 잘 갔구나."

패악이 호탕하게 웃자 송 부인은 부끄러운 듯 자리를 떴다. 잠시 뒤 다시 들어오더니 이번에는 원숭이를 빚어주겠다고 하였다. 패악과 무룡은 박수를 치며 재촉했다.

송 부인이 몇 차례 비비고 빚고 하자 이내 무릎을 감싸 안은 원숭이가 도마 위에 웅크리고 앉았다. 그녀는 고개를 돌려 무룡을 보더니 살짝 미소를 지었다.

"해가 떨어져 날이 춥지요? 이 녀석에게 모자를 씌워야겠어요."

그녀는 유랑극단의 어릿광대 모자를 빚어 원숭이 머리에 얹었다. 마지막으로 검은 기장 두 알을 박아 넣자 원숭이는 까만 눈동자를 반짝이며 마치 살아 움직이는 듯한 자태를 드러냈다.

"와아! 정말 신기하네요."

"토끼를 휘감고 있는 뱀을 만들어볼까요?"

주위에서 다들 칭찬을 하자 부인은 흥이 나는지 시키지도 않았는데 연이어 면화를 빚었다.

먼저 반죽덩이를 비벼 굵은 뿔 모양을 만들더니 이내 두 귀가 쫑긋

한 토끼 머리를 만들고 반대쪽을 휘휘 틀어서 뱀 형상을 만들었다. 그런 다음에 다시 뱀의 몸통을 가위질하여 비늘과 머리를 만들었다.

송 부인의 솜씨는 정말 빠르고 절묘했다.

"그런데 뱀에게 친친 감긴 토끼가 안됐군요."

아랑이 불쌍한 듯 말했다.

"친친 감고 있는 게 아니에요. 그저 슬쩍 감은 것이죠. 뱀띠 남자는 뱀처럼 영리하다고 하지요. 그런 사람이 토끼처럼 자기 굴을 잘 지키는 여자를 만나보세요. 영리해서 재물을 잘 모으는 남자와 살림을 알뜰히 잘하는 여자가 부부가 되면 금방 부자가 되지 않겠어요."

송 부인의 대답은 그럴듯했다. 부자가 되는 염원을 동물들의 습성에 담아 면화를 빚는 것이었다.

"송 부인은 정말 솜씨가 좋군요. 면화는 원래 고대의 제사와 연관이 있는 것이지요."

"그래요?"

최호가 입을 열자 아랑은 궁금한 듯이 물었다.

"흐흐, 사두는 너무 유식해서 여자가 싫어하는 거야. 여자는 원래 잘난 척하는 남자를 싫어하거든."

패악이 시비를 걸거나 말거나 최호는 말을 이었다.

"은(殷)나라 때는 주인이 죽으면 하인들을 순장하는 풍습이 있었지요. 그러나 후대로 들어서면서 목용(木俑)이나 도용(陶俑)을 부장하게 되었는데 민간에서는 이를 본따 곡물로 빚은 면소용(麵塑俑)을 부장하는 것이지요."

"호호, 잘 알고 계신 걸 보니 이곳 분이신 모양이네요."

송 부인이 최호를 칭찬하였다.

"부끄럽게도 그저 여기저기서 주워들은 것이라 정확히는 모르겠습니다. 송 부인께서 더욱 재미있는 이야기를 들려주시지요."

"이곳에서는 청명(清明)에 성묘를 할 때면 신교에서 '자추면화(子追麵花)'를 사 온답니다. 자추면화는 커다란 찐빵에 새를 빚어 붙인 것인데 예로부터 내려오는 전설이 있지요."

옛날이야기가 나오자 모두들 침을 꼴깍 삼키며 어린아이들처럼 송 부인 곁에 모여 앉았다.

"개자추(介子推)는 진(晉)나라의 대신이었답니다. 진나라의 공자 중이(中耳)가 권력 다툼에 밀려 타국으로 달아나자 개자추는 그를 따라가 충성으로 보필했지요. 그러다가 먹을 것이 떨어지고 중이가 배가 고파 견딜 수 없게 되자 개자추는 의연히 자신의 허벅지 살을 베어 삶아서 그에게 바쳤다고 합니다."

"허벅지 살을요?"

아랑이 끔찍하다는 듯이 미간을 찡그렸다.

"여러 해가 흐른 뒤 중이는 환국하여 임금의 자리에 올라 문공(文公)이 되었어요. 그런데 그는 논공행상을 하면서 개자추를 빠뜨리고 말았지요. 공명을 다투지 않았던 개자추는 자신의 어머니를 업고 면산(綿山)에 은둔해 버렸어요. 문공이 이 소식을 듣고 면산 아래에서 사흘 동안이나 그를 불렀지만 개자추는 끝내 산을 내려오지 않았답니다. 이에 문공이 산을 불태우도록 명령했지요. 그렇게 하면 개자추가 내려오리라 생각한 거예요. 그러나 개자추는 내려오지 않았고 끝내 불길 속에서 어머니와 함께 불에 타 죽고 말았답니다. 개자추는 자신의 몸으로 어머니를 감싸고 있었고 또 많은 새들이 그의 몸을 에워싸고 있었다고 해요. 문공은 자신을 책망하며 청명절을 개자추를 추모하는 날로 정하고 이날 하루 전에는 불을 피우지 못하도록 명령했어요. 그래서 이곳 사람들은 지금도 청명절에는 새들로 가득 덮인 자추면화를 만들어 조상에게 제사를 지낸답니다.”

송 부인의 이야기가 끝나자 송일이 면화를 쪄 내왔다. 무룡과 이자오, 무애 대사 세 사람은 환성을 지르며 눈 깜짝할 사이에 참새를 씹어 먹고 원숭이를 한 입에 털어 넣었다.

그러나 나가기 전과 달리 송일의 안색은 어둡기 그지없었다. 패악은 나중에 따로 어려운 일이 생긴 것인지 물어야겠다고 생각했다.

삽시간에 한상 그득한 면화를 다 먹고 토끼를 친친 휘감고 있는 구렁이만 남았다. 먹기에는 어쩐지 너무 끔찍한 모습이라고 생각했던지 다들 손을 대지 않았던 것이다.

“하하, 이건 아무도 안 먹으니 내가 먹어야겠군.”

송일의 말에 송 부인의 안색이 화악 일그러졌다.

“여봇!”

남편이 면화를 얼른 집어 먹자 송 부인은 깜짝 놀라 째지는 듯 높은 소리를 질렀다.

이상한 것을 가장 먼저 느낀 것은 최호였다. 그러고 보니 송씨 부부는 면화를 하나도 먹지 않고 있었다.

즉시 운기를 해본 최호는 방금 먹은 면화에 독이 들어 있다는 것을 알았다.

“이런… 면화에 독이!”

“뭐라고?”

최호의 말에 다들 공력을 끌어올려 보았으나 소용이 없었다. 흙빛이 된 것은 패악이었다.

"송가 네 이놈! 네놈이 어찌?!"

패악이 노기등등하여 소리치자 송일이 울먹이며 바닥에 엎드렸다. 그의 입가에는 어느새 가느다란 실핏줄이 흘러내렸다.

"형님! 이 아우를 용서해 주시오. 저는, 저는… 으윽."

"남편을 탓할 것 없어요. 이것은 모두 제가 꾸민 일이에요."

갑자기 냉랭한 표정으로 변해 버린 송 부인이었다.

무룡은 이해할 수 없었다. 방금 전까지 알던 송 부인이 아니었다.

"어째서?"

"당신들이 신교의 적이라는 것은 이미 알고 있었어요. 많은 사람들이 몰려갔지요. 신교가 없었다면 우리 마을 사람들은 벌써 다들 굶어 죽고 말았을 거예요. 당신들을 절대로 신교로 가게 할 수 없어요."

그리고 보니 사람들의 행방불명에는 마을 사람들이 관련되어 있었던 것이다. 송일은 가슴을 부여잡은 채 헐떡거리며 처연한 미소를 띠고 있었다.

"형님… 미안하외다. 이 아우는… 아우는 먼저 지옥으로 가서 용서를 빌겠소."

송일이 피를 토하고 죽자 송 부인의 눈이 새파랗게 빛났다.

"남편이 죽음으로 사죄하였으니 나는 당신들에게 미안해하지 않아도 되겠군요. 이제 남편을 죽게 만든 당신들에게 복수하겠어요."

송 부인은 남편이 죽은 것을 일행의 탓으로 돌렸다. 면화를 자르던 가위를 들고 좌우로 휘두르는 그녀의 몸짓은 이미 평범한 아낙의 것이 아니었다.

"이런 못된 년을 봤나! 서방을 죽이고도 모자라 또 사람을 죽이려 하다니!"

패악은 흥분하여 고래고래 소리를 질렀다. 송 부인은 가장 먼저 패악을 찌르려 하였다.

"네가… 네가 찾아오지만 않았던들 어찌 남편이 죽었겠느냐!"

원독에 가득 찬 송 부인의 말에 다들 어이가 없었다. 그러나 그녀의 말을 들은 패악은 멈추어 서고 말았다. 그 틈에 송 부인의 가위는 패악의 가슴에 긴 상처를 내었다. 송 부인이 다시 패악의 심장을 찌르려는 순간 무룡이 소매를 털었다.

퍼엉!

한 치의 망설임도 없는 무룡의 장력을 어찌 무공의 고수도 아닌 아녀자가 당해낼 수 있을 것인가. 송 부인은 벽에 머리를 박고는 즉사해 버렸다. 골이 터져 여기저기 피가 튀자 아랑은 얼굴을 돌렸다. 그러나 무룡은 덤덤한 얼굴이었다.

"면화는 맛이 있었지만… 꽤나 악독한 여자잖아."

아무렇지도 않게 말하는 무룡을 보며 아랑은 눈살을 찌푸렸다. 전에도 느낀 것이지만 무룡은 사람을 죽이는 것에 어떤 감흥도 없는 듯 보였다.

아랑은 그것이 걱정스러웠다. 무림인들이 죽고 죽이는 것은 일상의 일이었다. 그러나 항상 그것이 협을 위한 어쩔 수 없는 선택이라는 것을 잊어서는 안 되는 것이다.

"밖을 봐요."

최호의 말이 아니더라도 다들 몰려든 마을 사람들을 볼 수 있었다. 손에는 하나같이 괭이며 도끼 같은 농기구를 무기 대신 들고 흉흉한 눈빛을 빛내었다.

"마을 사람 전체가 몰려온 모양이오."

마을 사람들은 무공을 익히지 않은 평범한 자들이었다. 다들 중독이 되었다고는 하나 수십 명이 아니라 마을 사람 수백 명이 몰려와도 그들에게 상처 하나 입힐 수 없으리라는 것은 자명하였다. 그러나 마을 사람들의 표정은 하나같이 결연하였다.

"이럴 수가… 이들은 모두 신교에 충성을 맹세한 모양이오."

최호는 검을 들고는 망연자실하였다. 무인의 검은 악을 응징하는 데 쓰이는 것이다. 아무런 힘도 없는 일반 백성들을 살상한다면 어찌 무덕을 논하겠는가!

"이런이런, 어찌 중생들이 이다지 미련할꼬. 부처가 옆에 있는 줄 모르고 사교에 현혹되다니. 큰일이로세, 큰일이야."

"쿵. 땡중 놈들이야 제 배만 부르면 벽만 쳐다보고 경만 읊는 게 다인 줄 알지. 세상에는 거지보다도 못 사는 사람들이 태반이라구. 쿵쿵."

"그러는 네놈은 아직까지도 음식을 처먹고 있지 않느냐. 아귀 같은 놈. 그 면화에 독이 들었다잖아."

무애 대사는 솥에 남아 있는 면화를 마저 꺼내어 먹는 이자오를 괴물 보듯이 쳐다보았다.

"쿵쿵. 그까짓 독이야 설사 한번 해버리면 그만이지. 이렇게 맛있는 걸 언제 또 먹어본다구. 쿵. 먹는 걸 앞에 놓고도 그냥 지나치면 그게 어디 거지냐? 진정한 거지란 음식과 함께 죽고 사는 법이다. 암! 암! 쿵쿵."

그러고 보니 중독당하지 않은 것은 무룡뿐만이 아닌 모양이다. 아랑은 무룡과 두 노인네의 무공이 놀랍기만 하였다.

"그나저나 죽지는 않겠지만 공력을 운기할 수 없으니 어쩌면 좋지요?"

아랑이 걱정스러운 듯 말했다. 서서히 다가오는 마을 사람들을 보고 있던 무룡이 히죽 이빨을 드러냈다.

“걱정 마.”

복령의 기운이 깃든 유천복의 피가 해독 효과가 있음을 모르는 아랑은 무룡이 아무렇지도 않게 손가락을 내어 피를 그릇에 받는 것을 보자 기절할 뻔하였다.

“뭐 해요? 미쳤어요?”

“이 피에 해독 성분이 있거든.”

최호는 무룡이 아랑에게 유난히 다정스러운 것을 느끼며 다시 심사가 복잡해졌다. 팽소연이 이걸 안다면 상처를 입을 것이 분명하였다.

“흐흐, 중이에게 개자추가 있었다면 우리한테는 아우가 있으니 평생 배곯을 걱정은 없겠군.”

패악은 웃는 건지 우는 건지 모를 표정으로 무룡의 피를 한 모금 삼켰다. 그리고 입가를 훔치며 송일의 시체를 송 부인의 시체 옆으로 가져다 눕혔다.

“아우가 그토록 사랑하는 제수씨와 부디 지옥에서 잘살도록 하게.”

지옥에서 잘살다니, 우습다고 생각했지만 무룡은 웃을 수가 없었다. 그러기에는 패악의 얼굴이 너무 슬퍼 보였다.

“다들 여기서 기다리라구, 내가 저들을 처리할 테니.”

무룡은 웃음소리 대신 기합성을 지르며 밖으로 뛰쳐나갔다.

“허, 저놈은 피를 한 사발이나 쏟아내고도 멀쩡하니 확실히 젊음이 좋긴 좋구나.”

무애 대사는 부러운 듯 몽롱한 눈빛이었다.

“큥, 그게 어디 젊어서냐? 저놈이 내 대환단을 먹었기 때문이지. 내가 그걸 먹었어야 하는 건데. 큥큥.”

대환단에 생각이 미치자 다시 억울한 이자오였다. 탐욕스러운 말투로 입맛을 쩝쩝 다셨다.

사람이 나이가 들면 어느 정도의 위엄은 갖게 마련인데 위엄이란 것이 유독 이 두 노인네만큼은 비껴간 모양이었다. 하긴 늙으면 자기가 하고 싶은 대로 하는 것이 더 좋다는 걸 충분히 알 만한 나이다.

"죽이지는 마세요!"

달려가는 무룡의 등 뒤로 아랑이 소리쳤다.

최호는 아랑이 변한 모습이 한편으로는 보기 좋았다. 전쟁터에서 사내 못지않는 괴력을 발휘하는 그녀보다는 지금처럼 연약까지는 아니더라도 다소곳한 여자를 보는 것이 남자들은 더 즐거운 법이다.

마을 사람들을 향해 살수를 뻗치려던 무룡은 아랑의 말에 멈칫하였다. 때마침 떠오른 달빛 아래 묵검을 들고 살기등등하게 걸어가는 무룡의 모습은 귀신처럼 흉악해 보였다.

마을의 어린아이들이 그의 살기에 놀라 울음을 터뜨리는 것도 당연한 일이었다. 은연중에 무룡은 사백 년 동안 떠도는 고혼이 되었던 것에 분노하고 있었다. 처음에 그는 마림만이 자신의 적이라 생각하고 있었으나 전쟁과 여러 일들을 겪으면서 차츰 자신의 강한 무공에 매료되었다. 힘을 사용할수록 끊임없이 차 오르는 대자연의 기운이 그를 흥분시켰던 것이다. 살인은 마약과도 같은 것이어서 하면 할수록 무감각해졌다. 묵검은 어서 빨리 피 맛을 보고 싶다는 듯이 계속해서 울음소리를 토해내고 있었다.

"마을 사람들도 혹시 중독되어 이성을 잃은 것이 아닐까요?"

아랑은 최호를 돌아보았다.

"저들의 눈을 보시오. 저들이 중독당한 것 같소? 저들은 진심으로 삼천교주를 신봉하고 있는 것이오. 어쩌면 많은 무림인들은 삼천교가

지 이르지도 못하고 마을 사람들의 손에 죽임을 당했을 것이오.”

그랬다. 마을 사람들은 삼천교로 향하는 사람들에게 후한 대접을 하며 환심을 산 뒤, 독을 먹여 모두 마을의 쓰지 않는 우물에 파묻어 버렸다. 순진한 마을 사람들이 그러리라고는 누구도 예상치 못했으므로 많은 무림인들이 이곳에서 뼈를 묻어야 했다.

이 마을 사람들에게 미치는 삼천교의 영향력은 대단했다. 평범한 사람들에게 옳고 그름의 기준이 되는 것은 굶주림이다. 그래서 옛 선현들은 백성들을 굶기지 않는 것이야말로 성군의 도리라 하였던 것이다.

무룡의 손짓 한 번에 나가떨어지는 마을 사람들이었지만 남녀노소를 가리지 않고 덤벼드는 그들의 모습은 어떠한 무공의 고수보다도 무서웠다.

“제길.”

차츰 조여 들어오는 마을 사람들을 보며 무룡은 욕설을 내뱉었다. 오른쪽에 있던 체격 좋은 사내가 곡괭이를 들고 달려드는 것과 동시에 사람들이 함성을 지르며 달려들었다.

“어쩐다?”

무룡은 곡괭이를 발로 차서 떨어뜨린 뒤 사내의 양 손목을 움켜잡고는 말했다.

“뭘 어째! 발목을 부러뜨리든지 혈을 짚든지 자네 맘이지.”

패악이 떨어진 곡괭이로 사내의 뒤통수를 휘갈겨 무룡의 난감함을 해결해 주었다.

‘무공도 모르는 사람들인데 혈을 짚어도 나중에 탈이 없을까? 저런 어린아이들까지 그렇게 해야 하는 걸까?’

아랑은 눈이 동그란 계집애를 보고 있었다. 서너 살이나 먹었을까?

겁에 질린 눈으로 손가락을 빨며 사납게 생긴 젊은 여자의 치맛자락을 꼭 잡고 있었다. 곁에는 할머니인 듯한 여인이 계집애의 허리를 잡아당기며 소리치고 있었다.

"아이구, 좀 떨어져라! 니 어미는 마귀들이 신교에 못 올라가게 하느라고 싸우는 거야. 오늘따라 이년이 왜 이렇게 고집을 부리누."

한평생 농사일만 했을 법한 할머니는 허리가 굽을 대로 굽어 키가 손녀보다도 작았다. 아랑은 그 노소를 보며 갑자기 가슴이 답답했다.

다른 사람들이라고 다르지 않았다. 마을의 건장한 남자들 외에 아녀자와 아이들까지 삽이나 낫 등을 들고 나온 것을 보자 어이가 없었다. 그만큼 이들에게 있어 삼천교는 생존의 문제였던 것이다.

가난 구제는 황제도 해결해 주지 못한다고 하였다. 그걸 부분적으로나마 해결해 주는 삼천교를 신봉하는 선량한 백성들을 무엇으로 설득해야 할지 암담했다.

"아랑, 고민할 것 없어. 그건 눈속임이야. 자기 이득을 위해서 알량한 선심을 베푸는 거지. 눈 가리고 아웅하는 거야."

패악은 낫 하나를 날려 보내고 마혈을 짚어 쓰러지려는 아이를 받아 한쪽에 눕혔다.

"패악, 정말 그럴까요? 이 사람들에게는 불로불사니 천광지귀니 하는 것들이 아무런 의미도 없겠지요. 그저 한 끼 배부르게 먹고 열심히 일한 뒤 시원한 그늘 아래서 낮잠을 자는 것만으로도 만족하는 사람들이에요. 우리는 수옥을 찾는 것보다 이들을 위해 무언가를 해야 하는 것일지도 몰라요."

아랑은 달려오는 사내를 치기 위해 높이 쳐들었던 삼첨양인도를 힘없이 내려놓았다.

"위험해!"

조금 떨어져 있던 무룡이 돌멩이를 걷어차자 사내는 푹 고꾸라졌다.

한편 무애 대사와 이자오는 집 안에 남아 이 사태를 구경하고 있었다.

"부처를 모시는 몸으로 어찌 사사로이 사람을 상하게 할 수 있으랴?"

헛기침을 내뱉은 무애 대사는 쌍소리를 내뱉으며 이쪽으로 달려온 사내의 팔을 슬쩍 쳐서 이자오에게 밀었다.

솥단지에 머리를 처박고 있던 이자오는 졸지에 삽 자루가 등짝을 후려갈길 위기에 봉착했다. 날카로운 삽 끝이 막 등판을 파고들려는 찰나 이자오는 양손으로 솥을 든 채 허공으로 뛰어올랐다. 마치 하늘에서 누군가 그를 번쩍 들어 올린 것 같았다.

"쿵쿵. 이런 후레자식을 봤나! 먹을 때는 개도 안 건드리는 법인데 너는 어미 아비도 없냐? 카악!"

이자오의 입에서 씹다 만 면화 조각들이 튀어나오고 공교롭게 그중 하나가 삽을 든 사내의 팔목을 맞추었다.

사내는 팔목이 시큰하면서 삽을 놓쳤다.

"허허, 젊은 사람이 왜 이리 기운이 없누."

무애 대사가 부축하는 척하며 무릎 뒤를 툭 치자 그 사내는 그대로 주저앉아 더 이상 일어날 수 없었다.

"쿵쿵. 이런 교활한 늙은이야! 불자는 살상을 할 수 없다면서? 쿵."

"그래서 네놈이 다치게 한 사람을 부축해 준 것이 아니냐. 이놈의 개코가 어디다 죄를 뒤집어씌우는 거야."

무애 대사는 침을 튀기며 솥을 들고 부뚜막 한 켠에 내려앉은 이자오에게 다가갔다. 얼른 솥 속으로 손을 집어넣어 면화 한 조각을 입속으로 쑤셔 넣었다.

"허허, 저 친구들이 그래도 잘하고 있군."

"킁킁. 이놈이 그러면서 내 면화를 가져가다니, 역시 교활한 땡중이라니까. 킁킁."

"누가 거지 놈 아니랄까 봐. 예끼, 이 거지 놈아! 먹는 거 앞에서는 친구도 못 알아볼 놈이 바로 네놈이다."

"킁킁. 어라, 이 땡중아! 먼저 욕했지?"

"거지를 거지라 하는 것도 욕이라더냐."

두 노인네가 솥단지를 사이에 두고 실랑이를 벌이는 동안 수십 명이나 되는 마을 사람들은 일부는 기절하고 일부는 다리가 마비되어 모두 바닥에 누워 있는 신세가 되었다.

최호는 더 이상 죽은 사람이 없는 것이 다행이라고 생각하며 마을의 수장을 찾았다.

"부득이 죄를 짓게 되었습니다. 용서해 주시기 바랍니다."

"당신들은 이 마을의 여자를 죽였소. 그러고도 용서를 바라시오?"

아직도 사나운 기색을 감추지 못하고 있는 남자가 이를 갈았다.

"그 여자는 저희를 죽이려 하였기에 어쩔 수 없었습니다."

"그러는 당신들은 더 많은 사람을 죽이지 않았소?"

패악이 냉소를 퍼붓자 마을 사람들의 얼굴에 순간적으로 죄의식이 떠올랐다 사라졌다. 그러나 얼굴이 강파른 사내가 악을 쓰기 시작했다.

"우리는 잘못하지 않았다! 신교를 핍박하는 너희야말로 마귀의 족속들이 아니냐? 신교에서도 마귀를 죽이는 것은 죄가 아니라고 했다! 송 부인은 착한 여자다. 그녀가 신교를 위해 너희를 죽이려 한 것도 죄가 아니고 우리가 마귀들을 죽인 것도 죄가 아니다. 송 부인은 불쌍한 우리를 도우시러 신교에서 보낸 천상선녀시다. 홍! 너희들은 차라리 여기서 돌아가는 것이 나을 뻔했다고 여기게 될 것이다. 교주님의 신통력이야말로 하늘에 닿아 계시니 신교에 갔다가는 죽지도 살지도 못하게 되어 지옥불에 떨어지고 말걸. 신교의 천신장들이 너희를 씹어 삼킬 테니 어서 돌아가거라!"

사내의 악담은 일행의 마음을 무겁게 하였다. 머리가 허옇게 센 노인이 사내를 말렸다.

"그만 하게. 어쨌거나 우리가 사람을 죽인 것은 분명한 것이네. 저들의 말대로 우리도 살인을 한 이상 무어라 말해도 그게 없어지지는 않지. 이보시오들, 우리도 이럴 생각은 없었소. 그러나 이곳을 지나가는 자들은 예의가 없었고 여자들을 희롱하고 마을 사람들을 죽이는 일도 허다했소. 더구나 신교를 모독하는 발언도 서슴지 않았소."

노인의 말을 끊으며 사내가 다시 악다구니를 썼다. 그는 가슴에 맺힌 것이 많은 듯했다.

"무인들이라고? 홍, 그자들이 어땠는지 아느냐? 마을의 여자들은 해만 떨어지면 밖으로 나다니지도 못했다. 닥치는 대로 약탈하고 악행을 서슴지 않았다. 당신들처럼 힘을 가진 자들은 모두 똑같아! 가진 자들에게 우리같이 약한 자들이 대항할 수 있는 길은 천신 아래 힘을 합치는 것뿐이다. 그나마 송 부인이 당신들을 처리하겠노라 나선 것은 남편의 친구에게 예의를 갖추고자 한 것이었다!"

"나쁜 것은 무림인들이오. 교주님은 태상노군의 현신이시니 절대로 해칠 수 없을 거예요."

마을 사람들은 애 어른 할 것 없이 입을 열어 삼천교를 칭송했다.

백성들의 적대감을 직접 대하자 최호는 점점 머리가 복잡해졌다.

"여러분은 삼천교를 신교라 하며 맹신하고 있습니다. 그러나 그 삼천교의 교주는 황실 전복을 꿈꾸는 자입니다. 저는 황실의 명을 받고 온 사람입니다."

"흥! 황제가 우리에게 해준 것이 뭐가 있소?"

여기저기서 불만의 소리가 나왔다.

"나라가 바뀌고 권세가들은 살기 좋아졌을지 모르나 우리 같은 백성들은 여전히 굶주리고 이런 아이들조차 가물어 굶어 죽고 있소. 이런 때에 곡식을 내려주는 것이 천신이 아니고 무엇이오."

최호는 어떤 말로도 이들을 설득시킬 수 없음을 알자 마음이 쓰렸다. 뿌리 깊은 불신은 쉽게 사그라들지 않을 것이다. 나라에서는 이들을 위해 무엇을 해줄 수 있을 것인가!

"반 시진 정도면 사람들 모두가 움직일 수 있을 것입니다."

그는 혹시나 맹수들이 공격해 올까 봐 마을 사람들의 주위에 불을 피웠다. 욕을 퍼붓는 마을 사람들을 뒤로하고 길을 나서자니 다들 우울한 모양이었다.

새벽을 알리는 수탉의 울음소리가 그 어느 때보다 구슬프게 들렸다. 일행은 벼랑에 인접한 작은 길을 따라 걸었다. 어느 누구도 말하지 않았다.

계곡을 올라가는 벼랑 옆에는 돌을 쌓아 만든 우물이 있었다. 깊이가 한 자 남짓한 우물에는 맑은 물이 찰랑거리고 있었다.

그때였다. 갑자기 아랑이 비명을 질렀다.

"저, 저기 송… 송 부인이에요!"

그녀가 가리키는 곳은 벼랑이 끝나는 곳이었다. 그곳에 틀림없이 죽은 송 부인이 눈을 새파랗게 빛내며 서 있었다.

"쿵. 귀, 귀신이다! 나는 귀신이 세상에서 제일 싫다고! 쿵쿵."

이자오가 소리쳤고 무애 대사는 염불을 중얼거렸다.

"무슨 수작이냐?"

무룡이 묵검을 쥐고 송 부인을 향해 달려가자 아랑이 그 뒤를 쫓았다.

"같이 가요."

"거기서 기다려."

두 남녀의 모습이 삽시간에 시야에서 사라지자 남은 사람들은 두 눈만 멀뚱히 뜬 채 서로의 얼굴을 바라보았다.

송 부인의 귀신은 우물가를 지나가고 있었다. 걸음이 어찌나 빠른지 무룡이 전력을 다하여 쫓아가는데도 거리가 좀처럼 좁혀지지 않았다.

"거기 서라!"

아랑은 송 부인의 모습이 벼랑의 한 지점에서 흔적도 없이 사라지는 것을 보자 아연실색하였다.

"저, 정말 귀신일까요?"

"귀신이든 사람이든 상관없어."

우물가에서 멀지 않은 벼랑 곳곳에는 야채를 저장하는 야채 창고가 있었다. 입구가 석판으로 덮여 있는 야채 창고는 겨우 한 사람이 허리를 구부리고 들어갈 만한 정도였다.

"이리 들어갔을까요?"

두 사람은 석판이 들추어져 있는 야채 창고 앞에 섰다. 좁은 안으로 들어서자 배추가 빽빽이 심어져 있을 뿐 다른 이상한 점은 발견할 수 없었다.

"틀림없이 이곳으로 들어가는 걸 봤는데……."

무룡이 중얼거리며 어두운 벽을 손으로 툭툭 두들기며 걸어나왔다.

그러다 손끝에 줄이 하나 잡혔다. 생각도 하지 않고 줄을 잡아당기자 덜컹 소리가 들리더니 발 밑이 허전해졌다. 두 사람의 몸은 끝없이 아래로 추락하고 말았다.

"이런 제길… 또야?"

무룡은 천왕문의 지하를 떠올리며 소리를 질렀다.

바닥에 내려선 무룡은 위에서 떨어지는 아랑을 가볍게 받아 옆에 내려놓았다.

"지하에 이런 굴이 있다니… 뭐 하는 곳일까요?"

"길을 따라가다 보면 뭐 하는 곳인지 알 수 있겠지."

무룡이 성큼성큼 앞장을 서자 아랑도 주춤주춤 그 뒤를 따랐다.

"엇! 저기."

또다시 여인의 옷자락이 나타났다가 급히 앞쪽으로 움직이는 것이 보였다.

"우리를 유인하고 있는 것이 아닐까요?"

무룡도 이미 눈치 채고 있었다. 누가 송 부인 흉내를 내어서 자신을 유인하려 하고 있다. 삼천교의 누구일까?

"이상해요. 계속해서 같은 자리를 맴도는 것 같아요. 여기 이 돌은 아까도 본 것 같은데……."

아랑은 품속에서 부적을 꺼내 양손의 검지와 중지 사이에 끼웠다.

"개안(開眼)."

짧은 소리와 함께 부적이 파르르 타올랐다. 아랑은 자신의 눈에 그 재를 바르고 무룡의 눈에도 재를 발랐다. 그러자 어지러운 길들이 모두 사라지고 눈앞에 곧장 뚫린 길이 나타났다.

"역시 그랬군요. 누가 이곳에 결계를 펼쳐 놓았어요."

"결계? 그럼 이곳에도 마림의 세력이 있다는 것인가?"

"그럴지도 모르고⋯ 삼천교에도 술법을 아는 자가 있을 거예요."

곧게 뚫린 길은 금방 끝났다.

두 사람이 나온 곳은 사방이 벽으로 막혀 있는 널찍한 석실이었다. 문이 있는 곳에 한 명의 여인이 서 있었다. 송 부인의 옷을 입고 있는 것으로 보아 두 사람을 이곳까지 유인한 여자가 틀림없었다.

"너는 누구냐?"

무룡은 어둠 속에서도 형형한 안광을 내뿜어 여인을 한동안 주시했다. 잠시 후 어둠이 눈에 익자 그는 여인의 용모가 몹시 추한 것을 알았다.

"윽! 더럽게 못생겼네."

몇 번을 물었으나 여인은 말이 없었다.

"벙어리인가 봐요."

아랑의 말이 끝나기도 전에 여인이 앞으로 나왔다. 두 손을 늘어뜨리고 있는 자연스러운 모습임에도 무룡은 순간적으로 엄청난 살기를 느꼈다.

"우웃! 뭐냐, 이 대단한 살기는? 모모헌추(嫫母獻醜)라고 못생긴 여자는 착하다는 것도 다 옛말이었군."

"정말 무시무시한 기로군요. 대체 누구일까요?"

아랑도 긴장한 표정이었다.

"누군지는 모르지만 왜 무공을 배웠는지는 알 것 같군. 얼굴이 안 되니 주먹으로 낭군을 고르려는 게 틀림없어."

그러나 장난기 가득한 무룡의 말에 그만 웃음을 터뜨렸다.

"지금 장난할 때예요?"

아랑은 무룡에게 눈을 흘겼다.

"설마 날보고 여자랑 싸우라는 건 아니겠지?"

무룡은 어이없다는 듯이 말했다.

"왜 아니겠어요?"

아랑은 무서워 견딜 수 없다는 듯이 부들부들 떠는 시늉을 하였다.

무룡은 기가 막힌 듯 멍청히 서 있었다. 그 틈에 못생긴 여인의 주먹은 이미 코앞으로 다가왔다.

"이크, 정말이군."

천귀녀가 달려들며 양 주먹을 빠르게 난타하였다. 얼굴을 반쯤 가린 주먹이 빠르게 휘둘러질 때마다 무시무시한 강기가 무룡을 압박하였다. 여자는 특별한 무공이 없이 서서 주먹을 휘두를 뿐이었다. 그러나 허공을 가를 때마다 비단 폭을 찢는 듯한 소리가 들려 그 위력이 예사롭지 않음을 짐작하게 했다.

무룡은 추호도 머뭇거림이 없이 병아리를 낚아채는 독수리처럼 천귀녀에게 달려들었다.

"염화(炎火)."

아랑의 목소리가 들리자 노란 부적에 불이 확 붙더니 이내 등잔만하게 커져 석실을 환하게 밝혔다.

어둠 속에서 한동안 있었던 천귀녀는 강한 빛에 눈이 부신 듯 잠시 당황하였다.

그 순간 무룡의 장력이 금빛을 뿜으며 천귀녀를 덮쳐 갔다.

천귀녀는 커다란 충격으로 몸이 휘청거리긴 하였으나 이내 아무렇지도 않은 듯 무룡을 향해 달려왔다. 놀란 것은 무룡이었다.

"뭐야, 이 여자? 사람이 아닌 거야?"

대부분의 여자들은 강권보다는 부드러운 유권(柔拳)을 단련하였다.

그것은 근육의 힘이 남자에 비해 현저히 모자라기 때문이기도 했지만 부드러운 성질에도 기인하는 바였다.

그러나 지금 천귀녀가 펼치는 권은 일격에 태산을 부수고 바위를 쪼갤 듯 강맹하여 귓가를 스치기만 하여도 살갗이 쓰라릴 정도였다. 다만 초식이 교묘하지 않고 직선으로 내지르기만 하는지라 바람처럼 빠르게 움직이는 무룡을 격중시키기란 여간 어려워 보이지 않았다.

잠깐 사이에 천귀녀의 주먹이 무룡의 좌우 방위를 향해 연속적으로 들어왔다.

"이거 어떻게 해야 하지?"

손을 들어 막자 은은한 통증과 함께 쉿소리가 났다. 천귀녀의 두 발은 태산에 뿌리 박힌 듯 굳건하여 무룡의 어떠한 공격에도 피하는 법이 없었다. 맞는 틈을 이용하여 주먹을 내지르는 무공은 보도 듣도 못한 것이다.

무룡은 묵검을 꺼낼 수밖에 없었다. 여자를 상대로, 그것도 맨손의 여자를 상대로 검을 꺼내어 든 것은 비겁하기 짝이 없는 일이었지만 할 수 없었다.

"묵검, 네 주인은 아니지만 부탁한다."

묵검으로 가볍게 손바닥을 베어 피 맛을 보이자 묵검이 흥분한 듯 웅웅 울었다. 주인으로 인정한다는 뜻일까? 검에도 혼이 있다는 말을 들었지만 묵빛 외양과는 달리 꽤나 감정적인 묵검이었다. 무룡은 순간적으로 펄펄 뛰는 물고기를 쥐고 있는 듯한 착각에 빠졌다.

"너, 내가 마 형이 아니라고 깔보는 거냐? 검 주제에 건방지잖아. 내가 무단검만 되찾으면 널 반드시 용광로에 던져 넣고 말 테다."

그 말에 화가 났는지 묵검이 더욱 세차게 떨려오기 시작했다.

"이크, 화개여의(花開如意)!"

새까만 검신을 따라 어둠 속에서 검화가 분분히 피어올랐다.

아랑은 검을 따라가다 그만 꽃의 그물 속에 갇혀 버리는 듯한 환상에 사로잡혔다. 검은 보이지 않고 만개한 꽃이 하늘에서 수없이 떨어지고 있었다.

"아름다워……."

옆에서 보고 있던 아랑이 저도 모르게 손을 내밀려는 순간 꽃송이들은 일제히 천귀녀에게 쏟아졌다.

채채채챙!

그러나 무룡은 묵검이 천귀녀의 몸에 다다르기도 전에 강한 반탄력에 의해 뒤로 확 밀리는 것을 느꼈다.

"아!"

아랑이 탄성을 질렀다.

"금강주가 걸려 있군요."

"금강주?"

"전신을 금강석처럼 단단하게 만드는 주문이에요. 설마 했는데 삼천교의 주술도 마림에 못지않군요."

"풀 수 있는 방법이 없나?"

"금강주를 푸는 방법은 오직 주술을 행한 자만이 알아요. 하지만 금강주는 주술로 만든 것이기 때문에 연문이 반드시 존재하지요. 그 연문이 어딘지 찾아내어 그곳을 공격하기 전에는 절대로 깨뜨릴 수 없어요."

무룡과 아랑은 천귀녀의 온몸을 살펴보았지만 어느 곳이 연문인지 도통 찾을 수 없었다. 천귀녀의 무시무시한 주먹을 피해 이곳저곳을 공격해 보았지만 소용이 없었다.

아랑은 문득 천귀녀의 눈빛이 아주 맑은 것을 보았다.

"혹시 눈이 아닐까요? 눈에까지 주문을 적을 수는 없으니까."

"그렇지."

"하지만 저렇게 아름다운 눈은 처음 보는 것 같아요."

맑은 눈은 슬픔을 가득 담고 아랑을 보고 있었다. 일그러진 얼굴 가운데서 유달리 반짝거리는 두 눈은 진흙 속에 박힌 흑진주처럼 보였다.

"아랑, 다시 한 번 염화를."

무룡의 주문에 아랑이 다시 부적을 꺼내었다. 좀 전보다 더욱 밝은 빛이 석실에 들어찼다. 천귀녀는 다시 움찔하여 뒤로 물러섰다. 묵검은 민첩한 뱀처럼 그 틈을 놓치지 않았다. 무룡이 일검을 내지르자 천귀녀가 손으로 얼굴을 감쌌다.

"캬아아악!"

천귀녀의 손등을 뚫고 들어간 묵검이 그대로 눈을 관통하자 인간의 목소리라고 생각되지 않는 엄청난 비명이 터져 나왔다.

"지금이야! 가자."

무룡과 아랑은 천귀녀의 등 뒤에 있는 문을 통과하였다.

"잠시만요… 봉폐(封閉)!"

아랑이 닫혀진 철문에 부적과 함께 주술을 걸었다. 철문은 천귀녀의 주먹에 여기저기 튀어나왔으나 끝내 열리지 않았다.

"됐어요. 하지만 오래 버티진 못할 거예요."

아랑은 돌아서며 말했다. 그러나 무룡은 이미 다른 곳을 보고 있었다.

제36장

원이밀성

怨以密成

이미 날은 어두워졌고 달빛은 구름 속에 숨었다.

삼천교 주변에는 경비를 서는 자들도 보이지 않았다. 안으로 들어오자마자 수십 개의 통로가 그들을 가로막았다. 등불이 켜진 곳도 있었고 칠흑처럼 어두운 곳도 있었다.

"경비가 없는 것도 다 이유가 있었군. 어디로 들어가야 하는 거야?"

"이쪽 길로 갑시다. 우리가 초대받아 가는 것이 아닌 바에야 밝은 쪽보다는 어두운 길로 가는 것이 더 안전할 것입니다."

최호의 말이 일리있다는 듯이 다들 고개를 끄덕였다. 그러나 패악은 손바닥에 침을 퉤 뱉더니 다른 손바닥을

내려쳐 침이 튄 방향을 가리켰다.

"갈 길을 모를 땐 이 방법이 최고지. 이쪽이야."

그러자 무애 대사와 이자오가 얼른 말을 했다.

"쿵쿵. 그래, 나도 그쪽이 더 맘에 든다. 쿵쿵."

"하긴 늙으면 눈도 어두워져서 말이야."

패악이 앞장서자 이자오와 무애 대사가 그 뒤를 따랐다. 최호는 한숨을 내쉬며 가장 밝은 통로로 움직였다.

붉은색의 벽을 돌아갈 때마다 푸른 망사로 가려진 등불이 한 개씩 걸려 있었다. 등불을 따라 들어가다 보니 꼬불꼬불 어지러운 계단이 아래로 향해 있었다.

"이거 봐요."

앞서 가던 패악이 바닥을 가리켰다.

"우리보다 먼저 들어간 자들이 있소. 혹시 그들 두 사람이 아닐까요?"

그 말대로였다. 벽 바깥쪽에는 어지러운 발자국들이 희미한 족적을 남겨놓았다. 최호는 방금 생긴 듯한 발자국을 보며 고개를 저었다.

"그들이 아니오. 꽤 많은 숫자 같은데… 마을 쪽으로 오지 않은 자들도 있는 모양이오."

"그런데 침입자가 있는 것치고는 너무 조용한데……."

다들 그런 생각을 하고 있었다. 그러나 최호는 지하 깊은 곳에서 들려오는 희미한 소리에 귀를 기울였다.

"무슨 소리가 들립니다."

최호가 가리키는 곳은 끝없는 지하로 향하는 계단이었다. 마치 무간지옥으로 내려가는 듯이 이어져 있는 통로. 이리로 내려가다 적을 만나면 꼼짝없이 당하고 말 터였다. 더구나 계단 한쪽 면은 거대한 공동이어서 행여 떨어지기라고 하는 날엔 목숨을 부지할 수 없을 터였다. 자세히 보자 계단 건너편에 시커먼 탑이 보였다.

그들이 나타난 것은 그때였다.

"쿵쿵. 저것들은 또 뭐야?"

탑의 중간 부분에서 튀어나온 열 명의 회의인들은 종이로 만든 공을 하나씩 들고 허공에 둥실 떠 있었다.

"쿵쿵. 뭐 하러 그 줄 위에 올라가 있는 거지? 거, 보기에도 힘들어 보이는구먼. 쿵쿵."

"늙은이, 뭐 하는 거야?"

회의인 하나가 계단 아래 웅크린 이자오의 모습을 보고 소리를 빽 질렀다.

어느새 이자오가 계단 아래로 훌쩍 뛰어내리더니 아래쪽에 묶어놓은 밧줄을 풀고 있었던 것이다.

"쿵쿵. 아니, 이거 쓰는 거였수? 난 또 쓸 데 없으면 내가 가져가려고 했더니. 쿵쿵. 알았다, 알았어. 안 가져가면 될 거 아니냐."

풀어진 밧줄을 놓자 핑 소리가 나며 회의인 중 한 명이 소스라치게 놀라 다른 쪽으로 움직였다.

그리고 보니 회의인들은 허공에 떠 있는 것이 아니었다. 탑과 계단 사이에는 성근 밧줄이 마치 거미줄처럼 얽혀 있었다.

"개코 놈아, 남의 집에 와서 그렇게 소란을 피우면 어쩌냐. 주인이 나오기 전에 저 거미줄이나 치워줘야겠다. 끄응, 망할 놈의 거미가 무진장 큰 모양이네."

이자오에게 뒤질세라 무애 대사도 가볍게 몸을 솟구쳐 그물 위로 뛰어내렸다. 그러더니 들고 있던 철 지팡이로 벽에 붙은 거미줄을 떼어

내듯 그물을 휘휘 터는 것이었다. 여기저기서 핑핑 하는 소리와 함께 회의인들의 몸이 크게 출렁거렸다.

"이런 노망난 늙은이들이 여기가 어디라고 감히!"

화가 난 회의인들이 일제히 덤벼들려 하는데 낮은 음성이 들려왔다.

"주인의 허락도 없이 발을 들였으니 대접이 소홀하다 허물치 마시오."

최호는 대번에 그 목소리를 알아들었다.

"두공."

"후후. 최 공자, 오랜만이구려. 그렇지 않아도 일간 연락을 드리려던 참이었는데 이렇게 스스로 찾아오다니, 참으로 공교롭구려. 마침 유 공자의 존장께서도 이곳에 계시니 잘되었구려."

"유 장주께서?"

최호가 되뇌었다. 유장추가 소림으로 갔다는 말을 들었는데 다시 삼천교로 잡혀왔다니 금시초문이었다.

"유 장주께서는 본 교가 퍽이나 마음에 드셨던 모양이오."

두공은 최호 일행의 면면을 살펴보았다. 천귀녀는 유천복을 상대하고 있을 터였다. 소림과 개방의 노괴물들과 황궁의 천황수호단이니 그리 쉬운 상대는 아니었다. 그러나 이쪽에는 비장의 무기가 있었다. 삼천십무관(三天什武官)이 나선 것이다.

삼천교에는 지천궁을 호위하는 십장로 외에 교의 경비를 맡은 삼천십무관(三天什武官)이 있었다.

"두공, 능 소저가 이곳에 있다고 들었소. 우리는 능 소저를 찾아 돌아가려 하였는데 유 장주께서 계시다니 함께 돌아가도록 해주면 좋겠소."

"최 공자, 그대는 능 소저보다 팽 소저의 일이 더 궁금할 줄 알았소만."

"팽 소저도 이곳에 있단 말이오?"

최호의 표정이 이상하게 변했다.

"어째서 그녀가 이곳에?"

뜻하지 않은 곳에서 뜻하지 않은 사람에 대한 소식을 듣자 최호는 당황하였다. 무룡과 아랑을 보며 그녀를 걱정하였는데 두 사람이 없을 때 소식을 듣게 된 것이 다행한 일인지도 몰랐다.

"팽 소저가 유 장주님과 함께 유 공자를 찾으러 왔길래 내 흔쾌히 그들을 맞았다오."

"사두는 언제나 너무 예의가 바른 것이 문제라니까. 언제까지 입씨름만 하고 있을 건지."

패악이 최호의 입을 막자 기다렸다는 듯이 회의인들도 앞으로 나섰다. 그물이 출렁거리는 바람에 앞에 선 자의 두건이 살짝 벗겨졌다. 그자는 이마에 커다란 붉은 점이 있었는데 마치 또 하나의 눈을 가진 듯했다.

"오호라, 누군가 했더니 삼목수사(三目水蛇) 권필(權畢)이었군."

패악이 아는 척을 했다.

"쿵쿵. 삼목수사라면 그 호랑말코 같은 산적 놈 아니야? 아니, 그 빌어먹을 놈이 여기서 뭐 하고 있는 거지? 쿵쿵. 이제 보니 남북십흉(南北什兇)이 삼천교에 둥지를 틀고 있었구나. 쿵쿵. 이것만 보아도 삼천교가 좋은 마음을 지니지 않았다는 걸 알 수 있지. 암, 알 수 있고말고. 쿵쿵."

남북십흉이라면 십 년 전 세상을 떠들썩하게 했던 악도 열 명을 가리키는 말이었다. 흉악한 것으로 따지면 둘째가라면 서러워할 자들로 살인, 방화는 물론이고 강도, 강간 등 나쁜 짓이라면 기를 쓰고 행하던 자들이었다. 십 년 전 종적을 감춘 그들이 삼천교에 있었다니…….

"전에는 그랬을지 모르나 지금은 교주님의 감읍하신 은혜로 모두 개

과천선하여 천신을 모시고 있는 삼천십무관이라오."

두공의 웃음 섞인 목소리였다.

패악의 말대로 이들은 남북십흉이었다. 십 년 전 양황에게 패하고 모두 삼천교에 들어와 삼천십무관이 되었다. 하나같이 흉악한 성품을 지녔으나 약선에 의해 금제가 되어 있어 섣불리 다른 마음을 먹을 수가 없었다.

"흥! 남북십흉의 잔재주로 무얼 어쩌겠다는 거지? 십 년 동안 잡극이라도 배운 것인가? 그물 위에서 재주나 부리는 것들이 뭐가 대단하다고. 사두, 이자들은 나한테 맡겨. 그동안 몸이 근질근질했는데 오늘 몸 좀 풀어보자."

송 부부의 일로 마음이 울적했던 패악이었다.

패악의 말에 십흉들이 즉시 양쪽으로 갈라섰다. 십흉들의 손에는 각각 누런 공을 하나씩 들고 있었다.

"엇! 저것은… 벽력포(霹靂炮)예요. 하지만 저것은 수상전(水上戰)에서나 쓰는 것이기 때문에 물이 없으면 소용이 없는데……."

"킁킁, 벽력포? 그게 뭐야. 혹시 먹는 거 아냐? 킁킁."

호기심을 이기지 못한 이자오가 그물 위로 훌쩍 뛰어내렸다. 그물에 한 번 몸을 튕겨 눈 깜짝할 사이에 가장 앞에 서 있던 십흉의 손에서 벽력포를 빼앗아 왔다. 그야말로 눈 뜨고 도둑질을 당한 십흉은 어안이 벙벙한 모습이었다.

"과연 개방 방주다운 솜씨입니다."

두공이 감탄하자 이자오는 의기양양하여 어깨를 으쓱하였다.

"킁킁. 뭘, 이 정도 갖고. 땡중아, 들었지?"

"내 개코 놈과 재주를 겨루어 무엇 하랴."

"쿵쿵. 정말? 별일일세. 그렇게 지기 싫어하는 땡중이 오늘은 어쩐 일이지? 쿵쿵."

이자오가 별일이라는 듯이 중얼거리는 순간이었다. 무애 대사가 한 발을 보이지 않는 계단을 밟는 것처럼 허공을 격하고 몸을 빙글 돌렸다. 방심하고 있던 이자오는 삽시간에 벽력포를 빼앗기자 분이 나서 발을 동동 굴렀다.

"쿵쿵. 너, 이 땡중아! 저기 저렇게 많은데 하필이면 왜 내 것을 훔쳐 가는 거냐? 쿵쿵."

"저것을 훔치면 도둑질이지만 네 것을 가져오는 것은 중생을 구하고 선을 베푸는 것이다."

"쿵. 그런 말도 안 되는 소리를 지껄이다니! 내 오늘은 도저히 참을 수 없다. 어서 내놓지 못해! 그건 내가 먼저 뺏은 거란 말이다! 쿵쿵."

최호는 두 노인이 좁은 계단과 허공을 자유자재로 넘나들며 벽력포를 서로 던졌다 받았다 하는 것을 보고 간이 콩알만해졌다.

"저, 저, 두 분 어르신… 그러다 그게 터지기라도 하는 날엔……."

"거 장난 좀 치지 말아요!"

이자오와 무애 대사가 낄낄거리자 패악이 두 노인 사이로 뛰어들어가 벽력포를 빼내어 최호에게 넘겨주었다.

"에이! 재미있다 말았군."

"쿵쿵. 그러게. 저놈은 버르장머리가 없어. 노인 알기를 개코로 안다니까. 쿵쿵."

골이 난 두 노인네는 계단에 나란히 앉아 패악에게 욕을 퍼부었다.

"터지면 어떻게 되나요?"

도진이 물었다. 최호는 손 안의 둥근 공을 유심히 살펴보았다.

“이것은 조금 다르군요. 벽력포는 종이로 만든 통에 석회와 유황을 채워 넣은 거예요. 물과 반응하여 폭발하기 때문에 수상전에 주로 쓰이죠. 포로 발사해서 물과 만나면 종이 통이 찢어지면서 석회가 퍼져 눈이 멀게 되지요.”

“역시 최 공자의 안목이 뛰어나구려. 그 말을 들으니 이미 황궁에서도 이 같은 것을 알고 있는 모양이군요.”

두공은 예상했던 일이라는 듯 고개를 끄덕였다. 벽력포는 약선이 양 씨 부인의 명으로 금단을 만들다 발견한 것이었다.

불로불사의 약을 만들기 위해서 약선은 여러 가지 식물과 광물을 연구하였다. 그중에서도 초석과 목탄은 광물들을 녹이기 위한 약으로 쓰여졌다. 또한 유황은 금단의 중요한 성분이었다. 금단을 연구해 온 자들은 대대로 이 세 가지를 적절히 혼합하면 폭발한다는 것을 알고 있었다.

그러나 그것은 너무도 위험한 방법이었다. 천뢰구라는 폭약 암기를 사용하는 당문에서조차 극히 위험한 무기로 분류되어 오직 문주만이 다룰 수 있었다.

일전에 당삼고가 비교적 위력이 적은 독연탄으로 양황을 공격하였을 때 양황이 당황하지 않았던 것은 바로 약선에게 이 벽력포를 견식하였던 바가 있었기 때문이다.

“하지만 이것은 그 벽력포가 아닌 듯하군요. 양쪽으로 줄이 있는 벽력포는 들어본 적도 없어요. 이 줄은 도화선일 테지요?”

“잘 맞추었소. 그 위력은 장담하건대 당문의 천뢰구(天雷球)에 비해 열 배는 강할 것이오.”

“그 말은 믿기 어렵군요.”

최호는 두공의 말을 믿을 수가 없었다. 군에서도 이 같은 화기는 아직 완전한 실험을 거치지 않은 상태였다.

"이런, 믿지 않아도 할 수 없지. 하지만 조심하시오. 그 물건은 아주 위험하다오. 흥겨운 폭죽놀이가 되길 바라겠소."

두공은 두건을 깊게 눌러쓰고는 뒤로 물러섰다. 십무관도 두건을 더욱 깊숙이 눌러썼다.

"흐흐, 후회하지 말거라."

권필은 품에서 화섭자를 꺼내어 종이 통의 양쪽 끝에 달린 줄에 불을 붙였다.

원래 벽력포는 포(砲)를 사용하여 발사하는 것이었다. 점화할 때는 도화선과 같은 것은 사용하지 않고 끝 부분이 뾰족한 낙추(烙錐)를 사용한다. 목탄이나 석탄을 사용하여 낙추를 뜨겁게 달군 다음 이것으로 탄환을 찌르는 것이다.

그러나 약선이 만든 것은 조금 달랐다. 그것은 벽력구라는 것으로 석회와 유황 외에도 염초, 목탄 분말에 파두(芭豆), 낭독(狼毒), 역청, 비상 등을 사용하여 독가스가 발생하도록 만든 것이었다.

치치직 하는 소리가 들리자 최호의 얼굴이 어두워졌다.

"다들 조심하십시오! 저것이 정말로 터진다면 큰일이오!"

그 말이 끝나기도 전이었다. 일순간 천지에 벼락이 치는 듯한 폭음이 들리더니 새빨간 불꽃이 사방으로 날아갔다.

"다들 숨을 멈추고 눈을 감아요!"

최호가 화급히 소매로 입을 가리며 소리쳤다. 그의 말대로 화염과 함께 독한 연기가 주위를 가득 메웠다.

그러나 열 개의 벽력구 중 제 기능을 발휘한 것은 단 두 개뿐이었다. 나머지는 불이 붙기도 전에 이자오와 무애 대사의 오줌빨에 푹 젖어 쓸모없게 되어버렸다.

"쿵쿵. 땡중 놈이 곡차를 많이 마시더니 오줌 한번 시원하게 누는구나. 쿵쿵."

"흠흠, 어쩔 수 없지 않느냐. 이렇게 해서라도 저들을 구하는 것이 바로 부처의 도라는 것을 거지가 어찌 알겠느냐."

"쿵쿵. 내 부처의 도는 몰라도 땡중의 오줌빨보다야 내 오줌빨이 더 세다는 것은 잘 알지. 그러니 땡중은 마누라가 없는 것이고 거지는 죽은 마누라라도 있는 것이 아니냐. 쿵쿵. 어어, 시원하다."

"이놈아, 조심하거라. 내 옷에 다 튀잖아."

벽력구가 쓸모없게 되어버리자 십무관들이 저마다 무기를 빼어 들었다. 최호가 앞으로 나섰다.

"두공, 나를 봐서라도 유 장주와 소저들을 풀어주시오."

"최 공자, 내 전이라면 그대의 말을 들었을 것이나 지금은 사정이 다르지 않소? 요와의 일전 이후 황궁에서는 본 교를 핍박하고 있소. 일이 이럴진대 내 어찌 황상의 명에 따라 움직이는 그대의 말을 들어줄 수 있겠소. 오히려 그대를 잡는다면 교주께서 크게 기뻐하실 것이오."

"이미 황제의 군사들이 이쪽으로 오고 있을 것이오. 삼천교에서 요와 오래전부터 연락을 취해오고 있었다는 것을 모를 줄 아시오. 요와 내통하여 황실 전복을 노리고 있다는 것이 밝혀졌으니 어찌 살아남기를 바라시오. 더구나 황상의 여자들을 사사로이 빼낸 것도 모자라 선량한 일반 백성들을 현혹시키고 무림인들까지 감금하고 있으니 그 죄목이 하늘을 가리우고도 남을 지경이오."

최호의 준엄한 말에 십흉은 찔끔한 기색이었다. 어느 시대나 죄를 짓는 자들은 관리를 두려워하는 법이었다. 그러나 십흉과 달리 두공은 코웃음을 칠 뿐이었다.

"후후, 최 공자도 알고 있을 것이오. 언제부터 이 나라가 조가의 나라였소?"

"두공, 그런 대역무도한 말을 내뱉다니 하늘이 두렵지 않소!"

"이미 일이 이렇게 된 마당에야 내가 두려울 것이 뭐가 있겠소. 최 공자가 이곳에서 살아 나간다면 그때는 생각해 보리다."

"이런 대역무도한……!"

"쿵쿵, 왜 갑자기 황궁과 삼천교가 척을 지나 했더니 그런 일이 있었군. 쿵쿵. 난 그것도 모르고 저자가 능 소저에게 흑심이 있나 했지. 쿵쿵. 그저 늙으면 죽어야 돼. 세상이 어찌 돌아가는지도 모르고 사니. 쿵쿵."

"어르신, 사두는 능 소저가 아니라 팽 소저에게 관심이 있답니다. 한 번은 황궁에서 비가 오는 날……."

"패악! 지금 장난치고 있을 때가 아니잖아요!"

최호가 노려보자 패악은 입을 다물었다.

"쿵쿵. 비가 오는 날 어쨌는데? 쿵쿵. 응?"

이자오는 최호의 시야를 가리며 패악의 팔을 붙들고 얘기를 재촉했다. 무애 대사마저 뚱뚱한 몸을 움직여 패악을 최호에게서 완전히 격리시키는 것이었다.

"내 팽가 그 계집애가 당돌한 줄은 알았지만 두 사내를 저울질할 정도로 뻔뻔한 줄은 몰랐지."

최호의 얼굴은 사정없이 붉어졌다. 황궁에서의 일을 떠올리기만 하여도 얼굴이 화끈거렸다.

"쿵쿵. 땡중도 아는 계집인 걸 보면 지조가 없는 것이 틀림없구나. 쿵쿵."

"말도 마라. 내 그 어린것에게 속아 한나절 동안이나 설사를 해대지 않았겠냐? 그게 어떻게 된 것이냐 하면 말이지, 내 소마 놈을 피해 황산에 올랐을 때 일인데……."

자고로 여자들의 수다보다 더 극악무도한 것이 사내, 그중에서도 노인들의 음담이었다. 한번 입이 떨어지자 두 명의 늙은이와 한 명의 장년인은 잠시도 쉴 틈 없이 입을 놀렸다.

"쿵쿵. 그래서? 몸매가 볼 만하던가?"

"어르신, 저야 모르지요. 그걸 본 것은 사두지 제가 아닙니다. 자고로 영웅은 호색하지 않은 법이라 하지 않습니까? 저는 여색을 멀리하라시는 사부님의 말씀을 아직까지도 충실히 이행하고 있지요. 암요."

"허허, 자네야말로 요 근래 보기 드문 대협의 풍모를 지녔네그려. 아깝구먼. 그 정도 성품이면 차라리 머리를 깎고 숭산으로 오는 것이 어떠한가? 자네라면 틀림없이 오래지 않아 성불할 것이야."

"제게 어찌 그런 홍복이 있겠습니까. 참, 요전번에는 사두가……."

무애 대사의 과분한 칭찬에 패악은 서둘러 화제를 돌렸다. 잘못하다간 소림에 끌려가 중이 될 판국이었다.

어쨌거나 세 사람의 혀끝에서 팽소연은 세상에 둘도 없이 뻔뻔하고 무식하며 지조없는 계집이 되고 말았으니 팽소연이 이 자리에 있었다가는 혀를 빼물고 자결이라도 한다고 펄펄 뛰었을 것이다.

"끄응… 패… 악……."

최호는 팽소연이 놀림거리가 되자 기분이 좋질 않았다. 그러나 이미 권필이 거치도를 휘두르며 기세 좋게 달려나오는지라 패악의 가증스러움을 두고 볼 수밖에 없었다. 거치도의 칼날 끝에 붙어 있는 톱니들은 스치기만 해도 살을 찢어놓을 것처럼 무시무시하였다.

최호는 단숨에 그물 위로 뛰어올라 열 명의 회의인들 사이로 파고들었다.

"엇!"

"으악!"

"큭!"

열 명이 제각각 우왕좌왕하다가 잔뜩 화가 난 최호의 주먹과 발길질에 그물 아래로 나가떨어지는 데에는 일각이 채 걸리지 않았다.

"쿵쿵, 그런 버러지 같은 놈들을 상대하는 데 일각이나 걸리다니, 최 공자의 자질이 생각보다 둔하구나. 쿵쿵."

"그러게나 말이다. 에이, 영 화끈한 맛이 없어 계집들이 좋아하지 않는 게야. 무룡 그놈처럼 번지르르하게 생기지도 않았으면서 뭘 믿고 무공도 저리 약하누."

"사두도 알고 보면 불쌍하지요."

두 노인네의 주거니 받거니 하는 말을 한 귀로 흘리며 최호는 패악을 잡아먹을 듯이 쏘아보았다.

남북십흉이 사라지고 앞을 가로막는 것은 아무것도 없었다. 나선형의 계단을 다 내려오자 넓은 복도 양쪽으로 여러 개의 철문이 보였다.

"왜 더 이상 아무도 나오지 않는 것이지?"

패악이 주변을 경계하며 조금씩 전진했다. 십여 장 정도를 움직였을 때였다. 한쪽의 철문에서 두런두런하는 소리가 들려왔다.

작은 창문으로 안을 들여다본 최호는 깜짝 놀랐다. 꿈에도 그리던 팽소연이 그곳에 있었다.

“팽 소저!”

팽소연의 얼굴이 활짝 퍼졌다. 예의 동그란 눈을 크게 뜨며 한달음에 철문에 바짝 붙어 선다.

“최 공자님? 이곳에 어쩐 일이세요? 혹시 저를 구하시러?”

감격한 듯한 팽소연의 말에 최호는 할 말이 없어 입을 다물었다.

유장추는 며느릿감이 외간 남자와 말을 주고받자 떨떠름한 표정이었다.

“아버님, 이쪽은 황궁에서 저를 구하러 오신 분이에요.”

예법에 구애받지 않는 팽소연인지라 허물없이 최호를 모두에게 소개했다. 작은 창문 틈으로 최호가 어색하게 눈인사를 나누자 유장추 역시 할 수 없이 고개를 끄떡하였다.

‘천복이를 만나면 며느리 단속을 잘 하라고 시켜야겠구나. 아무리 무가의 여식이라지만 아녀자가 외간 남자와 저렇게 허물이 없어서야……. 쯧쯧.’

팽총은 딸년이 나대는 것을 보고 눈치를 주었으나 둔감한 팽소연이 그걸 알아챌 리가 없었다.

“글쎄, 문주님께서 살아 계시다지 뭐예요. 최 공자님 말대로 두공이 거짓말을 한 거였어요.”

“패, 팽 소저.”

다른 사람들의 따가운 시선을 느끼며 최호는 식은땀이 흐르는 것을 느꼈다. 등 뒤에서 수군거리는 소리가 점점 커져 왔다. 패악은 안에 있는 팽소연을 보자마자 의기양양하게 말했다.

“보세요. 제 말이 맞지요. 능 소저가 아니라 팽 소저라니까요.”

“쿵쿵, 저 계집이 그 팽 소저인가 뭔가 하는 계집이군. 눈만 화등잔

만한 것이 별로 볼 것도 없구먼. 쿵쿵. 땡중아, 어떻게 생각하냐?"

무애 대사는 창문 안을 슬쩍 들여다보더니 갑자기 똥 밟은 표정으로 팽소연을 손가락질하였다.

"어이쿠! 저년이 정말 이곳에 있었구나. 또 그 일을 트집 잡아 엉뚱한 일을 시킬지도 모른다. 난 만나지 않을 테다. 만나지 않을 거야."

"쿵쿵. 어어, 땡중 이놈아, 너 혼자 가면 어쩌느냐? 같이 가자. 쿵쿵. 나도 같이 가야지."

"어르신… 어르신……."

최호가 만류할 틈도 없이 무애 대사와 이자오의 모습이 순식간에 사라졌다.

"또 누가 있었어요?"

"팽, 팽 소저, 무애 대사님께서 계셨는데……."

"뭐라고요? 그 늙은 중이 또 무슨 험한 꼴을 당하게 하려고… 그놈의 노망기 때문에 문주님이 얼마나 고생을 하셨는데. 어디 있어요! 내가 황산에서 그토록 대접을 잘해 드린 공도 모르고 문주님의 껍질을 홀딱 벗겨놓은 걸 내 잊을 줄 알아요!"

"흠흠……."

과격한 팽소연의 어투에 놀란 팽총이 헛기침을 했다.

"아가, 그만 하고 이곳에서 빠져나갈 방도나 물어보거라."

유장추의 고리눈에 최호는 그만 머쓱해졌다.

"아참, 그렇지. 우리를 어서 이곳에서 꺼내주세요. 인질이 된 것을 알면 문주님께서 속상해하실 거예요. 빨리 수옥을 찾아 이곳을 빠져나가야겠어요."

철문은 두꺼운 자물쇠로 굳게 잠겨 있어 어지간한 도검으로는 흠집 하나 낼 수 없었다.

콰앙!

갑자기 문이 닫히고는 소리가 들려오자 모두 그쪽을 쳐다보았다. 통로의 끝은 원래 그림자가 져 어두웠는데 갑자기 그곳에서 무룡과 아랑이 툭 튀어나왔다.

"어라, 어떻게 해서 들어왔지?"

무룡은 사람들을 보자 의아해하였다.

"거기 누가 있어요?"

아랑이 무룡의 뒤에서 고개를 내밀었다.

"어쨌거나 괴물 같은 여자가 나오기 전에 어서 피해."

무룡은 천귀녀에 대해 설명하며 자리를 뜨려 했다. 쿵쿵 소리를 내며 천귀녀가 나오기 위해 철문을 부수는 소리가 요란했다.

"문주님?"

갑자기 들려온 말에 모두들 멈칫했다.

"이 목소리는 문주님이 틀림없어요. 맞죠? 문주님, 여기 아버님이 계시다구요!"

유장추는 문주라는 말에 놀라지 않을 수 없었다.

"천복이냐? 네가 천복이란 말이냐?"

유장추가 벌떡 일어나 철문으로 다가왔다. 왕 노대는 유장추보다 한 발 앞서 철문에 매달렸다.

찰캉!

묵검이 자물쇠를 내려치자 불꽃과 함께 자물쇠가 엿가락처럼 부서진다. 철문이 열리자 왕 노대가 가장 먼저 뛰어나왔다.

"주인님, 주인님, 정말 소장주님이 틀림없습니다! 제가 뵈었을 때보다 훨씬 야위긴 하셨지만 틀림없어요.”

“어디 보자, 내 새끼. 아이구, 이 자식아, 어디 갔다가 이제 오는 것이냐. 네가 죽었는 줄 알고 이 아비는 얼마나 걱정을 하였는지 밥 한 술 뜨지 못하였다. 이렇게 살아 있으면서, 이렇게 살아 있으면서 어찌 그동안 연락 한 번 없을 수가 있단 말이냐?”

유장추의 거구에 눌린 무룡은 숨이 막힐 지경이었다. 그는 뭐라고 말해야 할지 답답해졌다. 이곳에 있는 사람들은 전부 유천복을 사랑하는 사람들이었다. 하지만 그는 유천복이 아니었다.

“아, 저… 저……..”

유천복에게 달려가려던 팽소연은 어딘가 낯선 느낌에 망설이고 있었다. 그녀의 육감은 유천복이 아니라 말하고 있었다.

그리고 무엇보다 여자가 있었다. 칠 척 거구에 하얀 머리카락, 거대한 삼첨양인도를 든 여인은 바로 무한에서 만났던 아랑이었다.

“아랑 언니?”

아랑은 돌연히 팽소연을 만나게 되자 머리 속이 헝클어져 말을 더듬거렸다. 무룡이 유천복이 아니라는 것을 설명할 방도가 없었다.

“또 만났구나, 소연. 그런데 여기 이분은… 뭐라고 말해야 할지… 이분은 유 공자가 아니라 무룡 공자님이시란다.”

“무룡?”

팽소연은 낯선 이름에 당황했다.

“무룡이라니? 문주님은 유천복인데?”

“유천복은 없어졌다. 나는 무지자다.”

무룡이 아랑의 말을 이어서 했다. 팽소연은 그 말에 휘청하였으나 유장추와 육신단주들은 여전히 어리둥절한 표정이었다.

"나는 멍청한 유천복도 아니고 봉호문주인 범중일도 아니다. 나는 사부의 명대로 수옥과 송옥을 찾아 천비님의 한을 풀어드리고 등선(登仙)을 도우러 왔던 거야. 이제 다 기억났어."

다 기억났다는 것은 무슨 소리인가? 어째서 유천복이 자신에게 저런 싸늘한 눈빛을 보내는지 팽소연은 기가 막혔다.

무룡을 끌어안고 있던 유장추가 휙 일어섰다.

"천복아, 이놈이 드디어 미쳤구나! 이 일을 어쩐단 말이냐! 아이고, 이놈아! 병을 고치라고 내보냈더니 오히려 중병이 들어 왔단 말이냐!"

유장추의 통곡 소리에 왕 노대도 따라 우는 시늉을 한다. 그는 역시 충실한 하인이었다. 주인의 슬픔은 곧 그의 슬픔이었다.

팽총이 허탈하게 말했다.

"유 공자가 문주님이 아니라면 그동안 우리는 무엇을 했단 말인가."

갑자기 문주인 줄 알았던 유천복이 문주가 아니라고 하자 자신들이 무엇 때문에 이곳까지 왔는지 알 수 없게 되어버리고 만 것이다.

"어쨌든 난 유천복 그 멍청이도 아니고 봉호문주도 아니다."

무룡도 난감한 것은 마찬가지였다. 정말 자신이 유천복과 완전히 다른 사람이라고 할 수 있을지 자신이 없었다.

머리가 다시 지끈거렸다. 이제 확실했다. 이 두통은 유천복이 보내는 신호였다.

"그렇게 지끈거리지만 말고 억울하면 나오라구!"

무룡이 머리를 쥐어박으며 소리를 빽 질렀다. 유장추는 아들이 드디어 자해를 하는구나 싶어 눈물을 훔치며 다가왔다.

"알았다, 알았어. 천복아, 급할 것도 없으니 천천히 병을 치료하자꾸나. 그놈의 수옥인지 뭔지 있어봤자 무슨 소용이냐. 지금 당장 집으로 돌아가자.”

“무슨 소리 하는 거야. 난 그 수옥 때문에 사백 년이나 갇혀 있었는데. 그걸 찾지 못하면 돌아갈 수 없어.”

무룡이 퉁명스럽게 말하자 유장추는 더욱 속이 탔다.

“유 공자님의 아버님께 말이 너무 과하세요.”

아랑이 부드럽게 타이르자 무룡은 입술을 삐죽거렸다.

팽소연은 무룡이 아까부터 자신은 본체만체하고 아랑을 챙기는 것을 보자 울화가 치밀었다. 아랑은 이미 팽소연과 무룡의 인연에 대해 들었으므로 어쩔 줄 모르고 한 켠에 서 있었다.

“무지자, 그럼 문주님은 대체 어디 있지요?”

무룡은 팽소연의 얼굴을 똑바로 쳐다보았다. 유천복이 그녀를 여우라 하면서도 한편으론 좋아한다는 것을 알고 있었다. 그렇지만 자신은 아니다. 그는 자신도 모르게 옆에 서 있는 아랑을 보았다.

팽소연은 가슴이 철렁했다. 자신을 쳐다보는 시선과 아랑을 보는 시선에서 그녀는 이자가 확실히 유천복이 아니라는 것을 깨달을 수 있었다. 아랑을 보는 무룡의 시선이 한없이 부드러워지는 것을 팽소연은 놓치지 않았다. 아랑은 이쪽을 보고 있지 않았지만 무룡의 시선에 그녀의 귀밑이 붉어지는 것을 보면 그녀도 무룡을 좋아하는 것이 틀림없었다. 팽소연은 눈물이 나올 것만 같았다.

“그 멍청이가 어디로 갔는지는 나도 모르지. 천왕문의 지하에서 환골탈태한 후 사라졌어.”

무룡은 물기가 가득한 팽소연의 눈빛을 외면하였다. 유천복이 돌아오지 않을 경우를 생각해서였다.

“환골탈태? 그렇다면 문주님께서 신선이 되셨다는 거예요?”

환골탈태하여 유천복이 아닌 무지자가 되었다는 것인가?

지금까지 마음 고생한 것도 모자라 이제는 아예 다른 사람이 되어버렸으니 이 노릇을 어쩔까? 팽소연은 입술을 깨물었다. 이대로 물러설 수는 없다고 생각했다. 그녀는 무슨 일이 있더라도 유천복을 되돌려놓겠다고 마음먹었다. 그러나 마음 한구석이 뻥 하니 뚫린 듯 허전한 마음만은 달랠 길이 없었다.

"문주님이 아예 사라져 버리다니 이제 난 누굴 믿고 살까?"

넋을 잃은 팽소연의 말에 봉호문의 사람들과 유장추는 가슴이 아파왔다. 그러나 유천복은 유천복이었으나 유천복이 아닌 것을 어쩌랴?

"아가, 너무 심려할 것 없다. 내가 세상 천하에 없는 약재를 구해서라도 천복이를 되돌려 놓으마. 너는 그저 편하게 마음먹고 시집을 준비나 하고 있거라. 그리고 이놈의 귀신아, 내 아들 몸에서 썩 물러가지 않으면 매운 맛을 보게 될 줄 알거라!"

무룡을 점점 더 골치가 아파왔다. 이곳에 오래 있다가는 정말 미칠지도 모를 노릇이었다.

그런 무룡을 구해준 것은 바로 천귀녀였다. 콰쾅 하는 소리와 함께 천귀녀가 철문을 부수고 뛰쳐나온 것이다.

"으악! 또 나왔다! 그러게 제길, 아까 가자니까!"

한쪽 눈에서 피가 철철 흘러내리는 천귀녀의 모습은 지옥에서 뛰쳐나온 나찰녀처럼 무시무시했다.

"문주님, 저, 저 여자예요! 그녀가 포 숙부를 살해했어요! 무서워요."

팽소연이 소리치며 무룡의 팔 안으로 뛰어들었다. 무룡은 엉겁결에 팽소연을 가슴에 안고 말았다. 무룡의 가슴에 안긴 팽소연은 곁눈질로 살짝 아랑을 훔쳐보았다. 그녀를 좋아했지만 유천복을 포기할 수는 없었다.

'미안해요, 아랑 언니. 하지만 문주님을 먼저 안 것은 저라구요.'

팽소연이 어찌 무룡과 아랑의 전생에 얽힌 일을 알 수 있을까? 그녀는 다만 자신과 떨어져 있는 사이에 유천복이 아랑을 만났고 잠시 마음이 흔들린 것이라고 생각하려 했다. 그녀는 유천복과 무지자를 완전히 다른 사람이라고 인정할 수 없었다. 무지자를 인정한다는 것은 유천복을 완전히 없는 사람이라고 말하는 것과 마찬가지였다. 그럴 수는 없었다.

팽소연과 무룡의 모습을 본 아랑은 삼첨양인도를 꽉 움켜쥐었다. 이 가슴속에 서늘함은 강철의 차가움이 손바닥을 통해 전해졌기 때문일 것이다. 팽소연을 질투해서가 아니라고 아랑은 스스로에게 되뇌었다.

무룡은 천귀녀를 보고 있어 두 여자의 엇갈린 반응을 알아채지 못하였다. 그저 두려움에 떨고 있는 팽소연의 어깨를 토닥거려 주었다. 그의 뇌리에는 항상 즐거운 표정을 짓고 있던 포태화의 모습이 떠올라 있었다. 포태화를 좋아하던 팽소연이었으니 충격이 클 것이다.

천귀녀는 무시무시한 얼굴에 피를 철철 흘리며 이쪽을 주시하고 있었다. 어째서 문에서 튀어나오자마자 덤벼들지 않는지 무룡은 이상하게 생각했다. 이쪽의 숫자가 너무 많아 겁을 내고 있는 것인지도 몰랐다.

"어마어마한 얼굴이군. 내 평생 저런 얼굴은 한 번도 본 적이 없었어. 정말 대단하지 않나, 사두? 자고로 군자는 색을 멀리한다는데 내 보기엔 팽 소저보다 저 여자가 훨씬 현숙할 것 같은데."

패악은 천귀녀의 추한 외모에 휘파람을 불며 감탄했다.

"조심해요! 그녀의 약점은 눈이에요. 다른 곳은 소용없어요!"

아랑은 천귀녀가 패악 쪽으로 움직이는 것을 보고 소리쳤다.

"고마워, 아랑. 이제 이 늙은이는 눈에 보이지도 않는 줄 알았더니…

아직도 날 생각하고 있었군."

느물거리는 패악의 말에는 긴장감이 조금도 없었다.

"무슨 쓸데없는 소리예요."

이때 사르륵 옷자락이 끌리는 소리가 나더니 여인 두 명이 다시 나타났다. 한 명은 눈이 먼 여자와 마찬가지로 추한 몰골이었고, 다른 한 명은 능초영이었다.

"능 소저!"

최호와 도진은 멍한 표정의 능초영을 보고 동시에 소리쳤다.

능초영은 대추를 먹고 있다가 갑자기 들린 소리에 깜짝 놀라서 울음을 터뜨렸다.

"할아버지."

그녀가 달려간 곳에서는 등이 굽고 더할 나위 없이 못생긴 노인 하나가 걸어나왔다.

"오냐, 추아야. 누가 널 못살게 굴더냐?"

약선의 짓무른 눈이 좌중을 훑어보자 사람들은 소름이 오싹 끼치는 것을 느꼈다.

"노인장은 뉘십니까?"

언제나 예의 바른 최호였다.

"큭큭. 나는 삼천교에서 약을 만드는 늙은 의원일 뿐이네. 하지만 여기 이 삼귀녀는 내 딸들이나 마찬가지라네. 큰 딸년이 눈을 다쳤다고 해서 치료해 주러 나왔지. 그런데 누가 저렇게 만들었지?"

약선의 눈이 한 명 한 명의 얼굴 위로 움직이더니 마침내 무룡의 얼굴 위에서 멈추었다.

"자네로군, 천귀녀를 저렇게 만든 것이. 재주가 보통이 아니로구나.

어디 다시 한 번 싸워보거라. 내 네놈의 솜씨를 한번 봐야겠다. 너 혼자 말이다. 만일 한 놈이라도 이 싸움에 끼어드는 놈이 있다면 내 죽지도 살지도 못하는 고통이 어떤 것인지 직접 느끼게 해줄 테다."

노인의 음산한 말투는 그 말이 단순한 협박이 아니라는 것을 말해주는 듯했다.

"흥! 노인장, 만일 내가 이기면 어쩔 셈이지?"

약선은 절대 그럴 리 없다는 듯이 싸늘하게 말했다.

"너희들은 이곳에 뼈를 묻게 될 것이다. 내가 만든 것이 음양인과 독왕자, 삼귀녀 중에 마지막 것이 가장 무서우니 세상에 누가 있어 그녀들을 당해낼 수 있단 말이냐?"

"독왕자라면 그 도망간 느림보 아냐?"

패악이 아랑의 귀에 속삭였다. 독왕자를 만든 노인이라면 허언을 하는 것이 아닐 것이다. 느림보라는 말에 노인의 눈썹이 꿈틀 움직였다.

"이미 그놈을 만난 모양이구나. 그런데도 아직까지 살아 있는 걸 보면 재수가 좋은 놈들이군."

무룡은 약선의 말 중에 음양인이라는 소리를 듣자 문득 짚이는 것이 있었다.

"음양인이라면 보름은 여자가 되고 보름은 남자가 되는 반녀반남을 말하는 것이지?"

"네가?! 네가 그것을 어떻게 아느냐?"

"쿡! 내가 안다고 할 수는 없지. 어디선가 들었을 뿐이야."

"그런… 설마 성공했었단 말인가? 그럴 리가 없어."

약선의 입술이 가늘게 떨리더니 작은 한숨과 함께 고개가 옆으로 떨어졌다.

"내 평생 가장 안타까운 것이 그걸 확인하지 못한 것이지. 어차피 죽을 놈들이니 말해 주마. 젊은 시절 난 한 시골 촌부를 일부러 임신시킨 적이 있었다. 쌍둥이라는 것만 몰랐어도 음양인에 대한 생각은 하지 않았을 거야. 그때 난 새로운 의술을 실험해 보기 위해 미쳐 있었지. 그러나 여자가 산달이 되기도 전에 원수들이 나를 찾아왔고 나는 그 아이들을 미처 보지 못한 채 떠도는 신세가 되었다. 만일 음양인이 성공했다면 쌍둥이는 완전히 별개의 성질을 지닌 한 명의 아이로 태어났을 것이다. 음양인은 보름을 기점으로 여자에서 남자로 변하며 보통 사람들은 상상도 할 수 없는 괴력을 가지고 태어난다. 나중에 마을로 되돌아갔지만 여자는 사라졌고 소식을 아는 사람은 아무도 없었어. 하지만 여태껏 그런 소문을 들은 적이 없으니 실패한 것이 분명해. 그런 일은 아무리 숨기려 해도 반드시 소문이 나는 법인데 말이다. 아마 그 아이는 죽었을 것이다."

"아!"

무룡은 저도 모르게 탄성을 내뱉었다. 약선의 말은 황산에서 만난 소양의 말과 일치하는 것이 틀림없다. 그렇다면 소취란과 소양의 아버지가 바로 약선?

소취란이 필사적으로 숨기고 있는 것을 모르는 약선으로서는 음양인이 실패했다고밖에 생각할 수 없었다. 무룡은 소양이 아버지를 찾고 싶어한다는 말을 해줘야 할까 망설였다.

소양이 아니라 소취란이 이 일을 알게 되면 틀림없이 약선을 죽이려 할 것이다. 하지만 약선은 그들의 아버지가 아닌가?

"아버지……."

무룡은 떠올릴 부모가 없다는 사실이 문득 아프게 느껴졌다. 태허 도인이 그에게는 아버지이자 스승이었고 친구였다. 주변을 돌아보았다. 유천복을 찾기 위해 모인 사람들… 저 중에 자신의 자리는 어디 있는 것일까? 만일 자신이 사라진다면 누가 그를 기억해 줄까? 그가 있었다는 것을…….

"네놈은 그런 이야기를 어디서 들은 게냐?"

"내가 아니라니까. 멍청이가 만난 사람 중에 그런 사람이 있었지."

"뭐, 뭐라고! 그게 정말이냐? 그 아이를… 아이를 만나보았느냐?"

약선의 두 눈이 튀어나올 것처럼 부릅떠졌다. 그는 자신이 들은 것을 믿기 힘든 듯 목소리가 심하게 떨려왔다.

"대답하기 싫어."

"이런 건방진……!"

거만한 무룡의 말에 약선은 마치 내려칠 것처럼 손을 번쩍 치켜들었다.

"만일 네놈이 살기 위해서 거짓말을 하는 것이라면……."

"흥! 내가 어째서 거짓말 따위를 한다고 생각하는 거야, 못생긴 늙은이야?"

약선은 순간 끓어오르는 기쁨을 참지 못하고 큰 소리로 웃음을 터뜨렸다.

"성공했구나! 살아 있다니! 살았다니! 그 아이가 살았다니……!"

음양인이 성공했다는 사실이 기쁜 것인지 아이가 아직 살아 있다는 것이 기쁜 것인지 알 수 없었다. 하지만 미칠 듯이 기쁜 것만은 사실이었다.

젊은 시절 의술 외에는 그 어떤 것도 약선의 마음을 움직일 수 없었다. 그러나 나이가 들어감에 따라 자신의 삶이 너무나 삭막하고 허무하다고 생각하게 되었다. 자신의 나이조차 잊었을 무렵 정안국을 탈출

한 양씨 부인을 만났고 사랑을 느꼈지만 그녀는 자신의 사랑을 받아주
지 않았다.

오히려 그의 애정을 그녀 자신의 만족할 줄 모르는 욕망을 위해 이
용하려 하였다.

그렇다면 이쪽에서도 철저히 이용당해 주지… 하는 마음으로 그녀
곁에 머물러 있었다. 능초영을 만나기 전까지…….

능초영을 만나자 약선은 삶에 대한 새로운 활력을 느끼게 되었다.
그래서 마침내 반평생 동안 끝내지 못했던 일을 끝낼 수 있게 되었다.

그런데 무룡으로부터 생각지도 않던 일을 듣게 된 것이다.

약선은 상기된 표정으로 무룡에게 바짝 다가섰다. 그는 좀 전의 노
여움은 잊어버린 듯 애타게 부르짖었다.

"그자가 누구냐? 누가 알고 있느냐? 어서 말해라."

그때였다. 머리 위에서 희미한 함성이 들려오기 시작했다. 가끔씩
폭음도 들려왔고 사람들의 아우성도 들려왔다.

불씨가 보이는 것 같더니 어느새 온 천지가 불바다가 된 듯 모든 길
목을 환하게 비춰주고 있었다.

'시작되었구나!

최호의 얼굴에 환한 미소가 떠올랐다.

도진의 말을 듣고 드디어 무림과 관부가 움직인 모양이었다.

약선은 초조했다.

"어서 말해라. 어디에 있느냐?"

그는 지천궁과 바깥쪽을 번갈아 쳐다보며 무룡을 재촉했다. 무룡은
장난기가 발동했다.

"글쎄… 생각해 보니 내가 착각한 것 같아. 노인 말대로 그런 사람

이 정말 있다면 소문이 나지 않았을 리가 없지.”

“너… 너 이놈! 죽고 싶은 게냐!”

약선의 얼굴이 살기를 띠며 이를 악물었다.

“죽고 싶다니. 무슨 그런 험한 말을…….”

“흐흐. 오냐, 다른 놈들은 다 죽여도 너만은 살려주마. 말하고 싶지 않아도 네 머리 속에 있는 것을 낱낱이 말하게 될 것이다. 내 장담하지.”

주름진 손에는 어느새 두 개의 작은 벽력구가 들려 있었다.

그때였다. 지천궁으로부터 모골이 송연한 비명 소리가 터져 나왔다.

“아아아악! 약선, 네 이놈!!”

그 순간 무룡은 약선의 얼굴이 희열로 번들거리는 것을 보았다.

“큭큭, 그녀가 드디어 알아차린 것 같구나. 저런… 불쌍하게도. 날 보면 머리통부터 씹어 먹으려 할 테니 어서 자리를 피해야겠군. 여자, 그중에서 화를 내는 여자를 상대하는 것은 골치가 아파서 말야.”

약선은 무룡을 보며 잠시 고민하는 눈치였다. 그러나 곧 즐거운 듯이 말했다.

“네놈에게 물을 것이 많으니 죽지 않도록 조심하거라. 그녀가 화나면 아무도 말릴 수 없으니. 하긴 그것도 다 젊었을 때의 일이지. 늙으면 기력이 떨어지는 법이니 아들놈만 조심하면 될 거야. 큭큭. 내 널 다시 찾으마. 추아, 가자. 침몰하는 배에 머물러 봤자 무엇 하겠느냐.”

약선은 능초영의 손을 잡고 몸을 빙글 돌렸다. 그 뒤를 멍한 표정의 천귀녀와 지귀녀가 따라갔다.

“능 소저, 잠깐만! 아버님이 돌아가셨소!”

최호가 소리쳤다.

멈칫!

◆제37장 부생모육

멀어져 가는 약선과 삼귀녀를 보며 아쉽다는 듯이 패악이 말했다.

"싱겁기는. 얼마나 대단한지 보려 했는데."

멀리서 와아 하는 함성 소리가 점점 가까이 들려왔다.

"그런데 삼천교주는 어디에 있는 거지? 두공의 모습도 보이지 않고."

"모두 저 탑에 있을 것이오."

최호의 말에 따라 사람들은 중앙의 탑을 일제히 쳐다보았다.

남은 사람들의 관심은 이제 한 가지였다. 그러나 팽소연과 아랑의 관심은 무룡 한 사람에게 쏠려 있었다.

그때 이쪽으로 달려오는 한 떼의 사람들이 보였다.

혈비각 이첨을 비롯해 수십 명의 삼천교도들이 관병에 밀려 아래로 내려왔다.

"네놈들은?"

혈비각 이첨의 얼굴이 일그러졌다. 권력이란 하루아침에 무너질 수도 있는 것이다. 살 만큼 살았으니 후회는 없었다.

작은 칼이 달린 이첨의 뾰족한 발이 말보다 먼저 날아왔다. 무룡의 손이 허공에서 번쩍 하는 것과 동시에 한줄기 장력이 싸늘하게 허공을 가르며 이첨의 목줄기를 향해 뻗어왔다.

거의 같은 시각에 패악도 비스듬히 옆으로 날아올라 손을 뿌리쳤다.

이첨의 뒤에는 수십 명의 삼천교도들이 벽력구를 든 채 엉거주춤 서 있었다. 그들은 이첨과 무룡이 격돌하자 와 소리를 지르며 벽력구를 내던졌다. 그때 삼천교도 중 한 명은 잘못해서 자신의 발등 위로 벽력구를 떨어뜨려 그 자리에서 터져 버렸다.

수십 개의 벽력구가 허공에서 터지며 불꽃의 비가 사람들 머리 위로 쏟아져 내렸다.

주위는 삽시간에 아수라장이 되었다.

이첨은 폭풍우 같은 기세로 두 발을 놀려 무룡을 향해 공격해 들어왔다. 그 순간 뒤쪽에 남북십흉이 나타났다. 권필은 아무 소리도 없이 유령처럼 스르르 무룡의 어깨를 향해 장력을 후려갈겨 왔다.

삼천교도들을 쓰러뜨리던 최호가 패악을 향해 속삭였다.

"갑시다."

그와 패악 아랑, 세 사람은 똑같은 동작으로 몸을 날려 지천궁으로 덮쳐 갔다.

아랑은 최호를 따라가면서도 무룡을 돌아보았다.

무룡은 그들이 수옥을 찾으러 간다는 것을 알았지만 팽소연과 봉호문 사람들을 두고 갈 수가 없었다.

그는 이제 깨달았다. 유천복은 사라졌어도 그와 관련있는 모든 것으로부터 자유스러울 수는 없었다.

"제기랄. 이제 알았어. 사부는 모두 알고 있었군. 내가 왜 여태 떠나지 못했는지. 기분 더럽네."

무룡은 중얼거리며 몸을 좌우로 움직여 이첨의 암습을 피하는 동시에 왼손으로 장력을 뿌리며 역습을 가했다. 그리고 오른손을 흔들어 정면에서 공격해 들어오는 권필을 날려 버렸다.

"저쪽이에요."

아랑은 위쪽을 가리켰다. 그녀는 한시라도 빨리 수옥을 찾아 무룡과 북해로 돌아가고 싶어 마음이 급했다.

바람처럼 일 장여 정도 날아갔을 때, 돌연 눈앞에 두 자루의 칼날이 싸늘한 광채를 번쩍이며 길을 가로막았다. 찬서리같이 냉막한 음성이 냉랭하게 들려왔다.

"그냥 가면 섭섭하다네."

바로 지천궁을 호위하는 삼천십장로들이었다. 그들은 어느 경우에도 지천궁을 떠날 수 없는 자들이었다. 약선에 의해 금제가 되어 있어 지천궁 밖으로 한 발자국만 나가도 살 수 없게 된다. 자주색 장삼을 입은 노인이 카랑카랑하게 말했다.

"언제 보았다고 섭섭한가? 난 하나도 안 섭섭한데."

패악이 마중해 나가면서 적하검을 연달아 휘두르니 적하검은 붉은 파도와 같은 광채를 일으키며 노인에게로 덮쳐 갔다.

패악이 노인을 막는 순간 아랑과 최호는 두 사람을 뛰어넘어 다른 자들을 향해 날아갔다.

"저놈들을 잡아라!"

아홉 명의 노인들이 두 사람을 향해 우르르 몰려들었다. 최호는 가장 앞서 달려오는 노인 세 사람의 공격을 피하며 여환검으로 커다랗게 반원을 그렸다. 최호의 손이 희끗하는가 싶더니 노인 두 사람이 괴성을 지르며 쓰러졌다.

'저것은 곤륜의 절학인 섬전수(閃電手) 같구나!'

아랑이 최호의 무공을 알아보고 생각에 빠져 있는 동안 최호는 시간을 낭비하지 않았다. 검과 손을 잇달아 좌우로 뻗어내었다. 그러자 또 다시 노인들이 힘없이 자빠져 버렸다.

"아니, 뭐가 이래? 난 그래도 좀 오래 버틸 줄 알았더니 이건 영락없이 산송장들일세."

패악의 말대로였다. 십장로는 변변한 공격 한 번 못해보고 세 사람의 손에 추풍낙엽처럼 나가떨어졌다. 시간이 지날수록 그들의 얼굴은 점점 더 늙어가는 듯이 보였다.

한편, 이첨은 강호에서 이십여 년 동안 명성을 날리던 혈비각을 날리며 한 치도 물러서지 않고 무룡을 상대하고 있었다. 그는 아직 무인으로서의 자존심을 버리지 않았다. 등을 보이고 달아나는 삼천교도들 틈에 끼고 싶은 생각은 추호도 없었다.

무룡은 두 손을 모았다가 후려쳐 나가며 여환무단신공 중에 분소옥쇄(粉消玉碎)와 탐리득주(探裏得珠) 이초를 연거푸 펼쳤다. 노도와 같은 장력이 태산이 무너지고 파도가 밀려드는 듯 휘몰아쳤다.

무룡을 향해 덤벼들던 삼천교도들은 그 기세에 눌려 감히 가까이 다

가서지 못하였다. 그 틈을 타서 무룡은 덮쳐 오는 한 명을 발길로 걷어
차 버리는 동시에 쌍장을 밀어내며 또 다른 자를 가격하였다.

벽력구의 불길을 피하며 무룡이 소리쳤다.

"어서 다들 밖으로 나가시오!"

또 다른 삼천교도들이 밀려들며 벽력구를 내던졌다.

"조심……."

그러니 이미 너무 늦은 듯했다. 일행이 몸을 피하기도 전에 벽력구
가 봉호문도들의 머리 위에서 굉음을 내며 터졌다.

"문주님!"

팽소연은 입을 여는 순간 목이 화끈하며 머리가 어찔하여 하마터면
고꾸라질 뻔하였다. 연달아 들리는 폭음에 귀가 멍멍해졌다. 희뿌연
막이 구름이 내려오는 것처럼 천천히 눈앞으로 번져 갔다. 구름 속에
서 빛이 명멸해 간다. 아찔함 속에서 검은 그림자가 눈앞을 가득 채웠
다. 이어 강한 손이 허리를 감싸 안아 화염으로부터 그녀를 돌려 세웠
다. 단단한 가슴과 강인한 팔의 근육이 느껴지자 팽소연은 자신도 모
르게 다리에 힘이 주욱 빠졌다.

"유 가가……."

살을 태울 듯한 뜨거운 열기 속에서도 달콤한 기분을 감출 수가 없
었다. 무룡이 아랑과 함께 가지 않고 이곳에 남았다는 것만으로도 팽
소연은 행복감을 느꼈다. 유천복이 곁에 있는 한 지옥불이라도 두렵지
않았다.

그러나 다른 사람들은 벽력구의 불길을 피하지 못해 화염과 독 연기
에 바닥으로 쓰러졌다. 옷은 화염에 휩싸이고 살덩이가 타는 냄새와
소리가 찍찍거리며 들려왔다. 여기저기서 처참한 절규가 탑에 부딪쳐

되돌아왔다.

"주인님!"

왕 노대의 고통에 찬 비명이 팽소연을 일깨웠다. 펑 하는 소리에 고개를 돌리자 유장추의 비대한 몸이 삽시간에 화르르 타오르며 거센 불길이 솟구치는 것이 보였다. 무룡이 팽소연을 구하는 순간 다른 벽력구 하나가 유장추의 몸에 맞은 것이다.

육신단주들이 서둘러 몸에 붙은 불을 껐으나 유장추는 화상을 심하게 입어 생사가 불분명했다.

"아버님!"

팽소연이 비명을 질렀다.

팽소연을 안은 채 이첨과 격전을 벌이고 있던 무룡은 비명 소리에 고개를 돌렸다가 유장추가 불에 타는 것을 목격하고 말았다. 순간 무룡은 끓는 피가 머리로 확 솟구쳐 오름을 느꼈다. 무룡은 이를 부드득 갈며 양손을 풍차처럼 돌려 광풍노도(狂風怒濤) 일장을 전개하였다.

혈비각이 무룡의 몸에 닿기도 전에 이첨의 신형은 튕겨져 나갔다. 그는 허공을 여러 번 굴러가더니 그만 그대로 땅에 떨어져 머리부터 처박히고 말았다. 다른 삼천교도들은 강한 회오리에 휘말려 여기저기 날아 떨어져 머리가 깨지고 다리가 부러졌다.

흠칫!

무룡의 머리 속을 비집고 가느다란 목소리가 울려왔다.

―무지자, 도와줘. 아버지를 도와줘.

유천복이었다. 유장추가 쓰러지는 순간 그는 자신의 껍질 속에서 뛰쳐나온 것이다.

무룡은 마음에 들지 않는다는 듯 퉁명스럽게 말했다.

“젠장! 네가 직접 하라고, 멍청아! 네 아버지잖아!”

―어떻게… 어떻게… 움직여지지 않아. 도와줘, 무지자.

팽소연이 달려가 유장추의 머리를 감싸 안았다. 유장추는 이를 악물고 험악한 인상을 써가며 고통을 참고 있었다. 육신단주들은 두 사람을 빙 둘러서서 다른 자들의 공격을 막고 있었다.

“아버님, 제발 정신 차리세요. 흑흑.”

팽소연의 흐느낌이 끊이지 않았다. 그 곁에는 옷과 머리카락이 홀랑 타버린 왕 노대가 굵은 눈물을 뚝뚝 흘리고 있었다.

유장추는 숨이 몹시 가쁜 듯 헉헉거렸다. 두 손은 새까맣게 타서 오그라들었고 옷과 피부가 한데 엉겨 붙어 차마 눈 뜨고는 볼 수 없는 목불인견이 되어 있었다.

무룡이 다가가자 그는 고통을 참으며 숨을 고르게 한 뒤 목 쉰 음성으로 말했다.

“천… 천복… 나는… 이미 틀린 것 같구나……. 부디… 유씨 가문의 대를… 나를 성도(成都)로, 네 어미 곁으로… 모든 것은 왕 노대가…….”

“어쩌면 좋아요, 문주님. 어쩌면 좋아요.”

팽소연은 땅을 손바닥으로 치며 어쩔 줄 몰라 했다. 다른 사람들도 할 말을 잃었다.

무룡은 아무 말도 없이 유장추를 안아 일으켰다. 유장추는 정신을 잃었으나 고통이 심한 듯 새까맣게 타버린 몸을 푸들푸들 떨고 있었다.

―무지자, 아버지를 살려줘. 도와줘, 제발…….

머리 속이 흐느끼는 유천복의 목소리로 웅웅 울리고 있었다.

“빌어먹을, 빌어먹을…….”

무룡은 입술을 질끈 깨물었다. 이미 유장추는 죽은 것이나 진배없었다. 대라신선이 살아 돌아온다 한들 어찌 살릴 수 있으랴. 그렇다면 차라리 유천복을 불러내는 기회로 삼는 것이 옳을 것이다.

무룡은 결심한 듯 묵검을 번쩍 치켜들었다.

"이 방법밖에는 없어! 묵검, 부탁한다."

묵검은 그의 말을 알아들었다는 듯이 희미하게 울며 정확히 유장추의 심장을 반으로 갈랐다.

"문주님!"

—으아아아악!

넋이 나간 팽소연과 유천복은 동시에 비명을 질렀다.

"멍청아! 나로서는 이게 최선……!"

—…나머지는 네 몫이야. 바로 이것이었군. 내가 존재해야 하는 이유가 바로 네놈을 각성시키는 것이었어. 방금 전에야 확실히 깨달았다. 이것은 내 삶이 아니었어. 멍청이 네놈이 주인공인 거야. 정말 엿같군.

"아버지……."

유천복은 멍하니 유장추의 시신을 바라보았다. 마치 당삼고의 시신을 보고 있는 것 같았다.

—잘 들어, 이게 마지막이야. 수옥과 송옥은 천비님과 마존의 원한이 쌓여 만들어진 것이다. 그것은 곧 복수와 파괴를 뜻하는 것이지. 멍청이 너는 천비님을 천계로 승천시키고 마존의 야욕을 분쇄해야 하는 운명을 타고났다. 만일 수옥과 송옥이 마림의 손에 들어간다면 이 대륙은 끝이다. 역사 속으로 사라지고 말 거야. 인간들은 모두 사라지고 마인들만이 남게 될 것이다. 잘 들어. 이것이 바로 너의 운명… 듣고

있냐, 멍청아!

무지자는 소리를 버럭 질렀다. 그러나 유천복은 무지자의 말을 이해할 생각도 여유도 남아 있지 않았다.

손에 들린 묵검이 가늘게… 가늘게 떨리고 있었다. 느껴졌다. 아버지의 심장도 이렇게 약하게 움직이고 있었다. 아버지의 심장을 찌른 것이 무지자였는지 자신이었는지 알 수가 없었다. 손에 남겨진 이 느낌은 분명 살아 있는 것이었다.

유가장에서처럼 이것이 인형이라면, 가짜라면 얼마나 좋을까? 그러나 이것은 방금 전까지도 따스한 피가 돌던 진짜 아버지가 아닌가!

─이제 내가 아는 대로 말했으니 나는 이제 갈 거야. 가서 망할 놈의 사부와 한바탕 싸우기라도 해야 속이 풀릴 것 같아. 사부가 어디 있는지 알 것 같거든. 처음부터 알고 있었으면서 날 속인 대가를 톡톡히 치르도록 하겠어. 멍청아, 듣고 있어? 난 이제 간다고.

무룡의 말은 슬픈 듯하면서도 쾌활했다. 그는 짧은 시간 동안이었지만, 과거 짧았던 생에 대한 억울함을 많이 풀어버린 후였다. 지금은 오히려 가슴이 툭 터진 것처럼 시원했다.

"무지자… 나는 지금까지 내가 아버지를 사랑하고 있는지 내 자신에게 물어본 적이 없었어. 난 아버지가 화를 내고 슬퍼하지 않도록 착한 아들이 되려고 애를 썼을 뿐이지. 내가 보기엔 다른 아들들도 다 그 정도만 하는 것 같았거든. 내가 아버지를 얼마나 사랑하고 존경했었는지 돌아가신 뒤에야 알게 되다니……. 무지자, 아버지한테 말하고 싶어."

─누구나 자신을 싸고 있는 벽을 무너뜨리기 위해서는 감수해야 하는 고통이 있는 거다. 공짜로 얻는 것은 진짜가 아니지. 모든 것에는 그만큼의 대가가 따르기 마련이야. 언제까지 두려운 것을 피해, 고통

을 피해 네 안에 너를 가둬둘 수 있다고 생각했냐? 멍청아, 고통과 마주해. 그럼 이겨낼 수 있어. 네가 그걸 빨리 깨달을수록 평온을 찾게 될 거야. 어쩌면… 정말 빌어먹게도 나보다는 멍청이 네놈이 이 모든 일을 더 잘 끝낼 수 있을 것 같다는 생각이 지금 막 들었어. 재수없게도 말야.

팽소연은 퉁퉁 부은 눈으로 살며시 유천복의 머리를 끌어안았다. 따스한 심장의 고동 소리가 규칙적으로 들려왔다. 식어버린 아버지의 시체와 살아 있음이 분명히 느껴지는 팽소연의 품에서 유천복은 문득 깨달아지는 것이 있었다.

─즐거웠다. 내가 아닌 다른 사람으로 살아보는 것도 좋지만 역시 나는 무룡일 때가 좋았어. 잘 있어라.

마지막 말을 끝으로 무룡은 더 이상 유천복에게 남아 있지 않았다. 그는 유천복의 몸을 벗어나는 방법을 찾았던 것이다. 무룡을 얽매었던 것은 유천복의 몸이 아니라 이 세상에 미련을 떨치지 못했던 그 자신이었다.

방하착(放下着)!

집착을 놓아버리면 자신을 구속하는 것은 아무것도 없게 되기 마련이었다. 그 자신조차도…….

"으아아아악!"

또다시 모골이 송연한 비명 소리가 울려 퍼지더니 지천궁에서 쏜살같은 그림자가 튀어나왔다.

"약선! 이놈! 어디 있느냐! 나를 속이다니… 나를 속이다니……!"

부들부들 떨며 소리를 지르는 호호백발의 늙은 여자와 그녀를 부축하고 있는 양황과 두공이었다. 늙은 여자는 쓰러질 듯이 비틀거리면서도 놀랄 만큼 빠른 움직임으로 일행에게 다가왔다. 그 뒤를 따라 지천궁으로 들어갔던 최호 등이 튀어나왔다.

약선을 찾아 정신없이 사람들 사이를 휘젓고 다니던 늙은 여자는 어느 순간 눈사람이 녹아내리듯 그 자리에 폭삭 주저앉고 말았다.

"어머니, 정신 차리세요."

양황은 음성마저 변해 있었다. 그는 이미 예전의 삼천교주가 아니었다. 새까만 머리는 어느새 백발이 되어 있었고 얼굴엔 주름이 가득해 실제 나이보다도 훨씬 늙어 보였다.

어떻게 된 것일까?

"당신들 두 모자는 약선에게 속은 거야."

싸늘한 두공의 말이었다. 양황이 매서운 눈으로 두공을 쏘아보았다. 두공은 처음 대하는 양황의 모습이었다. 차가운 눈동자를 보자 두공은 가슴 깊은 곳에서 차 오르는 뿌듯한 기쁨에 몸서리를 치고 싶어졌다. 정말 보고 싶은 것을 본 듯한 느낌이었다.

"너는? 너는 이미 모든 것을 알고 있었단 말이구나? 그런데 어째서 말하지 않았지?"

"어째서라니? 나는 묻지 않은 말에 대답할 의무가 없어. 저 알량한 형님의 어머니가 정한 것이 아니던가? 묻지 않은 말에 대답하지 말라고. 킥킥."

호호백발로 변해 버린 양씨 부인의 고개가 홱 젖혀졌다. 주름이 가득 덮인 눈까풀을 억지로 들어 올리는 양씨 부인의 눈에서는 독기 서린 진물이 뚝뚝 흘러내렸다.

"네놈… 네놈도 약선과 한패였지? 그렇지?"

"그럴 리가. 나는 그저 당신이 죽을 때까지 지켜볼 작정이었어. 당신들 두 모자가 죽는 순간을 똑똑히 지켜보리라 다짐했지. 그 순간이 의외로 빨리 찾아왔지만 말야."

두공은 천천히 인피면구를 벗었다. 햇빛을 보지 못해 창백한 얼굴은 흉터가 있긴 했지만 아름다웠다.

그걸 지켜보고 있던 사람들은 냉막한 노인의 얼굴 뒤에 감추어진 수려한 외모에 놀라움을 감출 수 없었다.

하지만 양씨 부인의 가슴은 칼로 난자당하는 것처럼 쓰려왔다. 아들과 같은 얼굴… 늙어가고 있는 양황의 모습과 대비되어 두공의 모습은 더욱 찬란했다.

"네놈이 감히 내 앞에서 그걸 벗다니! 죽고 싶은 게냐?"

"키득키득. 당신이 날 죽일 수 있을까? 당신들 두 모자는 약선의 약물로 젊음을 유지하고 있었던 거야. 남들보다 오래 젊음을 유지했던 대가가 어떤지 한번 보라고. 하하하."

양황은 빠르게 노화되고 있는 자신의 손등을 물끄러미 보고 있었다. 양씨 부인의 얼굴은 이미 사람의 얼굴이라기보다는 뼈에 가죽만 입혀 놓은 해골에 가까웠다.

"으으… 이대로 죽을 수는 없어. 이대로 죽기는 싫단 말이다아!"

양씨 부인의 뼈만 남은 앙상한 손가락이 두공을 향해 치켜 올려졌으나 끝내 허공을 움켜쥔 채 툭 떨어지고 말았다. 그녀는 더 이상 말할 수 없게 된 것이다. 아들보다 먼저 죽을 수 없다던 양씨 부인은 아들의 품에서 보기 흉한 몰골로 숨을 거두고 말았다.

두공은 양황의 공격을 대비해 암기를 소매 속에 감추고 있었다. 환술도 통하지 않는 무시무시한 양황의 무공에 방심할 수 없었다.

양황의 표정은 담담했다.

“이게 네가 생각한 복수로구나. 너는… 너는 진심으로 날 사랑한 것이 아니었구나. 나는…….”

탄식하듯이 읊조리는 양황의 말이 끝나기도 전에 두공이 냉소를 퍼부었다.

“사랑? 당신이 말하는 사랑이 어떤 것인지는 잘 알고 있지. 그게 사랑이라고? 흥! 당신은 나를 통해 비뚤어진 욕망을 분출했을 뿐이야. 누가 모를 줄 아나. 당신은 그 잘난 어머니를 사랑했지. 난 하늘의 도움이었는지 같은 얼굴을 지녔기 때문에 살아남았던 거야. 당신 어머니가 당신을 연인으로 생각했듯이… 어머니를 사랑할 수 없었던 당신은 나를 택했던 것뿐이라고. 나를 안으며 꿈을 꾸었겠지. 후후, 난 단지 그녀의 마수로부터 살아남기 위해 당신을 택한 것뿐이야. 당신도 알고 있겠지만 그녀의 독랄함은 무공 못지않으니까 조금이라도 틈을 보였다간 난 벌써 이 세상 사람이 아니었을 거야.”

더욱 늙어 보이는 양황의 얼굴에는 허망한 표정이 어려 있었다.

“그렇지 않았다. 나는… 너를 내 생명처럼 대했는데… 너도 같은 마음이라 여긴 것은 내 착각이었단 말인가?”

읊조리듯이 말하는 양황의 표정은 조금 슬퍼 보였다.

팽소연은 그 마음을 이해할 수 있을 것 같았다. 사랑해 본 자만이 오직 그 고통을 알 수 있기 때문이었다.

그러나 두공의 비수 같은 말은 양황의 가슴을 가시처럼 파고들었다.

“거짓말. 당신은 죽는 순간까지도 거짓말을 하는군. 당신이 정말 날 사랑했다면 이십 년이 넘도록 가면을 써야 했던 내 고통을 몰랐을 리가 없어. 한 번도, 단 한 번도 당신은 날 사랑하지 않았지. 그리고 나는 지금까지 당신을 증오했다. 오직 이 말을 해줄 때가 오기를 기다렸어.”

양황의 얼굴은 서서히 빛을 잃어갔다. 그의 나이 이제 오십이었지만 약선이 사라진 지금 그의 몸을 채우고 있는 것은 오래전부터 조금씩 그의 생명을 갉아먹고 있던 세월이라는 독이었다. 터져 버린 둑처럼 한꺼번에 세월의 흔적들이 나타났던 것이다.

그것이야말로 양씨 모자에 대한 약선의 복수였다.

그러나 죽는 순간까지 부인하고 싶었던 양황의 진심은 두공의 비수 같은 말에 헤집어져 너덜거렸다. 꺼져 가는 촛불처럼 마른 손으로 그는 이제 뼈만 남은 양씨 부인의 얼굴을 쓰다듬었다.

"어머니는 몰랐나요? 아니, 알고 있었나요? 사랑을 얻을 수 없다면 차라리 처음부터 사랑 따위는 하지 않는 편이 나았는데… 영원히 지켜 드리고 싶었지만 이제는 저도 쉬어야겠어요……. 함께 가면 그곳도 그리 쓸쓸하지만은 않을 거예요."

많은 사람들이 보고 있는 가운데 양황은 서서히 숨을 멈추었다. 두공은 양황이 너무도 쉽게 죽음을 택하자 오히려 맥이 빠졌다. 그는 내심으로 양황과 유천복의 대결을 보고 싶었다. 그러나 양씨 부인의 죽음 앞에서 양황은 더 이상 삶의 의욕을 느끼지 못했다. 나이가 들었어도 양황이 간절히 원했던 것은 언제나 어머니의 사랑이었기 때문이다.

두공은 모인 사람들의 면면을 살펴보았다. 그의 눈이 최호에게 고정되었다.

"최 공자, 보시다시피 그대의 뜻대로 삼천교는 이제 없소. 황제는 아마 그대에게 큰 상을 내리겠지요?"

"두공, 수옥은 어디 있소?"

수옥을 찾지 못하면 일을 끝마쳤다고 볼 수 없었다. 패악과 아랑, 남은 사람들의 시선이 온통 두공에게 쏠렸다. 오직 유천복과 팽소연 두 사람만이 이 모든 것과 상관없다는 듯한 태도로 앉아 있었다.

"수옥? 글쎄, 이 여자는 그걸 약선에게 맡겼지. 그를 너무 믿었어."

"약선이라면 아까 그 늙은이 말인가? 그자는 어디로 갔지?"

팽총이 성급하게 물었다. 봉호문을 떠나올 때 전룡은 반드시 수옥을 찾아와야 한다고 신신당부했었다.

그는 안타까운 듯이 유천복을 보았다. 유천복이 힘을 실어주면 두공을 제압하여 수옥의 행방을 확실히 알 수도 있을 텐데 하는 아쉬움이었다. 그러나 비통에 젖어 있는 유천복은 지금 아무런 도움도 될 수 없었다.

두공 또한 유천복을 보고 있었다. 유천복이 저토록 절륜한 외모를 지녔다는 것을 전에는 깨닫지 못하였다. 그는 양씨 모자의 추한 모습과 유천복의 빛나는 모습을 비교해 보았다. 자신도 결국은 아름다운 것만을 최상의 가치로 여기는 양씨 부인과 다를 것이 없다는 생각이 들었다.

"후후. 아마 약선은 북해로 갔을 거요. 다른 송옥이 거기 있다는 걸 알고 있으니까. 내가 아는 것은 여기까지니 난 이만 가야겠오. 아, 남은 사람들을 처치하기 위해 굳이 손에다 피를 묻힐 필요는 없소. 약선이 사라진 이상 이들은 그대로 두어도 죽을 테니까. 유 공자에게 부친의 일은 안되었다고 전해주시오."

두공은 무너져 내리는 지천궁을 한 번 돌아보더니 일말의 망설임도 없이 몸을 솟구쳐 사람들 사이로 사라졌다. 그는 유천복과 한마디도 나누지 못한 것을 애석하게 여기고 있었다.

두공이 사라지자 남은 사람들은 약선에게 금제를 당하여 죽음을 기다리는 삼천교도들과 봉호문도들뿐이었다.

"저런 악독한……."

아랑은 남은 삼천교도들이 모두 죽을 거란 말에 치를 떨며 최호를 보았으나 그도 어쩔 수 없었다. 이곳의 삼천교도들은 마을 사람들과 마찬가지로 병들어 죽을 날만 받아놓고 있거나 굶어 죽기 싫어 몸을 의탁한 자들이었다. 그들은 삼천교에 들어와 병이 낫고 배불리 먹을 수 있게 되자 삼천교에 맹목적인 충성을 하고 있었다. 그러나 병이 나은 것이 아니었다. 약선은 단지 그들이 통증을 느끼지 못하도록 하였을 뿐이었다. 약선이 사라지고 더 이상 약을 먹지 못하자 벌써 여기저기서 피를 토하고 쓰러지는 사람들이 나타났다.

관병은 이미 삼천교 전체를 포위하고 있었다. 악에 받친 삼천교도들은 약선의 약당에 남은 벽력구를 던지며 대항하고 있었다. 여기저기서 화염이 솟아올랐다.

"모두 거기서 꼼짝하지 말거라!"

소리를 지르며 멀리서 달려오는 무리들은 바로 무림 각대문파의 사람들이었다. 삼천교도들을 낙엽처럼 쓸어버리며 가장 앞서 당도한 이는 화산파 사람들이었다.

최호는 그들 중에 도진의 모습이 있음을 보았다. 도진이 있다는 것은 이 일을 주도한 사람이 한왕이라는 뜻이었다. 그렇다면 이곳의 일은 더 이상 걱정할 필요가 없을 것이다. 최호는 가장 중요한 것만 신경쓰면 되었다.

"수옥은? 수옥은 누가 가져갔나?"

누군가 소리치며 달려왔다. 오산과 함께 나타난 청의도사는 바로 서추량의 아버지이자 화산의 장문인인 서문경이었다. 이번 삼천교의 총공습에 빠졌다간 수옥에 대한 권리를 주장할 수 없게 될까 봐 연화봉을 내려온 것이었다.

"흐흐, 한발 늦었소. 이 썩은 시체에게나 물어보시구려."

아직도 포태화를 잃은 슬픔에 격분하고 있는 견위강이 싸늘하게 말했다. 서문경은 시체 따위에는 관심도 없었다. 그는 견위강을 노려보며 막무가내로 유천복에게 다가가려 하였다.

"건방진 놈! 내가 누군 줄 아느냐! 내가 바로 화산파의 장문인이다. 나는 유 공자에게 직접 들어야겠다."

서문경은 구대문파의 명성이라면 이런 이름도 없는 작은 문파 따위 벌벌 떨 것이라 생각하였다. 그러나 아무도 그의 생각대로 움직여 주지 않았다.

"문주님께서는 지금 상을 당한 슬픔으로 제정신이 아니니 나중에 물으시오."

팽총이 근엄하게 말하자 서문경의 팔자 눈썹이 하늘로 치켜 올라갔다.

"산속에 웅크리고 있던 일개 방파 주제에 감히 누구를 가르치려 하느냐! 저리 비키거라. 내 직접 물을 것이다!"

서문경은 앞뒤도 가리지 않고 앉아 있던 유천복을 향해 날아왔다. 앞을 가로막으려던 봉호문도들은 서문경의 장포에 휘말려 나가떨어졌다. 육신단주들의 눈이 노기로 빛났다.

"화산파는 어찌 이리 예의가 없소!"

차가운 목소리는 사천이었다. 그는 유천복을 보호하기 위해 서문경을 막아섰다.

화산의 영명이 예전만 못하다 하더라도 그는 화산파의 장문인이었다. 검을 들어 매화만락(梅花萬落)을 펼치자 하얀 꽃잎이 사천을 가득

뒤덮는 듯하였다.

그러나 사천의 홍죽도 만만치는 않았다. 사천이 낮게 휘파람을 불자 새빨간 홍죽 속에서 쉿 하는 소리가 나더니 홍사가 번개처럼 서문경을 향해 날아갔다.

흠칫 놀란 서문경은 잽싸게 몸을 뒤로 날리며 날카롭게 외쳤다.

"비겁하게 암기를 쓰는구나! 뭐 하느냐? 어서 유천복을 잡아와라!"

이 말이 떨어지기가 무섭게 십여 명의 화산파 사람들이 유천복에게 덤벼들었다. 그중에는 서추량과 설씨 남매의 모습도 보였다. 목표를 잃은 홍사는 화산 문도들 두 명을 쓰러뜨린 후에야 홍죽으로 되돌아왔다.

화산파의 공격에 다른 문파들은 선수를 빼앗길까 봐 일시에 봉호문을 공격해 왔다.

"저들이 수옥을 가지고 있다! 빼앗아라!"

누군가 소리치자 무림인들이 벌 떼처럼 몰려들었다. 봉호문도들은 황산에서 벌어졌던 아수라장을 연상하였다. 무림인들은 닥치는 대로 앞을 가로막는 사람을 죽이며 유천복에게로 달려들려 하고 있었다.

"사천 놈아! 네가 자랑하던 지렁이는 언제쯤이나 되어야 쓸 작정이냐?"

짤랑짤랑.

엽전끼리 부딪치는 소리와 함께 견위강이 말했다. 견위강이 양손을 뿌리자 칠팔 명의 사람들이 다가오다 피를 뿌리며 고꾸라졌다. 그러나 여전히 수십 명이 흉흉한 기세로 다가왔다.

사천은 견위강의 말이 아니더라도 이미 홍죽을 휘두르고 있었다. 괴이한 소음과 함께 처절한 비명 소리가 동시에 들렸다.

"으악!"

눈 깜짝할 사이에 동료들을 잃게 되자 화산 문도들은 주춤했다. 그러나 다른 문파의 사람들이 기세등등하게 몰려오자 다시 날카로운 고함을 지르며 뛰쳐들어 왔다.

"전부 다 잡아라! 한 놈도 놓치지 마라! 모두 반역자들이다!"

그 뒤를 이어 들어온 관병들과 무림인들이 한데 뒤엉켜 구르니 기둥이 넘어지고 계단이 부서졌다.

팽총이 수옥봉으로 다가오는 사람들을 찍어 넘어뜨리며 소리쳤다.

"소연아! 문주님을 모시고 먼저 떠나거라! 사천이 길을 터줄 게다!"

"네!"

팽소연은 아직도 유장추의 시신 곁에서 정신이 나가 있는 유천복을 일으켜 세웠다. 조금 떨어진 곳에서는 최호와 패악, 아랑이 그 모습을 지켜보고 있었다.

"무룡 공자……."

아랑이 부르려 하였으나 최호가 만류했다.

"지금은 무룡이 아니오. 모르긴 해도 유 공자로 되돌아온 듯싶소."

"설마요."

묻는 듯한 표정의 아랑을 측은한 듯이 패악이 보고 있었다.

"여자들이란 사랑에 빠지면 어째서 이렇게 어리석어지는지 모르겠군. 난 아랑은 다를 줄 알았지. 저 사람이 무룡이라면 유 장주가 죽었다고 저렇게 넋이 나갔겠어? 생각해 보라고. 무룡이 유 장주를 아버지로 생각했는가."

패악의 말을 이해하지 못하는 아랑이 아니었다. 그러나 유천복의 모습은 변하지 않았고 아랑의 마음 또한 변하는 것이 아니었다.

"난 기다릴 거예요. 운명을 믿겠어요."

아랑은 그렇게 믿고 싶었다. 운명이 그를 자신에게 되돌려줄 것이다.

최호는 더 이상 팽소연의 모습을 보고 싶지 않았다.

그는 현명한 사람이었다. 사랑이란 꼭 곁에 있어야만 하는 것이 아니라는 걸 이미 알고 있었다. 비록 사랑은 떠나갔더라도 사랑했던 추억만으로 남은 삶이 풍요로워질 수 있는 법이다. 왜 사람들은 그걸 알면서도 모르는 척하는 것일까? 하지만 최호 역시 가슴이 아픈 것은 어쩔 수 없었다.

"자, 자, 여기서 언제까지 이러고 있을 거야들? 유 공자는 저들에게 맡기고 우린 이만 돌아가자고. 아직 할 일이 끝난 게 아니잖아. 수옥도 찾아야 하고 나머지 송옥도 찾아야잖아. 젠장할! 가야 할 길이 첩첩산중이군."

그는 뒤를 돌아다보고 싶은 것을 꾹 참으며 패악의 뒤를 쫓았다.

"아랑은 북해로 돌아가시오. 이제 선문이 드러나는 것은 시간문제니 방도를 강구해야겠소."

모기의 날갯짓처럼 가느다란 목소리가 아랑의 귓전을 파고들었다.

"이것은 천리전음(千里傳音)? 사두가 어떻게 선문에 대해 알고 있나요? 그걸 아는 사람은 곤륜파의 장문인뿐인데… 그럼 혹시? 사두와 패악은? 잠깐만 기다려요!"

아랑이 두 사람 뒤를 급하게 쫓아갔다.

쉬잇—

사천의 홍사는 무섭게 날아가 덤벼드는 사람들의 가슴을 뚫고 들어갔다. 그리고 여지없이 사천의 휘파람 소리에 되돌아왔다.

삼천교를 막 나서려는데 또다시 앞을 가로막는 그림자가 보이자 팽소연이 경계했다. 사천은 홍죽을 휘두르려 하였으나 그보다 빨리 통통한 손이 팽소연의 팔을 움켜잡았다.

“앗!”

“계집애야, 잠시 나 좀 숨겨주거라. 어서 빨리빨리.”

헐떡이는 숨소리와 함께 반쯤 타버린 수염, 무애 대사였다. 그는 팽소연이 대답할 기회도 주지 않고 주위를 둘러보았다. 봉황문도들이 유장추의 시신을 수습하여 들고 나오는 것을 보자 그는 생각할 겨를도 없이 시신을 덮은 천 속으로 기어들어 갔다.

“내가 여기 있다고 말하면 안 된다. 쉿! 쉿! 아이구… 근데 이게 무슨 냄새야.”

팽소연은 엉겁결에 고개를 끄덕였다.

두 명의 작은 인영이 나타난 것은 바로 그때였다.

“사부님! 이번에는 숨으셔도 소용없어요. 경서를 전부 찾기 전에는 돌아가지 않을 테니까요.”

머리를 빡빡 밀고 장난기가 얼굴에 가득한 어린 중이 팽소연을 보고 환하게 웃었다. 그 미소가 어찌나 시원하던지 슬픈 와중에도 팽소연은 마주 웃어줄 수밖에 없었다.

“킁킁. 분명 땡중의 냄새가 이쪽으로 사라졌는데……. 킁킁. 근데 시체 타는 냄새가 너무 지독해서 아무것도 모르겠구나. 엠병, 코가 썩을 지경이네. 킁킁.”

키가 작고 다리를 절룩거리는 노인이 코를 킁킁거리며 일행의 곁으로 다가왔다. 이자오가 유장추의 시신 곁으로 다가오는 것을 보고 팽소연이 움찔하였다.

"쿵쿵. 네가 바로 그 땡중이 말하던 망아지 같은 년이로구나. 아이구, 다리야. 쿵쿵. 나도 여기서 좀 쉬어야겠다. 쿵쿵."

이자오는 무애 대사가 숨어 있는 천 위로 벌렁 누웠다. 졸지에 세 사람의 무게를 지탱하게 된 봉호문도들의 얼굴에는 저마다 핏발이 솟아올랐다.

"쿵쿵, 땡중의 제자야. 땡중은 이미 도망가고 없나보다. 내 만나면 꼭 네 말을 전해줄 테니 소림으로 돌아가려무나. 쿵쿵."

"견비 어르신의 말씀을 믿을 수는 없지만 구해주신 은공이 있으니 말씀을 듣겠어요. 하지만 이번 한 번뿐이에요."

어린 중의 시선은 이자오의 발 밑으로 보이는 또 한 쌍의 발을 뚫어져라 보며 싱글싱글 웃고 있었다.

"쿵쿵. 오냐오냐. 뭘 그런 걸 가지고……. 네가 꼭 내가 구해준 거라 생각하고 싶다면 나도 말리지 않으마. 쿵쿵. 그런데 다음부터는 입으로만 때우지 말아라. 쿵쿵. 어디 주루에 가서……."

"흥! 나도 바쁜 몸이라구요. 언제까지 사부 뒤치다꺼리만 할 수는 없으니 알아서 하시라고 하세요."

장난스럽게 생긴 중은 팽소연을 향해 눈을 찡긋해 보이더니 바람처럼 사라졌다.

이 모든 것은 그야말로 전광석화처럼 빠르게 벌어진 일이어서 아무도 말하는 사람이 없었다.

"쿵쿵. 땡중아, 네 제자 놈 갔다. 쿵쿵."

이자오의 말에 무애 대사는 코를 쥐고 고개를 내밀었다.

"정말이냐? 휴, 살았다. 그놈 질기기가 쇠심줄보다 더하다니까."

두 늙은이는 봉호문도의 등에 업혀 있는 유천복을 보았다. 유천복은 완전히 넋이 나가 버려 제대로 걸을 수도 없었다.

"저놈은 왜 저러고 있누?"

"유 장주님이 돌아가셨어요."

팽소연이 입을 삐죽거리며 눈물을 글썽였다.

그제야 새까맣게 타버린 시신이 유장추라는 것을 알게 된 두 노인은 무슨 말을 해야 할지 고민하는 눈치였다.

"흠흠. 자네들은 아직 어리고 젊어 모르겠지만… 모든 것은 다 공으로 돌아가게 되어 있는 것이란다. 저기 작은 쥐를 보거라. 우리가 보기에는 작은 동물이지만 쥐의 몸에 붙어 있는 벼룩은 저 쥐가 세상의 전부라고 할 것이다. 유 공자의 존장께서 비록 이 세상은 떠나셨으나 또 다른 세상에서 즐겁게 지내실 것이니 너무 슬퍼할 필요 없단다. 모든 존재는 다른 존재의 부분이자 또한 다른 존재를 자신 속에 부분으로 포섭하는 전체란다. 억겁(億劫)이 찰나(刹那)의 순간이며 찰나가 또한 억겁이니라."

모처럼 고승의 티를 내는 무애 대사였다.

"쿵쿵. 땡중아, 그게 무슨 귀신 씨나락 까먹는 소린지 난 도통 한마디도 알아들을 수가 없다. 쿵쿵. 이봐, 젊은 처자. 내 경험에 의하면 말야, 일단 코가 삐뚤어지게 술을 마시고 계집을 찾아 사랑을 하는 거야. 살아 있는 계집이 앙탈을 부리고 속을 썩이면 골치가 지끈거려 죽은 사람은 이내 잊고 만다니까. 쿵쿵. 그게 최고야, 암! 그리고 그런 말도 있지. 이건 내가 정말 어디서 들은 말인데, 사람이 죽은 지 한 시간이 지나면 태어나기 한 시간 전으로 돌아간다고 하더구나. 쿵쿵."

무애 대사가 철 지팡이를 들어 땅바닥을 탕탕 소리나게 쳤다.

"예끼, 무식한 개코 놈아! 그런 말도 안 되는 소리가 어디 있느냐?

죽으면 다 염라대왕 앞에서 자신의 죄를 고하고 벌을 받은 후에야 환생하는 거다. 흠흠. 팽 소저, 저 개코 놈 말을 듣지 말거라. 내가 다시 정리를 해주마.”

“쿵쿵. 뭐야, 내가 거지이니 원래 무식이 팔자다만 그러는 땡중 네놈은 얼마나 유식하냐? 쿵쿵.”

이자오가 분기탱천하여 발딱 일어섰으나 무애 대사의 철 지팡이에 걸려 이내 다시 주저앉았다.

“사람이 죽으면 선한 이는 극락왕생(極樂往生)하고 악한 이는 지옥에 빠지게 된단다. 그럼 그 외 다른 사람들은 어찌 되누? 그들은 대부분 다시 태어날 때까지 중음신(中陰身)으로 떠돌다 환생하느니… 오늘은 자식이나 내일은 부모가 되는 것이 세상의 이치란다. 죽기 때문에 볼 수 없는 시간을 살아 볼 수 있도록 자식들을 낳고 기르는 게야. 모두들 불로불사를 바라지만 자식을 낳아 키우는 것이 불로불사하는 길임을 왜 모르누. 다 개코 놈처럼 무지해서지. 부모는 죽어도 자식의 가슴속에는 죽지 않고 살아 있지. 그러니 유 공자도 슬퍼할 필요 없다. 존장은 비록 이승을 떠나셨지만 유 공자가 살아 있고 유 공자가 죽으면 또 그 자식이 선대를 기억할 것이다. 하하.”

“쿵쿵. 망할 땡중아, 그럼 난 자식이 없으니 영원히 살 수 없겠네. 쿵쿵.”

이자오는 무애 대사의 턱 밑으로 코를 쿵쿵 들이밀며 따지듯이 물었다.

“당연하지. 늙은 개코거지는 죽으면 지옥에 갈 게 뻔한데 누가 널 기억하겠냐? 그러니 계집타령이나 하고 있지.”

무애 대사는 모처럼 이자오에게 면박을 줄 수 있게 되자 살판이 났다.

그러나 팽소연은 속으로 이자오의 말이 일리가 있다 생각하고 있었다. 유천복의 깊은 상처는 자신의 사랑으로 감싸주는 수밖에 없을 것 같았다.

지기 싫어하는 이자오가 또다시 한마디 했다.

"쿵쿵, 돌팔이 주제에 잘난 척하기는. 부처가 너 같은 땡중을 알기나 한다더냐. 쿵, 자식이 없는 것은 네놈도 마찬가지잖아. 쿵쿵."

"나는 도솔천에 들어 영원히 살 것이니 네놈 걱정이나 하거라."

이자오의 빈정거림을 들은 체 만 체하며 무애 대사는 눈을 지그시 감았다.

"인생은 어차피 고륜지해(苦輪之海)이거늘 어찌하여 중생들은 낙이망우(樂以忘憂)하며 생과 사에 따라 웃고 우는지… 이 세상 모든 것은 덧없구나. 태어남이 없으면 번뇌도 없는 법, 언제나 되어야 열반에 들어 부처를 뵈올까! 육신이란 본래 덧없는 것이어서 죽으면 각각 지(地), 수(水), 화(火), 풍(風)으로 흩어져 원래 있던 곳으로 돌아갈 뿐이니 아까울 것이 무에 있으며 슬퍼할 것이 무엇이 있느냐."

오늘따라 낭랑한 무애 대사의 목소리가 은은한 밤하늘에 오랫동안 울려 퍼졌다.

 일남일녀

一男一女

두 사람은 서로에게
낯설고 무의미한 존재였다

"여기 있었군. 성모홍루(聖母紅淚)!"

창문 틈으로 새하얀 달빛이 비추자 어린아이 주먹만
한 붉은 보석은 석류알처럼 빛을 뿜어내었다. 상자에는
그 외에도 많은 보석들이 있었지만 그가 원하는 것은
이것뿐이었다.

"도둑이다!"

시끄러운 소리! 대낮같이 밝혀진 등불!

'젠장! 들켰다.'

독갈(毒蠍)은 서둘지 않았다.

들켰다고 조급해한다면 진짜 도둑이라고 할 수 없었
다. 소리를 지르는 것은 도둑을 발견한 사람의 두려움
때문이다. 그것은 곧 혼자서는 도둑과 맞설 자신이 없

으니 다른 사람이 올 때까지 기다리겠다는 뜻이었다. 사람들이 모이고 달려올 때쯤이면 독갈은 이미 그 자리를 벗어나 유유히 사라진 후일 것이다. 그러므로 ‘도둑이다!’ 라고 버럭버럭 내지르는 소리는 무서울 것이 없었다.

정작 무서운 것은 한창 도둑질에 열중하고 있을 때 소리없이 다가와 귓전에 대고 ‘대풍(大風)인가?’ 라고 말하는 사람이다. 이런 자들은 열에 아홉은 무공의 고수이며, 마주칠 경우 재수가 없으면 죽거나 잡힐 것을 각오해야 했다.

천하가 평화롭거나 어지럽거나 도둑과 거지는 늘 있기 마련이다.

그중에서도 독갈은 운이 좋은 도둑이었다. 열 살에 도문(盜門)에 입문하여 이십 년 넘도록 오직 한 길만 고집해 온 진짜 도둑이었다.

개방의 거지들도 서열이 있듯이 도문의 도둑들에게도 급수가 있다.

도둑질 중에서 가장 복잡하고 어려운 것은 역시 나라를 도둑질하는 것이다. 역대로 황제가 된 자치고 도둑 아닌 자가 없으므로 도문에서는 저들 맘대로 황제를 최고수로 친다. 그 다음이 바로 도문의 문주인 도수(盜帥)이다.

도수 밑으로 도성(盜聖), 도용(盜勇), 도의(盜義), 도지(盜智), 도인(盜仁) 다섯 급수가 있는데, 이는 장자(莊者)의 도척지도에 따른 것이다.

도척지도란 도둑의 도를 말한다. 먼저 훔칠 물건이 어떤 것인지 잘 살펴 알아두는 것이 성(聖)이요, 앞장을 서서 훔치러 들어가는 것이 용(勇)이며, 물러날 때 맨 뒤에 서는 것이 의(義)요, 알맞은 때를 보는 게 지(智)이며, 도둑질한 걸 공평하게 나눈 것을 인(仁)이라고 하였다. 이 도척지도에 정통하지 않고서는 천하에 이름난 도둑이 될 수 없다.

도둑 중에는 같은 도둑조차 꺼리는 도둑도 있기 마련이다. 이런 도둑은 도악(盜惡)이라 한다. 도악은 남의 하나밖에 없는 밥그릇을 도둑질하여 그 사람마저도 도둑으로 만들어 버리는 악질적인 자들이다. 갑자기 떵떵거리는 졸부나 돈으로 벼슬을 산 관리들 중에 도악인 자들이 많으며 도문의 도둑이 되면 가장 먼저 훔칠 대상이 되는 자들이다. 그러나 도악을 상대할 때는 더욱 조심해야 했다. 그들은 제가 도악질을 하러 나간 사이에 진짜 도둑이 들어올까 봐 무사들을 고용해 경비를 철저히 하기 때문이다.

도문의 우두머리인 도수는 나이가 들면 후계자를 정하는데 도둑 중에서 가장 뛰어난 두 명의 도둑을 뽑아 각각 세 가지의 물건을 훔쳐 오게 하였다. 두 가지는 다르나 마지막 한 가지는 같으며 세 가지를 모두 훔쳐 온 자가 다음 대의 도수가 되는 것이다.

독갈은 이미 두 가지를 훔쳤고 한 가지가 남았다. 마지막 물건은 바로 수옥이었다. 구름 같은 무림의 고수들이 노리는 수옥을 쥐도 새도 모르게 훔쳐 오는 것은 천하에 훔치지 못할 것이 없다는 도수조차 성공을 장담할 수 없었다. 게다가 이미 다른 도수 후보가 삼천교로 잠입했다가 소식이 끊어졌다. 도수는 말은 하지 않지만 속으로 애가 타 죽을 지경일 것이다. 왜냐하면 후보는 도수의 딸인 홍묘아(紅猫兒)였기 때문이었다.

"설마 붙잡힌 것은 아니겠지? 무영신투(無影神偸)의 딸이 붙잡히다니 말도 안 되는 소리지. 분명 어디선가 기회를 엿보고 있을 게 분명해."

독갈은 혼잣말을 하며 삼천교가 있는 황토 구릉의 주변을 살펴보았다. 이곳은 구릉의 아래쪽, 홍묘아의 흔적은 이곳에서 사라졌다. 슬쩍 위를 올려다보았다. 관병들이 겹겹으로 입구를 포위하고 있는 것이 보였다. 훌륭한 도둑이라면 이런 혼란을 놓치지 않는 법이다. 그러나 그보다 더 훌륭한 도둑은 인내심이 많은 도둑이었다.

그의 직감으로 미루어볼 때 삼천교에서 가장 먼저 나오는 사람은 홍묘아일 가능성이 높았다. 그럼 자신은 홍묘아가 훔친 수옥을 다시 훔쳐 내기만 하면 되는 것이다. 호랑이를 잡기 위해 꼭 호랑이 굴로 들어가야 하는 것은 아니다. 상처 입고 도망치는 호랑이를 잡는 것이 훨씬 쉬웠다.

"이런 경우를 가리켜 '중과부적(衆寡不敵)'이라고 하지. 홍묘아, 그래서 너는 나보다 한수 아래라고 하는 거야."

독갈은 소리를 죽여 낮게 웃었다.

"그러게 나한테 시집이나 오라고 할 때 말을 들었어야지. 소식조차 없는 흑수수 놈 때문에 이 독갈님을 마다하다니 어리석은 계집……."

흑수수 마유는 도수가 가장 아깝게 생각하는 도둑이었다. 그는 천부적인 도둑의 자질을 가졌음에도 불구하고 도둑으로 살기를 거부한 자였다.

독갈과 흑수수, 그리고 홍묘아는 어린 시절의 친구였다. 마유와는 지난해 한 서생의 전대를 털다가 마주친 것이 마지막이었다. 나중에 그 얘길 해주었을 때 홍묘아가 자신을 부르지 않았다고 펄펄 뛰었던 일을 생각하면 지금도 치가 떨렸다. 그가 가장 아끼는 수염을 그때 반이나 뽑히고 말았다. 덕분에 수염을 모두 깎았으나 나름대로는 만족하고 있었다.

"흥! 계집들은 언제나 진짜 사내보다는 외양만 번지르르한 백면서생을 더 좋아한다니까. 쳇! 용병이 도둑보다 나은 게 뭐가 있어. 결국 개죽음이나 당하고 말걸."

말은 그렇게 했지만 독갈의 지금 모습은 누가 봐도 백면서생이었다.

옆쪽에서 부스럭 소리가 들려온 것은 그때였다. 독갈은 소리도 없이 뒤로 스르르 움직여 자취도 없이 사라졌다. 귀신이 곡할 정도로 훌륭한 신법이었다.

덤불이 흔들리더니 한 명의 노인과 세 명의 여인이 차례차례 독갈이 숨어 있던 쪽으로 걸어나왔다.

"흐흐, 저 어리석은 관병들은 언제나 입구만 지킬 줄 알지. 바보 같은 것들."

약선은 구릉의 위쪽에 구름같이 몰려 있는 사람들에게 냉소를 퍼부었다. 그는 삼귀녀와 함께 약당의 비밀 통로를 이용해 빠져나왔다. 지금쯤이면 양씨 모자는 이미 이 세상 사람이 아닐 것이다. 음양인에 대한 이야기를 끝까지 듣지 못한 것이 마음에 걸리기는 하지만 상관은 없었다.

"너희 둘이 수고를 좀 해주어야겠다. 경조부로 가 그 녀석을 데려오너라."

약선은 천귀녀에게 부드럽게 말했다. 천귀녀가 몸을 훌쩍 날려 사라지자 곁에 있던 지귀녀의 모습도 땅으로 꺼지기라도 한 듯 감쪽같이 사라져 버렸다.

'헉! 저것은?!'

숨어서 이들을 살펴보던 독갈은 깜짝 놀랐다. 뒤에 사라진 여자가 펼친 것은 바로 도수의 독문무공인 무영신법(無影身法)이 분명했다.

'이게 어찌 된 일이지? 설마 홍묘아가 저 괴물로 둔갑이라도 했다는 것인가?'

무영신법은 도문의 도둑들 중에서도 도성만이 펼칠 수 있는 신법이

었다. 그리고 도성 중에 여자는 단 한 명뿐이었다. 사라진 여자는 홍묘
아의 모습과 너무도 달랐다. 하지만 독갈의 직감은 그녀를 따라가라고
말하고 있었다. 그는 자신의 직감이 틀린 법이 없다는 것을 믿기로 했
다.

나뭇잎이 스치는 소리와 함께 독갈의 모습도 사라졌다.

"자! 이제 우리는 어디로 갈까? 추아, 어디로 가고 싶으냐?"

추아, 아니, 능초영은 삼천교를 나서자마자 태도가 돌변했다. 천진
난만하게 미소를 짓고 있던 얼굴은 어느새 찬서리가 풀풀 날리는 모습
으로 변해 있었다.

"송옥을 찾겠어요."

"흐흐, 생각이 바뀌었구나. 수옥으로 오라버니를 구해야 한다더
니……. 귀여운 것. 내가 너 때문에 이런 수고를 자청하려 하다니, 나
도 이제 늙은 게야. 큭큭."

약선의 손이 능초영의 머리를 쓰다듬었다. 능초영은 차가운 표정을
풀고 약선의 팔에 매달렸다.

"늙었다니요. 추아가 송옥을 마저 구해 할아버지를 불로장생하게 해
드릴게요."

"불로장생? 큭큭, 아서라. 내가 오래 살긴 했지만 아직 노망이 난 것
은 아니란다. 태어나면 죽는다는 것 정도는 기억하고 있으니까. 다만
그게 언제일지 모른다는 것뿐이지. 하지만 전에는 나도 그걸 이루기
위해 안간힘을 쓴 적이 있었지. 그러나 모두 실패했어. 불로장생이란
인간이 이룰 수 없는 거란다."

능초영은 그 말에 의아함을 드러냈다. 그게 아니면 약선은 어째서
삼천교를 멸하고 수옥을 훔쳐 내려 한 것일까? 그녀는 약선이 거짓말

을 하고 있다고 생각하였다. 수옥에 대한 것을 혼자만 알고 있을 속셈이 분명했다.

"할아버지, 수옥은 어디에 있지요?"

능초영은 은근슬쩍 그에게 물어보았다. 약선의 일그러진 얼굴은 무엇을 생각하는지 알 수가 없었다.

"흐흐, 때가 되면 알려주마. 이 할아비가 그러지 않든, 네가 원하는 것은 뭐든지 해주겠다고. 말만 하거라."

약선은 오랜만에 바깥바람을 쐰 탓인지 흥분해 있었다. 그리고 보면 양씨 부인의 곁에서 지낸 지도 오십 년이나 된 것이다. 오십 년은 정말 지루한 세월이었다. 양씨 부인을 만나기 전에도 그는 지금과 같은 모습이었다. 그리고 그전에도… 자신조차 자신의 나이가 얼마인지 기억하지 못했다. 이제는 자신이 정말 살아 있는가 의심이 가는 적도 있을 정도였다.

원래 죽음이란 놈은 성질이 괴팍해서 도망가는 사람은 쫓아가고 기다리는 사람에게는 찾아오지 않는 법이었다.

"정말이지요? 이제 추아는 할아버지밖에 없어요. 이 세상에서 저를 기억하는 사람은 오직 할아버지뿐이에요. 할아버지는 저를 혼자 버려두고 떠나시지 않을 거죠?"

능초영은 재차 되물었다.

버림받았다는 기억! 그것은 세월이 지나도 잊혀지지 않는다. 능초영은 원래 총명하였으나 감정적으로는 어린아이와 마찬가지였다. 어머니도 없이 할아버지와 아버지 손에서 자라야 했고, 따르던 할아버지는 말도 없이 사라졌다. 아버지 또한 대의라는 명목으로 그녀를 혼자 버려두었고 마음대로 죽어버렸다. 아니, 살해당했다. 그리고 아버지를 죽인 자는 그녀가 마음을 주었던 도비류였다.

능초영은 담담히 그 사실을 받아들였다. 도비류는 그녀를 배신했고 아버지를 죽였다. 배신과 살인, 이 두 가지 사실만으로도 그는 씻지 못할 죄를 진 것이다.

지금 그녀의 가슴속에는 원망만이 가득하여 다른 것은 아무것도 보이지 않았다. 자신을 이렇게 만든 세상에 복수하는 것! 그것만이 그녀가 바라는 일이었다.

"네가 날 떠나지 않으면 할아비도 언제나 네 곁에 있으마. 걱정 말거라."

"제가 먼저 할아버지를 떠나는 법은 없을 거예요. 절대로요."

인간은 어리석어 종종 하지 말아야 될 약속을 하곤 한다.

"절대라는 말은 함부로 하는 것이 아니란다. 그것은 영원이라는 말과도 같기 때문이지."

약선의 말에 능초영은 황급히 고개를 저었다.

"약속하겠어요. 저는 절대로 할아버지를 떠나지 않아요. 제 곁에는 아무도 없는걸요."

약선은 능초영이 젊은 시절의 양씨 부인과 닮았다고 생각했다. 그녀도 능초영과 같은 말을 했었다. 그러나 그녀 자신은 깨닫지 못했겠지만 언제부턴가 그녀는 약선을 버렸고 그 자리를 양황에게 내주었다.

약선은 언제나 자신을 가장 필요로 하는 사람에게 도움을 아끼지 않았다.

'세상에 살고 있는 동안에는 덕을 쌓아야지. 흐흐, 그렇고말고. 하지만 추아, 알아야 한다. 세상일에는 반드시 대가가 따르기 마련이라는 걸. 그리고 약속은 지켜질 때 비로소 그 의미가 있는 것이라는 것

도. 킬킬, 네 약속을 믿어도 될지 모르겠구나. 킬킬.'

능초영은 약선이 갑자기 실소를 터뜨리자 영문도 모르고 따라 웃었다. 그러나 그녀의 가슴속은 싸늘한 한기로 가득 차 있었다.

'절대로 그를 편하게 죽게 하지 않을 거야…….'

＊　　　　＊　　　　＊

촉(蜀)으로 가는 길이 하늘에 오르기보다 어렵다고 했던 이백의 시가 아니더라도 험난한 산악과 암벽을 뚫거나 가로질러 나무를 걸쳐 만든 잔도(棧道)를 대하면 아무리 문재가 뛰어나지 않은 사람이라도 그같은 시 한 귀절은 읊고도 남았을 것이다.

꼬불꼬불 이어진 잔도를 건너가면 죽 늘어서 있는 좌판들이 보인다.

"자, 어서들 오시오. 둘이 먹다 하나가 죽어도 모를 향긋한 오향장압(五香醬鴨)이오."

산초, 회향, 계피, 팔각, 정향 등을 넣어 졸인 오리 고기의 냄새가 골목 안을 가득 메웠다.

소취란은 음식 좌판들이 늘어선 시장을 지나 무성한 대숲으로 들어갔다. 이곳은 어디를 보아도 푸른 대숲의 바다이다.

촉에는 예로부터 대나무가 많기로 유명했다. 그래서 촉에 사는 사람들은 평생 동안 죽순을 먹고, 대나무 기와 아래 살며, 대바구니를 지고 대나무를 땔감으로 사용한다고 하지 않던가.

그녀가 들어선 대숲 안쪽에는 대나무로 지은 작고 아담한 죽파방(竹杷房) 한 채가 있었다.

소취란은 망설임없이 문을 열고 방으로 들어갔다. 순간 방에 있던 자가 소리를 지르며 달려들었다.

"꾸어어어억……!"

상처 입은 동물이 지르는 소리처럼 괴상하기 그지없으며 고약한 냄새가 코를 진동시켰다. 소취란은 가볍게 웃으며 한쪽으로 몸을 돌렸다. 그자는 달려오던 기세 그대로 반대 편 벽까지 나동그라졌다.

"으으… 이 요녀야… 대체 어딜 갔다 오는… 것이냐?"

한마디 한마디 힘들게 뱉어내는 목소리는 다름 아닌 아삼, 그였다.

그날 아삼을 데려갔던 사람은 소취란이었다. 애석하게도 전동은 유천복을 처치하지 못하고 사라져 버렸다. 멀리서 지켜보던 소취란은 이를 갈았지만 혼자서 유천복을 상대할 수는 없었다. 전동이 자신의 거짓말을 눈치 챘다는 것을 알고 있었다. 유천복을 죽이고 싶어하는 것은 어디까지나 그녀 자신이었다. 유일하게 자신의 비밀을 알고 있는 그를 절대로 살려둘 수 없었다. 그러나 유천복은 점점 강해져 갔다. 림주는 어째서 전력을 다해 그를 상대하지 않는 것일까? 마도천하는 마림의 오랜 염원이었다. 천비의 환생자라는 유천복의 존재는 그 일에 있어 걸림돌이 될 것이 분명하다. 그걸 알면서 어째서?

아삼을 구한 것은 단순한 이유였다. 유천복을 죽이고 싶어한다는 점이 흥미를 끌었다. 다른 것은 몰라도 독공은 쓸 만하니 살려두면 쓸모가 있을 것이라 생각했다.

그러나 문제는 그렇게 쉽지 않았다. 아삼은 원래 한 달에 한 번씩 약선에게서 독을 안정시키는 치료를 받아야만 살 수 있었다. 그렇지 않았다간 지독한 독 때문에 몸이 녹아내리는 것을 막을 수 없었다.

유천복은 무애 대사와 이자오 덕분에 독을 몰아내었고 다시 환골탈태하면서 해독하였지만 아삼은 그렇지 못했다. 약선은 이독제독(以獨

制毒)의 원리로 임시방편을 한 것에 불과하였다. 그렇기 때문에 삼천교로 돌아가지 못하고 기한이 지나자 약선이 처방한 음양현독의 기가 떨어졌다. 아삼의 몸은 급격히 녹아내렸다.

그 고통이란 이루 말할 수 없을 정도로 처절한 것이었다. 그러나 아삼의 생명줄은 질기고도 질겨 사흘이라는 약선의 예상과는 달리 벌써 칠 일 동안이나 목숨을 이어오고 있었다. 누구나 아삼의 생에 대한 집착을 대하면 경탄하지 않을 수 없을 것이다.

"정말 대단한 놈이야. 네놈이 그토록 삶에 대한 집착이 없었다면 당장에 죽어 없앴으리라."

쌀쌀맞게 말하는 소취란이었지만 어쩐지 아삼에게 동정심을 느끼고 있었다. 자신과 같은 괴물이라고 생각했기 때문일까?

오늘 밤은 보름이었다. 또다시 그 지옥 같은 순간이 다가오고 있는 것이다. 소취란은 자신이 보름 동안이나 돌아오지 않으면 아삼이 죽을 게 뻔하였으므로 선심을 베풀어 그를 직접 죽여줄 작정이었다.

그러나 아삼의 모습을 보자 다시 망설여졌다. 천과 함께 살점이 다 떨어져 나가고 누런 진물과 함께 손가락 발가락이 녹아 없어졌지만 징그럽다고 느껴지지 않았다.

"나를… 나를… 구해……."

고통으로 인해 몸을 뒤틀면서도 소취란에게 팔을 뻗는 악착스러움을 보이는 아삼을 보며 그녀는 전율마저 느끼고 있었다. 그 손짓은 물에 뜬 지푸라기를 붙잡으려는 절박함이 서려 있었다.

망설이던 소취란은 아삼의 뭉툭한 조막손을 움켜잡았다. 이상한 것은 자신은 아삼의 독에 중독되지 않는다는 것이었다. 지난날 같은 독을 지니고 있던 유천복에게 당해 스스로 손을 잘라내야 했던 그녀였다.

그녀가 어찌 자신의 피에 흐르는 것이 약선이 꿈에도 잊지 못하던 완벽한 음양현독이라는 것을 알 수 있으랴.

작은 시냇물이 강물에 흔적도 없이 합쳐지듯 아삼은 소취란이 손을 잡으면 고통이 사그라든다는 것을 알았다.

아삼은 순간적으로 지독한 통증이 사라지자 머리 속으로 재빨리 생각을 굴렸다. 이 독을 자유자재로 쓰지 못하는 한 유천복을 상대하기란 요원한 일이었다.

어차피 소취란이 곁에 없다면 죽을 목숨이었다. 그러나 이대로 고통 속에서 죽어가는 것은 너무도 끔찍한 일이었다. 차라리 고통을 느낄 사이도 없이 단숨에 죽는 편이 나을 것 같았다.

절망에 싸여 있던 아삼의 눈빛이 갑자기 일렁이는 것을 소취란은 보지 못했다.

그녀는 얼마 지나지 않아 자신이 다시 소양으로 변하는 것에 온 신경을 쏟고 있었다.

지금 아삼을 죽이지 않으면 자신의 비밀을 알게 될지도 몰랐다. 그걸 아는 자는 유천복 하나로 족하다.

소취란의 손에 힘이 들어갔다.

"그 같은 고통에 시달리느니 내 손에 죽는 것이 행복할 것이다."

소취란의 다른 한 손이 아삼의 천령개(天靈蓋)를 내려치려는 순간이었다.

어디서 그런 기운이 솟았는지 아삼은 굉장한 힘으로 소취란을 끌어당겨 안았다.

"헉!"

생각지도 않았던 아삼의 행동에 놀란 것은 소취란이었다. 그녀는 순간적으로 당황했으나 노기를 띠며 일격에 그를 쳐 죽이려 하였다.

"흡!"

그러나 다음 순간 아삼의 너덜거리는 입술이 그녀의 입술을 막아버렸다. 소취란의 머리 속은 그 순간 새하얗게 탈색되었고 아무 생각도 나지 않았다.

오십 평생 살아오는 동안 그녀의 입술을 훔친 자는 한 명도 없었다. 의붓아버지가 그녀를 겁탈하려다 얼어 죽은 이후로 그녀의 빙기옥골에 손을 댄 자는 아무도 없었던 것이다.

소취란은 세상의 모든 남자들을 증오하였다. 그 자신이 여자라는 것을 깨달을 때마다 증오심은 점점 더 타올랐다. 그러나 어찌 된 일인지 지금 이 순간 그녀의 가슴은 미칠 것 같은 떨림으로 터져 버릴 것 같았다.

따스한 혀가 굳게 다물어진 입술을 열어달라는 듯이 파고들었다. 그녀의 옷 사이로 파고드는 조막손은 얼음처럼 차가웠으나 그녀의 가슴은 불처럼 뜨거웠다. 비릿한 피 냄새에 섞여 시큼하고 털털한 땀 냄새가 코끝을 스쳤다.

더웠다. 살갗에 느껴지는 열기는 아삼이 뿜어내는 것인지 자신이 뿜어내는 것인지 분간할 수 없을 지경이었다. 아삼의 조막손이 거칠게 움직일 때마다 그녀는 머리 속이 아득해졌다. 젖은 머리카락이 목덜미를 쓸며 가슴 아래로 향하고 있었다. 자신의 몸 위에서 아삼은 한 마리의 거대한 벌레처럼 꿈틀거렸다.

손을 아삼의 머리 위로 가져갔다. 내려치기만 하면 이자의 움직임을 멈추게 할 수 있었다. 내려치기만 하면… 그러나 그녀의 손은 끝내 아삼의 천령개를 치지 못하였다.

‘그래, 어차피 죽일 생각이었으니 어떻게 죽이든 상관없겠지. 얼어
죽는 것이 머리가 터져 죽는 것보다 보기는 좋을 것이다.’

그녀는 대나무 창 사이로 보름달이 휘황하니 떠오르는 것을 보았다.
온몸이 오그라드는 듯한 익숙한 통증이 가슴 깊은 곳에서 밀려들고 있
었다. 보름에 한 번, 차라리 죽는 게 낫다고 소리치며 거부하던 고통은
언제나 배로부터 시작되었다. 뾰족하고 긴 손톱이 달린 손으로 창자를
갈기갈기 찢어내는 듯한 통증은 조금씩 조금씩 사지로 뻗어 나가 마침
내 온몸을 잠식하는 것이다. 조금이라도 그 고통을 잊기 위해 처참한
살육을 벌이다 보면 어느새 여자에서 남자로, 소취란에서 소양으로 변
해 있었다.

소취란은 찾아들 통증을 미리 예상하며 입술을 악다물었다.

“아!”

아삼의 신음 소리에 그녀는 자신이 그의 입술을 무척 세게 깨물었다
는 것을 알았다. 잠시였지만 미안한 생각이 들었다. 잠시 후면 자신도
깨닫지 못하는 사이 이자의 육신을 갈기갈기 찢어버리게 될 터였다.
그렇다면 조금쯤은 응해주어도 되지 않을까?

소취란의 손이 서서히, 그러나 부드럽게 아삼의 머리 위로 내려왔
다. 듬성듬성 나 있는 머리카락은 까칠했다. 그러나 어느 곳은 머리카
락이 왕창 빠져 맨질맨질하였다. 아삼의 머리를 쓰다듬어 가며 그녀는
묘한 재미를 느끼고 있었다. 손끝으로 느껴지는 낯선 감촉… 그녀는
눈을 감고 온 신경을 손가락으로 모았다.

‘머리카락? 아니, 여기는 귀가 있어야 할 자리인데… 귀가 떨어졌
군.’

하지만 귓구멍은 남아 있었다. 귓구멍을 부드럽게 쓰다듬자 아삼은

흠칫 떨었다. 그의 움직임이 멈추자 소취란은 순간적으로 당황하였다.

'내가 뭘 잘못하였나? 이자가 죽어버린 걸까?'

그럴지도 몰랐다. 기력이 달려 죽었든 얼어 죽었든 이미 죽어버렸다면?

'시체!'

갑자기 소름이 쫘악 끼쳐 왔다. 그녀는 황급히 몸을 일으키려 하였다.

"가만……."

아삼의 목소리가 들려온 것은 그때였다.

"잠시… 이대로……."

죽지 않았다. 이자는 죽지 않았다. 소취란은 난생처음으로 기쁜 듯한 생각이 들었다. 그녀는 가늘게 한숨을 내쉬며 자신의 동요를 드러내지 않으려 안간힘을 쓰고 있었다.

"내려가지 않으면… 죽여… 버릴 테다."

그러나 그 말소리는 소취란의 입속에서만 맴돌 뿐 끝내 입술 밖으로 나오지 않았다. 대신 그녀는 아삼의 심장에서 힘차게 울리는 고동 소리가 듣기 좋다고 생각했다.

쿵쾅! 쿵쾅!

고요한 하늘을 울리는 천둥 소리처럼 들려오는 그 소리는 처음에는 약하다 점점 빠르고 높아져 끝내는 그녀의 심장 소리와 합쳐지며 거세어졌다.

"아프지 않아… 고마워요……."

아삼이 속삭였다. 소취란의 얼굴이 화끈 달아올랐다. 그녀는 지금 그를 죽여 버릴까 다시 고민했다. 하지만 이미 늦어버렸다. 아삼이 다

시 움직이고 있었다. 그러나 아까와는 다르게 부드럽고 조심스러운 몸
짓이었다. 그녀가 다치기라도 할까 봐 걱정하는 것처럼 그의 입술과
손은 속삭임처럼 그녀의 피부 위를 스치고 지나갔다.

'따스함?'

그녀의 머리 속을 가득 채운 것은 그것이었다. 언제나 한기를 느끼
던 그녀는 차츰차츰 뜨거운 것이 몸 안쪽으로부터 치밀어 오르는 것을
느꼈다. 그것은 몸속 깊숙한 곳에서부터 찾아드는 묵직한 고통이었다.
흡사 어머니의 자궁을 기어나올 때처럼 옥죄는 고통이 간헐적으로 찾
아들었다.

'아아, 조금만 늦게… 지금은 싫어!'

그녀는 저도 모르게 속으로 외치고 있었다. 이자를 죽이고 싶지 않
았다. 아삼의 보기 흉한 모습도, 뭉개진 살덩어리도 흉하게 느껴지지
않았다.

처녀처럼 작고 봉긋한 소취란의 가슴과 비단처럼 매끄러운 배를 어
루만지는 아삼의 손길은 따스한 바람 같았다. 그 바람을 멈추게 하고
싶지 않았다. 소취란은 바람을 타고 한없이 날아오르는 환상을 느끼고
있었다.

"아프지 않아."

그녀는 아삼과 같은 말을 했다. 그 말대로였다. 아삼은 그녀의 기억
속에 각인되어 있는 사내들과 달랐다. 그의 존재는 그녀를 고통에서
해방시켜 주고 있었다. 그리고 그 고통은 쾌감을 동반하였다.

아삼은 눈앞에 샛노래져 몇 번이나 까무러칠 것 같았다. 그가 이런
기력을 짜내는 것은 거의 기적에 가까운 일이었다. 다행인 것은 소취

란의 태도였다. 그녀가 단숨에 자신의 머리를 터뜨려 죽여 버리길 바랐던 그로서는 의외가 아닐 수 없었다.

그를 동정해서였을까? 마치 나무토막처럼 뻣뻣하게 누워 있던 소취란이 어느 순간 부드럽게 그를 감싸 안았던 것이다. 그러자 고통이 사라졌다. 온몸을 갉아먹는 듯한 통증이 완전히 사라진 것이다.

아삼은 그것만으로도 좋았다. 독왕자가 되던 순간부터 한시도 그를 떠나지 않던 고통이 사라지자 건강한 욕망이 그 자리를 대신하였다.

두 사람은 서로에게 낯설고 무의미한 존재였으나 욕망만은 간절하고 정직하게 서로에게 반응하고 있었다. 소취란의 움직임이 차츰 그의 움직임에 따라 격렬해져 갔다.

아삼은 몸서리를 쳤다. 그녀의 양손이 마치 무언가를 움켜쥐는 것처럼 허공으로 번쩍 치켜 올라갔을 때 그는 순간적으로 공포를 느꼈다. 그러나 그녀의 하얀 손이 머리 속으로 파고든다 해도 멈출 수는 없었다.

두 사람은 점점 집어삼킬 듯 밀어닥치는 파도에 휩쓸렸다. 산더미처럼 높은 파도가 두 사람을 아득한 하늘 끝까지 밀어 올렸다가 다시 바닥으로 내팽개쳤다.

소취란은 하늘에 오르는 듯한 쾌감에 정신을 잃을 것만 같았다.

"커억!"

어느 순간, 몸부림을 치던 아삼의 움직임이 다시 한 번 그대로 경직되었다. 그러나 소취란은 아까와 같은 걱정은 하지 않았다. 아니, 할 수도 없었다. 그녀 스스로도 고통인지 쾌감인지 구분이 안 갈 정도로 아찔하고 어마어마한 것이 뇌리를 관통하였던 것이다.

마침내 소취란은 손가락은커녕 눈을 깜빡거리는 것조차 힘들 정도로 탈진해 버린 자신을 발견했다. 눈가가 뜨뜻한 것은 쉴 새 없이 흘러 내리는 눈물 때문이었다.

놀라운 일이 벌어졌다는 걸 먼저 깨달은 것은 소취란이었다.

감은 눈 속으로 현란하게 움직이는 빛의 광채는 눈을 떠도 사라지지 않았다. 그녀가 보고 있는 것⋯ 대나무 창살 사이로 찬란하게 비치는 태양은 이미 중천에 올라 있었다.

"그렇다면?"

소취란은 입술을 깨물며 화들짝 일어나려다 문득 깨달았다.

'어째서 아직도⋯⋯?'

그녀는 소양으로 변하지 않았다.

미친 듯이 자신의 몸을 만져 보는 소취란은 아삼의 모습이 보이지 않는다는 것도 깨닫지 못했다. 붉은 자국이 곳곳에 남아 있긴 하지만 그것은 틀림없는 그녀의 육체였다.

"이럴 수가! 이럴 수가! 어떻게 이런 일이?!"

오십 년 동안 한 번도 일어나지 않던 일이 일어난 것이다. 그녀가 그 토록 바라던 일이, 절대로 오지 않을 것이라 생각했던 일이 막상 눈앞 에 펼쳐지자 소취란은 자신도 모르게 눈물을 흘리고 있었다. 어쩐지 어제부터 계속해서 울고 있는 것 같았다.

"그자는?"

벌떡 일어서려던 소취란은 살을 째는 듯한 통증에 자신도 모르게 주 저앉았다.

"아얏!"

그러나 그녀의 얼굴에는 고통보다 환희의 빛이 떠올라 있었다.

생전 처음으로 자신이 여자라고 느껴졌다. 그리고 그걸 가능하게 해준 자는 미안하지만 아마도 죽었을 것이다. 그때였다.

"잘 잤어요?"

생소한 목소리가 덜컥 문을 열었다.

"누구냐?"

재빨리 옷가지로 몸을 가리며 살수를 전개하려던 소취란은 그만 멍해지고 말았다. 햇살을 등지고 서 있는 자는 분명히 죽었으리라 생각한 아삼이었다.

"너는? 너는? 죽지 않았느냐?"

"죽어요? 히히, 오히려 당신 덕분에 이렇게 건강해진걸요?"

아삼이 히죽 웃었다. 아니, 웃었다고 생각했다.

그의 모습은 정말 어제와 사뭇 달라져 있었다. 몸에 두르고 있던 천은 어느새 벗어버리고 어디서 구했는지 대오리를 얇게 자르고 잇대어 만든 대나무 적삼을 걸치고 있었다. 짓무르고 녹아내린 흉터 자국은 그대로였으나 손가락, 발가락은 떨어져 나간 자리에서 새싹처럼 돋아나고 있었다.

"이것 좀 봐요. 믿을 수 없는 일이 벌어졌어요. 당신은 선녀가 틀림없어요."

아삼의 말투도 변해 있었다. 누구에게나 존댓말을 하는 습성으로 소취란을 높여 부르고는 있으나 마음 한구석에는 그녀를 이미 아내라고 여기고 있었다. 기녀가 아닌 여자와 잠을 잔 것은 처음이었다.

하룻밤 사이에 죽음과 삶을 경험한 아삼은 새롭게 태어났다고 생각했다. 당연하다고 생각되었던 죽음이 사라지고 새 삶이 찾아왔다는 것을 알게 되자 아삼의 심경은 큰 변화를 일으켰다.

새벽이 되어 수탉의 울음소리를 들으며 잠에서 깨어났을 때 아삼은 온몸에 활력이 넘쳐흐른다는 것을 깨달았다. 고통은 사라졌고 상처에서는 새살이 빠르게 올라왔다. 그는 격정과 감격을 이기지 못하고 밖으로 뛰쳐나갔다.

달빛은 주위를 대낮처럼 밝히고 있었고 풀벌레 소리가 요란한 가운데 대숲을 지나는 바람의 노래가 귓전을 울렸다. 독으로 인해 뭉개진 그의 피부는 어느새 희미한 흉터만 남기고 있었다.

어떻게 된 일인지는 몰라도 상관없었다.

아삼은 주체할 수 없는 기쁨으로 환호성을 지르며 대숲을 몇 바퀴나 돌았다. 숨이 턱에 닿도록 뛰는 동안 세상과 유천복에 대한 원한은 서서히 사라져 갔다. 대신 그 자리에는 다시 태어나게 해준 소취란에 대한 애정이 충만하였다.

"이게 뭐냐?"

소취란은 아삼이 내미는 대나무 쟁반을 턱으로 가리켰다.

"여기서는 이것밖에 구할 수 없었어요."

아삼이 쟁반 위에 놓인 그릇의 뚜껑을 열자 향긋하고 고소한 냄새가 방 안에 가득 찼다. 그것은 김이 모락모락 솟아오르는 한 그릇의 국수였다.

"그, 그걸 사러 갔던 것이구나."

소취란은 어제 대숲 근처에서 오향장압을 팔던 사내 옆에서 단단면(担担麵)을 팔던 아낙이 있었음을 기억했다.

"다행히 내 손가락에 이런 것들이 박혀 있었지 뭐예요."

아삼이 내민 것은 몇 개의 보석들이었다. 독왕자가 사람들을 죽이고 빼앗았던 재물이었다.

소취란이 빤히 쳐다보자 아삼의 얼굴이 벌게졌다.

“어제는……?”

아삼은 미안하다는 말을 하고 싶었다. 그러다 문득 보니 소취란은 아직도 옷을 입지 않고 있었다.

그의 시선을 알아챈 소취란의 얼굴이 불을 끼얹은 것처럼 새빨개졌다.

두 사람의 머리 속에는 동시에 간밤의 일들이 떠올랐다.

“뭐 하느냐? 어서 나가거라!”

소취란이 소리를 지르자 아삼은 황급히 쟁반을 내려놓고 문을 닫았다.

“시, 식기 전에 먹어요. 식으면 맛없어요.”

대나무 문을 사이에 두고 여자는 오래도록 방문을 나서지 못했고 남자는 한참 동안이나 방문 앞을 서성거렸다.

＊　　　　＊　　　　＊

삼천교를 나와 촉으로 온 것은 왕 노대의 제의였다.

촉의 성도는 유천복의 모친인 유 부인의 고향이었다. 유 부인은 살아생전에 고향에 한 번 가보기를 소원했었으나 끝내 이루지 못하였다. 이를 안타깝게 생각한 유장추는 유 부인의 유골을 고향인 성도에 안치하고 자신도 죽으면 성도에 묻어달라고 입버릇처럼 말했던 것이다.

유장추가 죽기 전 성도를 들먹인 것은 이런 이유였다. 그걸 모를 리 없는 왕 노대였다. 게다가 경조부의 유가장이 망한 이후에 유장추는 왕 노대로 하여금 성도에 유가장을 짓도록 하였다. 언제 돌아올지 모르는 유천복을 위한 것이었다.

평생 장사꾼이었던 유장추의 안배에 따라 유천복은 비로소 유가장으로 돌아올 수 있었다.

"문주님은 언제까지 저렇게 넋을 놓고 계실지……."

오늘도 사당에서 나올 생각을 하지 않고 있는 유천복을 보며 팽총이 근심스럽게 말했다.

유장추의 상을 치른 뒤 유천복은 사당에 틀어박혀 꼼짝도 하지 않았다. 무애 대사와 이자오는 물론이고 육신단주들과 팽소연이 아무리 달래도 소용이 없었다.

"무지자, 나는 양 교주를 이해할 수 있을 것 같아. 그가 왜 세상에 미련이 없었는지. 나는 도덕적으로 타락한 사람을 용서할 수 없을 것 같았어. 하지만 말야, 지금 생각하니 그걸 가볍게 여기는 사람들을 용서할 수 없었던 것이지. 정말 사랑으로 죽을 것처럼 가슴이 아픈 것은 이해할 수 있을 것 같아. 아마도 양 교주는 양씨 부인이 없는 세상을 혼자 살아갈 수 없었을 거야. 혼자 남은 외로움을 견딜 수 없었겠지. 아버지가 어머니를 그리워한다고 생각해 본 적은 없었는데… 그런 줄도 모르고 난 불효자야……. 흑흑. 아버지, 용서하세요."

유천복은 유장추의 비참한 죽음을 자책하는 것으로 기력을 소진했다. 팽소연은 저러다 유천복이 중병이라도 들면 어쩌나 속이 타 죽을 지경이었다.

"문주님, 시장에서 백희(百戲) 공연을 한대요. 왕 노대가 말해 줬어요. 우리 구경 가요. 네?"

팽소연은 벌써 며칠째 유천복을 조르는 중이었다. 상복을 입은 채 제대로 먹지도 않아 바싹 야윈 유천복은 처연하기 이루 말할 수 없었다.

"전에 황학루도 못 보고 그냥 갔잖아요. 내 오늘은 반드시 문주님과 백희를 보고 말 거예요. 네, 가요."

유천복은 막무가내로 잡아끄는 팽소연의 손에 이끌려 마침내 사당 문을 나섰다.

"여기가 성도에서 가장 유명한 다관이래요."

팽소연은 유천복을 이끌고 성도에서 가장 큰 다관으로 들어섰다.

'아랑 언니와 만난 곳도 다관이었지.'

유천복은 기억하지 못했지만 아랑과 무지자는 서로에게 호감이 있었다. 만일 유천복의 정신이 돌아오지 않았다면 우는 사람은 아마 팽소연이었을지도 모른다.

'그랬다면 난 정말 살 수 없었을 거야.'

팽소연은 비록 유장추는 죽었지만 그로 인해 유천복이 제정신이 돌아온 것이 얼마나 다행스러운지 몰랐다. 유장추의 유언도 있고 하니 이제 혼례를 치르기만 하면 되는데 저렇게 넋을 놓고 있으니 그녀가 안달이 나는 것도 무리는 아닌 것이다.

"죽은 사람은 죽은 사람이고 산 사람은 산 사람이라고 했어. 개코 할아버지도 말했잖아, 죽은 사람을 잊으려면 산 사람과 사랑에 빠지는 것이 가장 좋다고."

여러 칸이 서로 트여 있는 다관은 밖의 처마와 맞은편 거리까지 이어져 있었다. 칸마다는 열두 개의 탁자가 있었는데 차를 마시는 손님으로 일찌감치 가득 차 있었다.

"와아! 정말 사람이 많지요. 전부 백희를 보러 온 건가 봐요."

미처 다관에 들어가지 못한 사람들은 삼삼오오 짝을 이루어 길가 나무 그늘 아래 앉아 있었다. 요행히 탁자를 차지한 사람들은 대나무 의

자에 기대앉아 한가하게 이야기를 나누고 있었다.

다관의 앞에는 동그랗게 공연을 할 수 있는 구란(勾欄)이 있었다. 팽소연은 다관 안에서 구란이 가장 잘 보이는 곳으로 유천복을 끌고 갔다.

왕 노대를 시켜 미리 자리를 잡아두길 잘하였다.

"이쪽이에요."

마치 말 잘 듣는 인형처럼 유천복은 팽소연이 시키는 대로 얌전히 따랐다. 오랜만에 바깥바람을 쐰 탓인지 눈에는 계속 눈물이 고여 흘렀다.

두 사람이 자리에 앉자 흰 천을 두른 차박사(茶博士)가 재빨리 다가왔다. 그는 나이가 조금 든 사내로 체구가 작고 눈치가 빨라 보였다.

차박사는 기민하게 왼손에 들고 있던 차선자(茶船子)와 찻잔을 탁자 위에 가지런히 놓은 뒤 오른손에 들고 있던 흑계파(黑鷄婆:구리 주전자)에서 물을 따르고 덮개를 덮었다.

"와아! 아주 잘하는군요."

팽소연은 차박사가 주전자를 유천복의 머리 위까지 들어 올렸음에도 물이 정확하게 찻잔에 떨어지는 것을 보고 박수를 쳤다.

칭찬을 듣자 차박사는 신이 난 모양이었다. 사람 좋은 웃음을 띠더니 팽소연을 향해 한쪽 눈을 찡긋했다.

"더 재미있는 것도 할 수 있답니다."

차박사는 뒤를 돈 뒤 주전자를 어깨 위로 돌려 팽소연의 찻잔에 끓는 물을 부었는데 역시 한 방울의 물도 탁자에 튀지 않았다.

게다가 보고 있지도 않은데 물이 가득 차면 오른손을 슬쩍 돌려 물이 떨어지지 않도록 하였다.

"어떻게 그렇게 할 수 있지요?"

신기한 듯이 팽소연이 묻자 그제야 유천복도 흥미가 생기는 모양이었다. 그걸 본 팽소연은 더욱 큰 소리로 차박사를 재촉했다.

"이 방법은 설화개정(雪花蓋頂)이라는 것으로 물이 손님에게 떨어지지 않게 하기 위한 방법이지요."

그리고는 옆 탁자에 앉은 손님에게도 같은 방법으로 찻물을 더 해주었다. 옆 탁자의 사내는 차박사에게 차를 잘 따르게 하려는 듯 몸을 살짝 틀다가 유천복과 눈이 마주쳤다.

"이게 누구요? 유 공자 아니시오?"

사내의 얼굴이 크게 펴지며 유천복의 손을 덥석 잡았다. 팽소연은 깜짝 놀라 그 사람을 보았다.

키가 훌쩍 크고 마른 사내는 만면에 웃음을 띠고 유천복의 손을 잡고는 위아래로 마구 흔들었다.

"나 모르겠소? 요 전날 태백거에서 만났던 소진이라오. 기억나지 않으시오?"

"소진 공자께서 아는 분들이셨군요."

차박사는 빙그레 웃으며 세 사람에게 가벼운 인사를 남긴 뒤 다른 손님에게로 달려갔다.

"나를 어찌 아오?"

드디어 유천복이 입을 열자 팽소연은 속으로 뛸 듯이 기뻐하였다. 조금만 더 있었다가는 유천복의 입속에 쳐진 거미줄을 걷어내야 할지도 모른다고 생각하고 있던 참이었다.

"이런, 그새 잊었소? 사흘이나 같이 동거동락한 사이면서……. 하하, 하긴 형편없이 취하는 바람에 제대로 인사도 못했으니. 그런데 어찌 된 셈인지 정신을 차리고 보니까 태백거가 박살이 낫지 뭐요? 나는 다행히 다친 곳이 없어 겨우겨우 이곳으로 돌아올 수 있었다오.”

이자는 바로 무룡이 요와의 일전을 끝내고 잠시 들렀던 황화변의 태백거에서 만난 소진이란 자였다.

추월로 변장한 소취란에게 홀딱 반해 무룡을 소취란의 남편으로 오해했었다.

그는 나중에 추월이 소취란으로 변한 것을 꿈이라 여기고 있었다. 술에 많이 취하기도 했거니와 추월이 그랬으리라고는 상상조차 할 수 없었기 때문이다.

소진은 원래 이곳 사람이었는데 오늘 우연히 유천복과 만나자 오랜 친구처럼 반가워하였다.

그들은 찻잔을 반듯이 놓고 찻잔 덮개의 틈새 사이로 차 향이 퍼지는 따뜻한 차를 한 모금 들이켰다.

“그런 일이 있었군요. 나는 전혀 기억에 없다오.”

유천복은 무룡으로 지냈던 때를 전혀 기억할 수 없었다. 소진이 이상한 듯이 쳐다보자 팽소연이 서둘러 말했다.

“문주님은 그동안 중병을 앓으셨어요. 게다가 요 근래 상을 당하셔서 지금 정신이 없으세요. 그래서 소 공자님을 잠시 기억하지 못하시는 거지요.”

소진이 애도의 뜻을 전하고 유천복이 감사를 표하느라 다시 시간이 얼마간 흘렀다.

“이건 꼭 배처럼 생겼어요.”

팽소연이 찻잔을 들어 올려 차를 마시다 받침을 보고 한 말이었다. 찻잔 받침에는 한가운데에 오목한 홈이 있어서 찻잔의 둥근 발을 내려놓기 좋은데 그 모양이 마치 배와 흡사하였다.

"모양이 배 같아서 차선자라 불리지요. 차선자에 얽힌 전설이 있는데 혹시 팽 소저는 들어본 적이 있소?"

"아니요."

"이건 원래 추월 소저가 해준 이야기라오. 그녀의 재기발랄함은 보기 드문 것이었는데 그날 이후로는 태백거에 오지 않는다고 하오."

소진은 실망한 듯이 말했다. 아직도 소취란을 잊지 못하고 있는 모양이었다.

"그런데 유 공자, 난 그날 아주 이상한 꿈을 꾸었다오. 추월이 소취란인가 하는 요녀로 변해 유 공자와 싸우지 않았겠소……."

소진에게서 간략하게 이야기를 들은 유천복은 추월이 소취란이라는 것을 알았다. 무시무시한 소취란을 잊지 못하는 소진을 보자 저도 모르게 웃음이 터져 나왔다.

"하하, 그녀도 아마 당신을 생각하고 있을 거요."

팽소연은 유천복의 기분이 점점 밝아지자 자신의 생각이 옳았음을 알았다. 역시 밖으로 나오기를 잘한 것이다.

"소 공자님, 어서 차선자에 대한 얘길 해주세요."

"당나라 덕종(德宗) 건중(建中) 연간에 서천 절도사 최녕(崔寧)이란 사람이 있었는데 그자의 딸이 차를 몹시 좋아하였다오. 그런데 그녀는 겁이 무척 많은 소저였소. 찻잔에 손을 델까 염려하여 항상 쟁반으로 찻잔을 받치도록 하였지. 그러다 보니 종종 찻잔을 엎지르게 되었소. 최 소저는 고민 끝에 밀랍으로 찻잔을 쟁반에 붙이게 하였다오. 최녕은 이것을 보고 무척 재미있게 여겨 목공에게 둥글게 옻칠을 한 찻잔 받침을 만들도록 시켰소. 최씨 부녀가 만든 이 새로운 다구로 손님을 대접하자 모두들 칭찬하며 너나 할 것 없이 이를 본따 받침을 만들었다고 하오. 나중에 솜씨 좋은 장인이 찻잔에 둥근 발을 덧붙이고 받침의 둥근 부분을 오목하게 만들어 차선자라는 이름이 붙게 된 것이오.”

소진의 얘기는 몹시 재미있어 백희 공연을 기다리는 지루함을 잊을 수 있었다.

별안간 밖에서 와 하는 소리가 들려왔다.

“공연이 시작되려나 봐요!”

팽소연이 몸을 창밖으로 내밀며 흥분한 어조로 소리쳤다. 그녀의 말대로 수십 명의 사람들이 구란으로 들어오더니 잠시 만에 구란에 천막을 치고 공연할 준비를 하였다.

우레와 같은 박수 소리가 들리자 우스꽝스러운 얼굴을 한 난쟁이가 주유파간(侏儒爬杆:장대 오르기)을 하는 것으로 공연이 시작되었다.

“와하하, 정말 잘 올라가네요.”

유천복이 문득 큰 소리로 웃었다. 그는 며칠 동안 식음을 전폐하고 슬픔에 젖어 있었는데 난쟁이의 재주를 보자 원래의 성격이 드러났다.

“저 난쟁이는 운남 사람이에요.”

팽소연이 아는 체를 하자 두 사내가 모두 의아해했다.

“어떻게 아오?”

“운남은 사시사철 푸르기 때문에 과일 나무가 많아 할머니조차도 나무를 잘 타지요. 난쟁이가 신은 신발 뒤축에 헝겊 조각을 달아놓은 것이 보이지요? 저것이 운남 사람들의 특징이에요. 새 신을 신을 때 헝겊 조각을 신 안에 대고 신으면 뻑뻑하지 않고 발이 잘 들어간답니다.”

팽소연은 말하는 동안에도 한쪽에서는 웃통을 벗은 거한의 역사거정(力士舉鼎:역사의 솥 들기)과 구상루구(球上壘球:공 위에 공 쌓기)가 행해졌고 다른 쪽에서는 투계포구(鬪鷄捕狗:닭싸움과 개 묘기)가 한창이었다.

"우리 이럴 게 아니라 밖으로 나가서 봅시다."

흥이 돋은 소진이 두 사람을 이끌고 다관 밖으로 나갔다.

각저(角抵:씨름), 파간(爬竿:장대 오르기), 주대승(走大繩:밧줄 타기), 찬화권(鑽火圈:불 굴렁쇠 빠져나가기) 등의 묘기가 차례차례 선보일 때마다 사람들은 감탄을 하거나 환호성을 내질렀다.

마희(馬戲:말타기)가 끝나고 마지막으로 환술(幻術:마술)을 펼칠 차례였다.

무리 중에서 일남일녀가 걸어나왔다. 얼굴이 매끈하고 잘생긴 마술사가 땅에 밧줄을 던지자 밧줄이 저절로 하늘로 올라가기 시작했다.

보고 있던 사람들은 침을 꿀꺽 삼켰다.

밧줄이 구름 속으로 사라지자 방긋이 웃고 있던 여자가 먼저 밧줄을 타고 올라가기 시작했다. 여자가 구름 속으로 모습을 감추자 이번에는 입에 칼을 문 마술사가 여자의 뒤를 따라 올라갔다.

팽소연은 유천복의 손을 꼭 잡고 있었는데 어느새 손바닥에 끈적끈적한 땀이 배어 나왔다.

"어떻게 될까요?"

팽소연이 소곤거렸다.

"나도 처음 보는 것이니 알 수 없소."

유천복도 밧줄에서 시선을 떼지 못하였다.

"으아악!"

갑자기 구름 속에서 처참한 여자의 비명 소리가 들려오자 사람들은 일제히 소리를 질렀다. 이어서 여자의 머리통과 팔다리가 각각 끊어진 채 바닥으로 후드득 떨어져 내렸다.

여자들은 일제히 비명을 지르고 쓰러졌으며 마음 약한 사내들도 얼굴이 새하얗게 변했다.

그러나 뒤이어 밧줄을 타고 내려온 마술사는 여자의 시체를 커다란 대바구니에 넣고 노란 부적을 빙 둘러 붙인 뒤 붉은 천을 씌우고 주문을 외웠다.

붉은 천이 서서히 위로 올라오기 시작하여 마침내 사람의 키만큼 커지자 마술사는 천을 확 열어젖혔다.

그러자 사지가 절단되어 죽은 여자가 요염한 미소를 지으며 마술사의 손을 잡고 밖으로 걸어나왔다.

"와아아아!"

장내가 떠나갈 듯이 사람들이 환성을 질렀다. 팽소연과 유천복도 손바닥이 아프도록 박수를 쳤다.

"굉장해요. 이런 것은 정말 처음 보았어요."

"흥! 이런 걸 보고 감탄하다니, 너는 거지였다면서 이런 환술도 보러 다니지 않았단 말이냐?"

뒤에서 감탄한 듯한 사내의 목소리와 쌀쌀맞은 여자의 목소리가 동시에 들려왔다. 팽소연은 여자가 싸늘한 척하지만 다정스런 기색이 묻어 있는 걸 눈치 채고 한 쌍의 연인이 틀림없다고 생각하였다.

그런데 그 순간 유천복과 소진의 얼굴이 이상하게 변하였다.

"아삼?"

"추월 소저?"

두 사람은 동시에 뒤를 돌아보았고 다시 동시에 펄쩍 뛰어 뒤로 물러섰다.

"무슨 일이에요?"

미처 움직이지 못한 팽소연은 가운데 서서 양쪽을 번갈아 쳐다보았다.

아삼과 소취란 역시 달콤한 기분에 젖어 있다가 유천복을 만나게 되자 한 걸음씩 물러섰다.

"유 공자님!"

서로를 노려보다가 먼저 입을 연 것은 아삼이었다. 그는 소취란과 즐거운 나날을 보내며 종종 유천복에게 미안하다고 생각하였다.

사람에게는 누구나 자기 몫의 행복이 있는 법인데 자기가 괜히 시기를 하였다고 느끼게 된 것이다.

소취란은 소취란대로 평생 처음 느껴보는 행복감에 싸여 자신이 소양으로 변할 수도 있다는 것을 잊고 있었다.

벌써 한 달째 아삼과 지내고 있었지만 한 번도 소양으로 변하지 않았던 것이다. 아삼도 예전의 모습을 거의 되찾아가고 있었다. 예전처럼 위력적이지는 않지만 마음만 먹으면 자신의 피로 하독을 할 수도 있게 된 것이다. 그는 이제 독왕자처럼 보이지 않았다.

"아삼, 어째서 그 요녀와 같이 있어?"

"추월 소저! 그자는 누구요?"

유천복과 소진이 또다시 동시에 물었다. 유천복은 아삼이 독왕자였다는 사실을 몰랐고 소진은 추월이 소취란이라는 것을 몰랐다.

유천복은 아삼이 자신을 중독시킨 기억과 소취란에 의해 천왕문의 지하로 떨어진 것만 기억해 냈다. 소취란이 얼마나 자기를 죽이려 하는지 잘 알고 있는 그로서는 천왕문에서와 같은 우를 범하지 않았다.

'소 누님은 개뿔, 이 요녀는 절대로 소양 형님과는 다른 여자라고!'

"이 요녀! 또 무슨 짓을 하려는 거냐?"

“호호, 바보들을 여기서 다 만나게 되는군.”

소취란은 매서운 눈으로 유천복을 흘겨보았으나 섣불리 공격하려 들지는 않았다. 그녀는 유천복을 무룡으로 알고 있어 혼자 상대하기에는 벅차다고 생각했다. 그는 전동과 마도사들 삼십 명으로도 잡을 수 없었던 고수인 것이다. 더구나 지금은 전보다 나아지기는 했지만 그래도 자신에게 불리한 낮이었고 아삼은 아직 완전히 낫질 않아서 독을 사용하기에 어려움이 있었다.

모처럼 백희 공연이 벌어진다기에 구경하러 나온 것인데 하필이면 유천복과 부딪치게 되다니… 소취란은 입술을 깨물었다.

잊고 있던 마림주의 명이 떠올랐다.

‘천비의 환생자인 유천복을 추살하라!’

아삼은 소취란의 살기를 느낄 수 있었다. 자신은 이제 유천복에게 원한이 없지만 유천복이 그녀를 해치려 한다면 두고 보지는 않을 것이다.

일촉즉발(一觸卽發)!

서로가 서로를 경계하며 금방이라도 손을 겨룰 것처럼 긴장하고 있었다.

그러나 사람들은 마술사의 공연에 정신이 팔려 아무도 이들에게 관심을 두지 않았다. 마술사는 이제 손님들 중 한 명을 청해 대바구니에 넣고 칼로 찔렀다가 다시 살려내는 마술을 펼쳐 보이고 있었다. 몇 사람이 무사히 바구니를 나오자 사람들이 저마다 한번 해보겠다고 나섰다.

“자! 이제 어느 분이 바구니에 들어가시겠습니까? 이런, 다들 하시겠다고 하니 제가 한 분을 모시지요. 그쪽의 소저가 좋겠습니다.”

“저요?”

팽소연은 마술사가 자신을 부르자 망설였다. 손을 내저으며 거절했으나 흥이 오른 구경꾼들의 손에 의해 바구니 속으로 들어가게 되고 말았다.

유천복은 팽소연이 바구니로 들어가는 줄도 모르고 있었다.

마술사가 칼로 바구니를 찌르고 바구니 속에서 다시 팽소연이 나타나자 사람들은 또다시 우르르 박수를 쳤다. 그리고 그녀가 사람들 사이로 모습을 감추었으나 누구 하나 유심히 보는 사람이 없었다.

“자, 오늘 공연은 이것으로 마칩니다.”

마술사의 말이 끝나자 공연은 끝났고 사람들은 아쉬워하며 뿔뿔이 흩어졌다.

다관의 이층에서는 차박사가 이 모든 것을 지켜보고
있었다. 그는 마술사의 바구니에서 나온 것이 진짜 팽
소연이 아니라는 것도 알고 있었다. 저 공연단은 뭔가
수상한 점이 있고 마술사는 더욱 그랬다. 동그란 눈을
가진 그 소저는 귀여웠지만 그뿐이었다. 그녀가 없어진
사실을 알려 유천복을 놀라게 하고 싶은 생각은 없었다.

유천복이 지금 다른 곳으로 가버렸다간 그가 기다리
던 사람이 또 허탕을 칠 것이기 때문이었다.

"흠, 이제 나타날 때가 되었는데. 그만큼 헛물을 켰으
니 이제는 잔뜩 약이 올라 있을 거야. 그나저나 정말 아
리송하군. 멍청한 걸 보면 홍묘아가 맞는 것 같기도 하
고 저 엄청난 얼굴을 보면 또 영 아닌 것 같고… 무공을

보면 정확히 알 수 있을 거야."

　차박사는 바로 지귀녀를 따라갔던 독갈이었다. 그는 천귀녀와 지귀녀가 유천복을 찾기 위해 경조부를 샅샅이 뒤지는 동안 지귀녀와 홍묘아의 공통점을 찾기 위해 노력했으나 허사였다. 두 명의 귀녀는 얼마 전에야 유천복이 성도에 있다는 걸 알아내어 성도로 왔고 독갈도 그녀들을 따라왔다.

　그런데 그의 모습은 삼천교에 나타났을 때와 사뭇 달랐다. 그때는 젊은 청년이었는데 지금은 나이가 지긋한 모습을 하고 있었다.

　독갈의 별호는 천면갈(天面蠍)이었다. 그 별호대로 그는 도문에서 가장 변장을 잘하는 도둑이었다. 의복과 도구를 이용해 변장을 하는 것은 한계가 있었다. 그러나 독갈은 태어날 때부터 뼈를 약간씩 움직일 수 있는 기이한 재주를 갖고 태어났다. 독갈은 그것을 하늘이 자신에게 내려준 축복이라고 생각했다. 물론 그 축복은 대도가 되기 위한 것이었다.

　사람의 눈이란 어리석어서 걸음걸이만 변해도 누군지 알아보지 못하였다. 하물며 키와 체격이 바뀌는 데야 마음만 먹는다면 누구도 그를 알아보지 못할 것이다.

　유천복이 전에 잠깐 부딪쳤던 자신을 알아볼 리는 만무했지만 습관적으로 변장을 한 것이었다. 일종의 직업병이었다.

　독갈의 또 한 가지 놀라운 재주는 기억력이었다. 그는 한 번 본 경관과 사람들의 얼굴은 아무리 세월이 흘러도 잊는 법이 없었다.

　그것은 도성으로서 반드시 갖추어야 할 능력이었지만 그중에서도 탁월한 것이었다.

　유천복과 소취란은 차 한 잔 마실 시간이 지나도록 서로를 째려보고 있었다.

아삼은 두 사람이 눈싸움을 하고 있는 것이 아닌가 생각할 정도였다.

소진은 다리가 아파 아예 자리를 잡고 앉았다. 그는 어렴풋이 태백에서 벌어졌던 일들이 꿈이 아닐지도 모른다고 생각하였고 그걸 확인하고 싶어졌다. 어쨌거나 추월은 그의 첫사랑이었던 것이다. 그런데 지금 보니 저 병약해 보이는 사내와의 사이가 보통이 넘어 보였다. 실연의 아픔을 하소연하기 위해 팽소연을 찾던 소진은 그제야 그녀가 없어진 사실을 알았다.

"팽 소저! 팽 소저!"

소진은 주위를 둘러보며 소리쳤다. 그러나 대답하는 이가 있을 리 만무했다.

"유 공자, 팽 소저가 사라졌소."

"뭐라구요?"

유천복이 깜짝 놀라 주위를 돌아보았으나 소진의 말대로 팽소연의 모습은 어디에도 보이지 않았다.

"소취란, 팽 소저를 어디로 데려간 것이냐?"

그는 소취란과 아삼이 팽소연을 납치한 것이 분명하다고 생각했다. 자신의 시선을 잡아두고 다른 사람들로 하여금 그녀를 납치하였을 것이다.

"유 공자님, 그녀가 한 짓이 아니에요."

아삼이 말했으나 유천복은 아삼의 말도 믿지 않았다.

"어서 팽 소저를 내놓거라!"

유천복이 일갈을 지르며 팽소연을 향해 달려들려 할 때였다. 하늘에서 시커멓고 육중한 덩어리가 쿵 하고 두 사람 사이로 떨어져 내렸다.

"이것들은 또 뭐야?"

소취란의 뾰족한 음성이었다.

말할 수 없이 추하게 생긴 두 명의 여자, 천귀녀와 지귀녀였다.

무룡에게 한쪽 눈을 찔려 애꾸가 된 천귀녀는 나타나자마자 유천복을 잡기 위해 덤벼들었다. 유천복은 황소처럼 달려드는 천귀녀를 피하느라 몸을 홀쩍 날렸다. 그러자 육중한 천귀녀의 몸집은 그대로 소진을 향해 덮쳐들었다.

"으아! 맞아, 꿈이 아니었어!"

소진은 두 팔로 머리를 감싸며 그때의 일이 꿈이 아니었다는 걸 확신했다. 천귀녀의 무지막지한 두 손이 소진을 묵사발로 만들려는 순간 소진의 몸이 가뿐하게 들려져 안전한 곳에 내려졌다.

"고맙소, 유 공자."

그는 유천복이 그때처럼 자신을 구한 것이 분명하다고 생각했으나 머리 위에 있는 것은 소취란이었다.

"추월 소저……."

순간 소진의 두 눈에 눈물이 핑 돌았다.

"나를 잊지 않고 있었구려."

"정말 멍청한 사내로군. 날 기억해서 어쩌겠다는 거냐?"

"난 한시도 당신을 잊은 적이 없었다오."

소진은 그녀가 무서웠지만 그래도 할 말은 해야 한다고 생각했다.

"혈매화 소취란은 지나간 것은 기억하지 않는다. 널 포함해서 기억할 만한 가치가 있는 남자는 하나도 없었지."

그 말을 듣고 있던 소진과 아삼의 안색은 똑같이 변했다. 그러나 소진은 할 말을 잃었고 아삼은 큰 소리로 외쳤다.

"그럴 리가 없어! 당신은 거짓말을 하는 거야!"

소취란의 표정은 흔들리는 듯했으나 이내 고개를 가로저었다.

"너도 마찬가지다. 어차피 여자와 남자는 영원히 서로의 적이야."

아삼은 소취란의 가슴속에 박힌 뿌리 깊은 증오가 무엇을 근거로 하는지 알지 못했다. 그러나 어이없는 이유로 유천복을 시기하고 질투했던 자신처럼 그녀도 잘못된 생각을 가지고 있다고 생각했다. 아삼은 소취란이 자신처럼 변하기를 바랐다. 증오란 거미줄처럼 자신을 옭매어 결국에는 모두를 파멸시키고 마는 무서운 병이라는 걸 아삼은 어렴풋이 깨닫고 있었던 것이다.

"틀려요. 남자와 여자는 서로 의지하는 거야. 나를 보라구요. 당신은 어떨지 모르지만 나는 당신이 아니었으면 벌써 한 줌의 썩은 물이 되었을 거라구요. 다른 사람은 몰라도 나에게 당신은 적이 아니라 평생 같이 있고 싶은 사람이에요. 당신을 볼 수 없게 된다면 난 이제 살 수 없을 것 같아요. 세상을 사는 의미가 없어요."

솔직한 아삼의 말에 소취란은 내심으로 크게 기뻤으나 한편으로는 이 모든 것이 두려웠다.

"너는 순간의 감정에 휩쓸린 것뿐이다. 지금 이 순간이 지나면… 지나면……."

그녀는 차마 자신도 그렇다는 말을 하지 못하고 더듬거렸다. 그리고 자신의 비밀을 알고 난 후에도 아삼이 한결같은 마음일까 불안하였다.

"제길, 그렇지 않다니까! 당신은 어떤 일에 대해서 바로 이것이다라는 확신을 가져 본 적이 있나요? 나는 당신을 놓칠 수 없어요! 지금 이 순간만은 당신이 아니면 안 돼요!"

"두 사람은… 아니, 그는 추월, 당신을 정말 사랑하는구려. 나는…
나는 저렇게 감동적인 말은 들어보지 못했다오. 당신은 그의 마음을
받아들이는 것이 마땅하오."

소진이 엄숙한 어조로 선언하듯이 말했다.

세 사람의 남녀가 서로 감상에 젖어 있는 동안 유천복은 천귀녀를
피해 계속해서 펄쩍펄쩍 뛰고 있었다.

"이 미친 여자가 왜 나만 따라다니는 거야?"

유천복은 천귀녀가 계속해서 무시무시한 공격을 펼치는 바람에 소
취란에 대한 것은 깡그리 잊어버리고 말았다. 기억력이 좋지 않은 것
은 예나 지금이나 변함없는 유천복이었다.

그러나 이제 막 서로의 마음을 확인한 한 쌍의 연인과 소진은 피비
린내나는 싸움에는 관심이 없었다. 아삼과 소취란은 애정이 담뿍 담긴
시선을 주고받았으며 감성이 예민한 소진은 두 남녀의 손을 꼭 쥐고
호쾌하게 말했다.

"자, 오늘은 내가 한잔 사겠소. 내 고향에 온 친구를 그냥 보낼 수는
없지. 갑시다. 유 공자도 그만 하고 어서 따라오시오. 군자는 자고로
아녀자들과 싸우는 법이 아니라오."

"소 형! 아삼! 소 아주머니!"

어느새 소취란까지 소 아주머니가 되어 애타게 불렀지만 대답없는
메아리였다. 유천복은 더 이상 생각할 여유도 없이 몸을 허공으로 솟
구치며 천귀녀와 지귀녀 사이로 비스듬히 날아 세 사람을 쫓아가려 했
다.

그러나 유천복이 움직이려는 방향은 귀신같은 움직임으로 지귀녀가
막아서 뜻을 이룰 수 없었다.

독갈은 여전히 다관의 이층에 있었다.

"옳지! 무영신법은 천하에서 가장 빠른 신법이라 할 수 있지. 도망가는 데만 발이 빠른 것은 아니거든. 하지만 저 멀대공자의 신법도 만만히 볼 것이 아니로구나. 아니, 그런데 왜 저 여자만 공격하는 거지? 저래서는 그녀인지 알아볼 수 없잖아."

홍묘아일지도 모르는 지귀녀는 오로지 유천복이 자리를 뜨려 하는 것을 막을 뿐 천귀녀와 힘을 합쳐 유천복을 공격하지는 않았다.

천귀녀가 휘두르는 주먹에 맞아 거리 양쪽의 건물들은 삽시간에 지진이라도 난 것처럼 기둥이 부러지고 벽이 부서졌으며 처마가 내려앉게 되었다.

"이것 봐요. 일단 말로 하자구요!"

유천복은 손을 내저으며 천귀녀를 진정시키려 하였으나 천귀녀가 말을 들을 리 없다. 매섭게 주먹을 뻗쳐 왔다.

쿠우웅!

주먹이 도달하지도 않았는데 산을 무너뜨릴 듯한 강기가 허공을 가르며 달려들었다. 유천복의 몸이 훌쩍 위로 오르더니 마치 바람에 떨어지는 낙엽처럼 수평으로 이리저리 흔들렸다.

보고 있던 사람들은 유천복이 마술을 부린다고 생각했다. 사람의 몸이 어찌 낙엽처럼 허공 중에 머물러 있을 수 있단 말인가.

그러나 유천복의 몸은 순간적으로 한없이 가벼워져 천귀녀가 일으키는 강기에 떠올랐던 것이다.

천귀녀가 잠시 머뭇거리는 사이 유천복은 발로 그녀의 등을 살짝 치고 떨어져 내렸다.

그 나름대로는 무서워서 피하는 것이 아니라는 걸 천귀녀에게 알려

주려 한 것이었으나 천귀녀가 그걸 알아들을 리 없었다.

어느새 골목 안은 구경하는 사람들로 꽉 차 있었다. 저잣거리의 사람들이 좋아하는 구경거리 중 하나가 바로 싸움 구경이다. 보통은 상인과 상인, 상인과 손님이 싸우는 일이 많았지만 지금처럼 남자와 여자가 싸우는 것이야말로 가장 재밌는 구경거리라고 할 수 있었다.

사람들은 저마다 제멋대로의 해석을 내놓았다.

"거참, 무시무시한 여자로군. 그런데 재주를 부리는 허여멀건 서생이 남편인가요?"

뻐드렁니의 남자가 말하자 기다렸다는 듯이 입이 툭 튀어나온 여자가 침을 튀겨가며 열변을 토했다.

"그렇대요! 생긴 걸 봐요. 꼭 기생오라비처럼 생겼지요? 저런 작자들은 꼭 인물값을 해서 불쌍한 여자를 울린다니까요. 남편이 첩도 모자라 호색질을 하니 큰마누라와 작은마누라가 화가 나서 나선 게지요."

"근데 큰마누라와 작은마누라가 어쩜 저렇게 쌍둥이처럼 못생겼누."

"그건 저 두 명이 자매 간이라 그래요. 저 남자는 뻔뻔스럽게도 자매를 모두 아내로 맞았던 거예요."

입이 튀어나온 여자는 마치 자신이 모든 것을 다 알고 있다는 듯이 떠벌려 댔다.

듣고 있던 유천복이 기가 막힌 것은 말할 나위도 없었다.

구경거리가 된다는 건 대부분의 경우 누구에게도 기분 좋은 일은 아니다. 게다가 이런 상황이라면 자신이 어떤 행동을 하더라도 죽일 놈이 되어버리고 마는 것이다. 유천복은 어떻게든 이 싸움을 빨리 끝내고 싶었다.

"팽 소저는 어디로 없어지고 이런 괴물 같은 여자들이 나타나 나를 괴롭힌단 말인가? 무지자, 너 대체 무슨 짓을 하고 다닌 거지? 설마 저 부인의 말처럼 이 여자들에게 몹쓸 짓을 한 건 아니겠지?"

사라진 무지자를 불러봤자 오지 않을 것은 당연했다. 그래도 유천복은 무지자가 일부러 대답하지 않는 것이라 생각하기로 했다.

그 순간 천귀녀의 쌍권은 이미 그의 가슴과 배 가까이에 이르러 있었다. 유천복은 다시 한숨을 내쉬며 소매로 천귀녀의 두 주먹을 감는 동시에 다시 한 번 몸을 뒤집어 무릎으로 그녀의 명치를 가볍게 걸어 찼다.

탁!

마치 돌부리를 걸어찬 듯한 느낌에 유천복은 고개를 갸웃했다.

"정말 이상하구나. 그녀의 몸이 쇠붙이라도 된단 말인가. 어째서 사람의 살이 이처럼 단단할 수 있지?"

천귀녀의 몸에 금강주가 씌어 있는 걸 알 리 없는 유천복이니 당연한 의문이었다. 시커먼 두 주먹이 차가운 한광을 발하며 연이어 유천복을 향해 짓쳐왔다. 그는 피하기만 할 것이 아니라 일단 여자를 제압한 뒤에 대화를 해야겠다고 생각했다.

"저런저런, 저자가 이제는 마누라를 대놓고 팰 모양이에요!"

입이 튀어나온 여자가 거품을 물며 유천복을 손가락질하였다.

찰나 흠칫한 유천복이 공격을 멈추었다. 쌍권은 고스란히 유천복의 몸에 격중되기 일보 직전이었다.

포태화를 일격에 죽였던 천귀녀의 연형권이었다. 벽과 기둥을 한 주먹에 무너뜨린 위력적인 주먹은 그러나 어쩐 일인지 허공에 반원을 그리며 돌아가 천귀녀 자신의 몸을 때리고 말았다.

이는 여환무단신공 중에 풍승귀안(風乘歸雁)이라는 일초식으로, 천귀녀의 주먹이 날아올 때 유천복이 손바닥으로 슬쩍 밀어 권의 방향을 틀어주었던 것이다.

천귀녀의 온몸에는 금강주의 주술이 걸려 있었다. 그녀의 주먹은 부수지 못할 것이 없고 온몸으로는 막아내지 못할 것이 없었다.

그러나 모(矛)와 순(盾)이 부딪쳤을 때 어떤 일이 일어날까?

퍼퍽!

돌끼리 부딪치는 듯한 소리가 들리며 주먹과 부딪친 천귀녀의 어깨에 불꽃이 확 피어올랐다. 이는 화섭자를 일으키는 원리와도 같은 이치였다.

화르르.

불꽃은 금방 천귀녀가 입고 있던 옷에 옮겨 붙었다. 화염에 휩싸인 천귀녀가 손발을 버둥거리며 이리저리 움직이자 불은 여기저기 옮겨붙어 이내 큰 화재가 났다.

"이를 어째, 큰마누라가 타 죽게 생겼네. 빨리 불을 꺼요!"

사람들은 비명을 지르며 메뚜기처럼 사방으로 튀어 달아났다. 유천복은 깜짝 놀라 급히 입고 있던 적삼을 벗어 천귀녀의 온몸을 감싸 바닥에 쓰러뜨린 뒤 불을 껐다.

다행히 불이 쉽게 꺼지자 그는 안도의 한숨을 내쉬었다.

사람들도 남편이 구제 못할 파락호는 아니라 여겼는지 여기저기서 그만 하라는 소리가 들려왔다.

"그만 화해하시오. 부부 싸움은 칼로 물 베기라지 않소."

"이제 더 이상 날 공격하지 않겠지."

유천복도 같은 생각이었다. 그러나 천귀녀의 생각은 다른 것이 틀림 없었다. 불에 타 너덜거리는 옷을 걸친 천귀녀는 일어서자마자 주먹을 날려왔다.

"이크! 정말 미쳐도 단단히 미친 여자구나."

그런데 천귀녀의 몸에는 군데군데 하얀 얼룩이 생겨 있었다. 바로 약선이 써놓았던 금강주가 뜨거운 열기에 녹아 부분적으로 지워졌던 것이다.

금강주가 지워지자 천귀녀의 위력은 전만 못하게 되었다. 유천복은 그녀의 주먹을 피해 왼손으로 땅바닥을 짚으며 발로 그녀의 오른쪽 다리를 힘차게 가격했는데 공교롭게도 그곳은 바로 금강주가 지워진 부분이었다.

으지직!

뼈가 부러지는 소리와 함께 천귀녀는 일순 중심을 잃고 기우뚱거리며 오른쪽으로 쓰러졌다. 다리뼈가 으스러진 것이다.

"이때다!"

유천복은 한 모금의 숨으로 십여 장이나 훌쩍 뛰어 소진 일행이 사라진 쪽으로 내달렸다.

얼마 가지 않아 호탕하게 술을 마시고 있는 세 사람을 발견하게 되었다.

"어? 유 공자, 이제 오시오?"

술이 얼큰하게 오른 소진이 반색을 하며 유천복을 잡아끌어 자리에 앉혔다.

"팽 소저는? 팽 소저는 찾았소?"

"그녀는 집에 갔을 테지요. 설마 무슨 일이 있겠소. 그건 그렇고, 유 공자도 이 한 쌍의 부부를 어서 축복해 주시오. 이 사람이 두 분의 중매를 서기로 했다오. 이 술은 바로 두 사람의 합환주(合歡酒)요."

즐거워 보이는 소진의 맞은편에는 얼굴이 붉게 물든 소취란과 아삼의 다정한 모습이 있었다.

유천복은 어쩌다 아삼이 소취란 같은 요녀의 꾀임에 빠졌는지 걱정하였으나 지금 보니 소취란 역시 행복한 표정이었다. 아무리 머리를 굴려보아도 그간에 어떠한 일이 벌어졌는지 알 수 없었다. 유천복은 떨떠름한 얼굴로 술잔을 들어 한입에 털어 넣었다.

"앗! 유 공자, 그녀가 누구요?"

소진이 소리쳤다. 어느새 유천복의 뒤에 귀신같이 지귀녀가 와 있었다.

"정말 끈질긴 여자들이구나."

기가 막힌 유천복이 고개를 절레절레 흔들었다. 천귀녀의 다리가 부러져 빨리 쫓아오지 못하자 지귀녀가 혼자 유천복을 따라온 것이다.

소취란은 소진이 혼자서 떠드는 소리가 가히 싫지 않았다. 아니, 속으로는 은근히 그가 혼례를 주선했으면 하는 마음조차 있었다.

그래서 유천복이 나타났을 때도 그런대로 참으려 하였다. 그런데 지귀녀까지 나타나 흥을 깨자 얼굴색이 확 변했다.

"이 자리는 너희 같은 것들이 소란을 일으킬 만한 곳이 아니다."

소취란이 싸늘하게 말하며 지귀녀를 향해 쌍장을 날렸다.

퍼엉!

전광석화처럼 빠른 공격이었으나 지귀녀의 몸은 마치 누가 뒤에서 잡아끌기라도 하듯 주르륵 밀려나 아슬아슬하게 장력을 피하였다.

"흥! 제법이구나. 어디 이것도 한번 막아보거라!"

화가 치민 소취란이 벌떡 일어나더니 계속해서 쌍장을 휘둘렀다. 그러나 지귀녀는 간발의 차로 소취란의 공격을 모두 피해내었다.

"소 소저!"

아삼이 당황하여 소리쳤다. 그는 저러다 소취란이 저 흉악한 여자의 손에 다칠까 걱정이 되었다. 아삼이 열 손가락을 떨치자 검은 기운이 손끝에서 뻗어 나왔다.

아삼이 독을 뿜어냈던 것이다. 순간 비릿한 향이 퍼지며 소진은 머리가 어찔하여 그만 탁자에 머리를 쿵 박고 말았다. 그러나 지귀녀는 아삼의 공격마저도 가볍게 피해 버렸다.

"헉!"

작은 외침이 들리더니 그사이 어디선가 나타난 사내가 눈 깜짝할 사이에 지귀녀를 안고는 한줄기 바람처럼 사라졌다.

그 신법이 어찌나 빠른지 마치 한 대의 검은 화살이 스쳐 지나가는 것 같았다.

"엄청난 신법이로구나."

유천복은 순간적으로 사내의 힐끔 드러난 얼굴을 알아보았다. 그는 바로 다관에서 보았던 차박사가 아닌가.

독갈은 지귀녀가 소취란의 공격을 피하는 방법을 보는 순간 그것이 홍묘아의 무영신법이 틀림없다고 확신했다. 그러나 저대로 두면 발만 빠른 홍묘아는 저들의 손에 맞아 황천행이 될 것이 뻔했다. 그는 자신의 신법에 자신이 있었으므로 설마 유천복이 알아볼까 하였으나 유천복의 안력 또한 경지에 이르러 있었다.

"내 저자를 쫓아가 어쩐 연유로 날 공격하는 것인지 물어봐야겠다.

혹시 팽 소저도 저들 손에 잡혀 있는 것이 아닐까?"

더 깊게 생각할 필요도 없었다. 생각이 팽소연에게 이르자 유천복은 벌떡 일어나 쏜살같이 독갈의 뒤를 쫓아갔다. 독갈의 신법이 화살과 같다면 유천복의 신법은 밤하늘에 가로지르는 유성처럼 보였다.

"이것들이 나를 우롱하는구나."

소취란은 입술을 깨물었다. 혈매화라는 석 자는 지난날 무림에서 공포의 대상이었다. 그러나 지금 저들이 자신을 아랑곳하지 않고 안하무인으로 행동하자 그녀의 호승심은 바짝 불이 붙었다.

"여기서 기다려라."

그녀는 아삼에게 한마디를 남기고 유천복의 뒤를 쫓기 시작했다.

"상관하지 말고 돌아와요!"

아삼은 안타까운 듯이 소리쳤다. 그러나 그녀의 모습은 이내 시야에서 사라져 버렸다.

독갈은 자신의 무영지경(無影之境)을 따라오는 자가 있으리라고는 생각도 못하였다. 그런데 머리 뒤에서 쉭쉭 바람 소리가 들려왔다. 뒤돌아보자 바로 뒤에 유천복과 소취란이 쫓아오고 있었다. 그는 간담이 서늘하였다.

"과연 천외천(天外天)이군. 무영신법보다 빠른 것은 없는 줄 알았더니 도수의 말처럼 세상에는 정말 모래알처럼 많은 고수들이 있다는 것을 깜빡 잊었다."

독갈은 끝내 발을 멈출 수밖에 없었다. 앞쪽에 흰옷을 입은 여자가 길을 가로막고 있었던 것이다. 그대로 뛰어넘으려 하는 순간 여자가 장력을 들어 그를 치며 말했다.

“멈춰라!”

지귀녀를 안고 있어 행동이 자유롭지 못한 독갈은 여인의 장력을 피하지 못하였다.

“제기랄.”

지귀녀를 내려놓자마자 가슴으로 향긋한 바람이 밀려들었다.

‘윽! 이게 뭐야?’

잠시 뒤 도착한 유천복은 길 한복판에 세 명의 여자와 차박사가 서 있는 것을 보았다. 그중 한 여자는 유천복이 잘 아는 사람이었다.

“능 소저!”

능초영은 유천복을 보자 싸늘한 미소를 지었다.

“오랜만이네요, 유 공자.”

“정신이 돌아왔구려? 다행이오, 정말 다행이오.”

유천복은 다른 사람들로부터 능가 부녀에 대한 이야기를 전해 들었다. 천왕문에서 소취란에게 쫓겨 그녀를 지켜주지 못한 것이 미안했다.

“의형께서는 잘 계시나요?”

능초영이 묻고 있는 것은 도비류였다. 서릿발처럼 차가운 음성이었다.

“그, 그건, 형님께서는 요녀의 사술로…….”

도비류가 능운겸을 살해했다는 것에 생각이 미친 유천복은 당황하여 말을 더듬었다.

“요녀의 사술이라고요? 그대의 우형이 미친 것처럼 보이던가요?”

능초영의 말은 정곡을 찌르고 있었다. 다들 도비류의 신지는 멀쩡해 보인다고 하였다. 그는 그 자신의 의사로 백리향을 따르고 있는 것이고 능초영은 그걸 알고 있었다.

물론 그 사이에 약선이 부린 잔재주가 끼어 있음을 두 사람은 알 턱이 없었다.

"그런데 그녀들은 천왕문의 사람들이었소?"

유천복은 그제야 능초영의 뒤에 서 있는 천귀녀와 지귀녀의 모습을 발견하였다. 한쪽 옆에는 차박사가 어색한 몸짓으로 서 있었다. 금방이라도 앞으로 고꾸라질 듯이 보였다.

독갈은 달리던 그대로 능초영의 연환장을 맞았고 멈추라는 명령을 들었다. 그래서 저런 이상한 몸짓으로 멈춰 서고 만 것이었다.

"그녀들이 내 사람인 게 무슨 상관이지요?"

이미 천금손가에서 능초영의 차가운 태도를 접한 적이 있는 유천복이었다. 그래서일까? 유천복은 할 말이 없어 머뭇머뭇거렸다.

"아, 미안하오. 나는 그저 그들이 팽 소저에 대한 것을 알고 있지 않을까 하여 쫓아왔던 것뿐이오."

"그대 형제들은 항상 뻔뻔하군요. 천귀녀를 저렇게 만들어놓고 미안하다고만 하면 되는 거군요. 그대의 의형도 그러더니 그대 또한 마찬가지예요. 사람을 죽여놓고도 미안하다는 말 한마디면 모든 것이 다 용서된다고 생각하겠지요?"

그녀의 말은 한마디 한마디가 비수처럼 예리했고 원독에 가득 차 있어 유천복은 식은땀이 흐를 지경이었다.

"능 소저, 그것은 그녀들이 먼저……."

"변명은 듣고 싶지 않아요. 그대들이 마음대로 하듯이 나도 이제는 내가 원하는 대로 할 테니까요."

능초영은 말을 마치더니 더 이상 보고 싶지 않다는 듯이 휙 몸을 돌리며 말했다.

"잡아라."

그러자 천귀녀, 지귀녀는 물론이고 차박사까지 유천복에게 달려들었다.

천귀녀는 부러진 다리가 아프지도 않은지 절룩거리며 달려왔고 반대 편에서는 차박사, 아니, 독갈이 덤벼왔다. 유천복은 능초영을 생각하자 세 사람을 공격할 수 없었다. 아니, 그러지 않더라도 공격할 마음이 없었다. 그저 세 사람의 손을 피하기에 급급하였다.

유천복이 천귀녀와 지귀녀의 주먹을 아슬아슬하게 피하며 동시에 달려드는 독갈을 피해 몸을 허공으로 숫구치려는 순간이었다.

별안간 능초영이 전광석화처럼 유천복에게 장력을 뻗쳐 내었다. 설마 능초영이 자신을 공격할 것이라고는 꿈에도 생각지 못한 유천복은 공중에서 몸을 뒤집어 장력을 피하려 하였다. 그러나 끝내 펑 하는 소리와 함께 연혼장을 맞고 말았다. 유천복은 그대로 땅으로 추락하여 일어서지 못하였다.

"되었다."

능초영의 입가에 야릇한 미소가 걸렸다.

"따라오너라."

그러자 이남이녀는 밧줄에 묶인 것처럼 일렬로 서서 능초영을 따라 갔다.

조금 떨어진 곳에서 이 광경을 보고 있던 소취란은 능초영의 요상한 무공에 호기심이 생겼다.

"전에 보았을 때는 저런 모습이 아니었는데…… 유천복이 그녀를 당해내지 못하다니 내 눈으로 보고도 믿을 수 없구나."

다섯 사람은 바람처럼 내달려 이윽고 소나무가 많은 작은 가산에 당도하였다. 소나무 사이에는 작은 누각이 한 채 있었는데 능초영은 그곳으로 들어갔다.

"저곳이 대체 어디지?"

뒤쫓아온 소취란은 안력을 돋우어 입구에 걸린 현판을 쳐다보았다.

음양각(陰陽閣).

음양이라는 말에 소취란의 눈썹이 바짝 치켜 올라갔다.

"누군지는 모르지만 죽일 놈인 것은 분명하구나."

소취란은 숨을 깊이 들이쉬며 번개같이 음양각의 처마 밑으로 몸을 솟구쳤다. 그녀는 소나무 가지 하나를 꺾어 혹시 있을지 모를 함정에 대비하였다. 여기저기 땅을 짚어보았으나 아무 이상이 없자 그녀는 처마 밑의 작은 창문 밑으로 걸어갔다.

"추아, 데리고 왔느냐?"

늙수그레한 음성이 들려왔다.

약선은 능초영이 나간 지 두 시진도 안 되어 유천복을 잡아오자 크게 기뻐하였다.

"역시 너는 내 기대를 저버리지 않는구나. 그런데 저놈은 누구냐?"

그곳에서 독갈이 뻣뻣한 모습으로 서 있었다.

능초영은 아까와는 달리 함박웃음을 지으며 약선의 곁으로 갔다. 삼천교를 나온 뒤 능초영은 약선이 수옥을 어디다 숨겼는지 알아내기 위해 갖은 수를 다 썼으나 약선은 그것만은 알려주지 않았다.

"저도 모르겠어요. 지귀녀를 안고 오길래 함께 데려온 것뿐이에요."

실내에는 작은 방 두 칸이 있었는데 약선이 있는 방에는 여러 가지 이상한 것들과 약초들이 잔뜩 있었다. 소취란은 그것들로 미루어 이 늙은이가 의원이라는 것을 짐작하였다.

약선의 재주가 놀랍기는 하였으나 그나 능초영 둘 다 창밖에 숨어 있는 소취란의 기척을 알아채지 못하였다.

"킬킬, 너는 내가 이자에게 무엇을 물어보려 하는지 궁금하지 않느냐?"

능초영은 전부터 그것이 궁금했으나 입 밖으로 내지는 않았었다. 그러나 지금 약선은 유천복이 그가 원하는 대답을 해줄 것이라 기대한 탓인지 평소보다 흥분해 있었다.

"시간도 많으니 네게 들려주마. 이곳이 왜 음양각인지 아느냐?"

능초영이 고개를 좌우로 흔들었다.

"그럼 연환장에 무슨 독이 쓰이는지는 알고 있느냐?"

"할아버지가 음양현독이라 하셨잖아요."

"그렇지, 그렇지. 그 음약현독이라는 놈은 내가 정말 우연히 발견하게 된 것이다. 바로 그 독이 지금의 나를 있게 해주었다고 할 수 있지."

"어떻게요?"

능초영은 할아버지에게 옛날이야기를 듣는 손녀처럼 귀여운 얼굴로 물었다.

"킬킬. 나는 어려서부터 의술에 미쳐 있었다. 새로운 의술을 개발해내는 것에 희열을 느꼈지. 그러다 보니 차츰 명성이 알려졌고 사람들이 찾아들었다. 그중에는 뱃속의 아이가 여자인지 남자인지 궁금해하는 산모들이 유독 많았는데 나는 태아의 성별을 바꿀 수 있는 획기적인 방법을 알게 되었다. 삼 개월 이전이라면 태어나는 아이의 성별을 마음대로 정할 수 있다는 것을 어느 비급에서 보게 되었지. 그 비급은 삼백 년 전 광의(狂醫)라는 자의 일기 같은 것이었다. 그는 평생 동안 불로장생의 비술을 연마해 왔다. 그의 일기 속에 있던 내용들은 의술을 익힌 자라면 누구나 꿈꿔오던 것들이지. 나는 엄청난 충격에 사로잡혔다. 그리고 거기에 써 있는 것이 사실인지 실제로 해보고 싶은 충동이 일었지. 그때 나는 한 여자를 알게 되었고 그녀는 곧 내 아이를 갖게 되었다. 만일 그녀가 쌍둥이를 임신하지만 않았어도 그런 생각은 하지 않았을 텐데… 광의의 책에는 쌍둥이를 한 사람으로 태어나게 하는 음양쌍혼일체라는 대법이 적혀 있었다.”

그때 밖에서 핫! 하는 소리가 들렸으나 얘기에 열중한 두 사람은 알지 못하였다.

“나는 광의의 책에 쓰여진 방법을 써보았다. 그 방법대로라면 쌍둥이는 여자와 남자의 성질을 다 가진 한 명의 아이로 태어나게 될 것이고 불로불사의 몸을 갖게 될 것이었다. 그러나 애석하게도 나는 그 아이가 태어나는 것을 볼 수 없었다. 적들이 나를 찾았고 도망치는 와중에 광의의 일기도 그만 잃어버리고 말아 두 번 다시 그 같은 실험을 할 수 없게 되었다. 기억에 남아 있는 방법으로 후에 다시 시도해 봤지만 태어난 아이는 번번이 죽어 있었다. 어쩌면 그 아이들도 이미 죽었을 게야. 하지만 다행히도 내가 사용한 약이 강력한 최면의 효과가 있다는 것을 알게 되었지. 그것은 그전에 사용하던 어떤 것보다도 강한 독이었다. 그것이 바로 음양현독이고 오늘날의 약선을 있게 한 것이지.”

“그런데 유 공자는 왜 데려오라고 한 것이지요?”

“저놈이 음양인에 대해 알고 있다고 했단다. 기대는 하지 않지만 말을 들은 이상 확인해 보지 않을 수 없다.”

소취란은 약선의 말이 끝날 때까지 기다릴 수가 없었다. 그녀는 창문을 박차고 들어갔다.

외장창 창문이 깨어지는 소리에 약선과 능초영은 소스라치게 놀랐다.

그곳에는 머리카락이 모두 일어서고 눈에는 핏발이 서 있는 소취란이 서 있었다. 소취란의 모습을 한 번 본 적이 있는 능초영의 얼굴이 새파래졌다.

"혈매화 소취란."

그러나 소취란의 시선은 오직 약선에게만 향해져 있었다.

"네놈이었구나! 네놈이었어! 오십 년 동안, 오십 년 동안이나 네놈을 찾아 헤맸다!"

"오십 년?"

약선은 무슨 말인지 몰라 인상을 찌푸리다가 문득 무릎을 탁 쳤다.

"혹시? 혹시 너는……?"

그의 머리에 어떤 생각이 떠오르자 그는 돌연 부르르 떨며 환희에 찬 표정으로 벌떡 일어섰다.

"너는, 너는 소씨 성을 가졌구나?"

"그래! 바로 네놈이 소선(蘇善)이라는 더러운 악마 놈이었구나!"

소취란의 표정이 무섭게 일그러졌다.

약선은 소취란이 방금 전에 말했던 음양쌍혼일체대법으로 태어난 자신의 딸이라는 것을 알게 되자 뛸 듯이 기뻐하였다.

"죽지 않았구나. 죽지 않았어. 성공했던 거야. 그래, 네 오라비는 네 속에 있느냐?"

그는 자신의 기쁨에 사로잡혀 묻지 말아야 할 것을 묻고 말았다. 그 것은 단순하게 의술을 연구하는 사람이 그 결과를 보고 싶어하는 일종 의 본능과도 같은 것이었다.

약선은 두고두고 그 결과를 보지 못한 것을 안타까워했던 것이다. 이제 소취란의 모습을 보자 그는 자신의 생각이 맞았고 실험이 훌륭하게 완성되었다는 희열을 감출 수가 없었다.

"너희는… 너희는 어떻게 대화를 하느냐? 잠깐만? 지금은 보름이 지났는데… 어째서 너는 아직 계집인 것이냐?"

약선은 순간 자신의 실험이 실패하였다고 생각했다.

"네 어미는 쌍둥이를 낳은 것이냐? 그럴 리가 없다! 그럴 리가 없어! 분명히 태아는 하나로 합쳐졌다!"

고통에 찬 신음 소리가 들려왔다. 그것은 소취란의 것이었다.

그녀는 그래도 약선이 한순간이나마 자신을 딸로 여겨주길 바랬다. 그러나 약선에게 중요한 것은 실험의 성공 여부였다.

"죽어라."

소취란의 손이 하얗게 빛나며 약선의 가슴을 꿰뚫으려는 찰나 능초영이 소리쳤다.

"저 요녀를 죽엿!"

능초영의 말에 유천복과 독갈, 천귀녀와 지귀녀는 일제히 소취란을 향하여 달려들었다.

소취란은 얼음 같은 기운을 펄펄 날리며 말했다.

"오냐! 모두 덤벼라! 전부 황천길로 보내주마!"

약선은 한쪽 구석으로 몸을 피했다.

"추아, 그녀를 죽이지 말거라. 물어볼 것이 많으니 죽이면 안 된다."

소취란의 머리카락은 삽시간에 한 발이나 늘어나더니 마치 수백 개의 화살처럼 네 사람을 향하여 쏘아져 갔다.

유천복은 원래 먼저 사람을 공격하는 법이 없었으나 지금은 오로지 능초영의 말에 복종해야겠다는 생각뿐이었다. 그러자 여환무단신공을 모두 펼칠 수 있게 되었다.

환골탈태했다고는 하나 지금까지는 무룡이 싸운 것이고 유천복 자신은 아까 천귀녀를 상대해 본 것이 전부였다. 그러다 보니 머리 속에 있는 신공절학을 펼치는 것이 여전히 익숙지 않았다.

소취란의 머리카락은 삽시간에 세 사람을 꽁꽁 묶어버리고 유천복을 향해 일제히 뻗어갔다.

유천복은 반사적으로 방문을 부수며 단숨에 십여 장을 뒤로 물러났다.

"드디어 유천복, 네놈을 사생결단 낼 수 있게 되었구나."

소취란은 세 사람을 묶고 있던 머리를 끊어버리고 유천복의 뒤를 쫓았다.

그 뒤를 삼귀녀와 독같이 쫓았으나 힘이 미치지 못하는지라 두 사람이 멀어지는 것을 지켜볼 따름이었다.

"추아, 어서 쫓아라. 저 두 사람을 놓치면 안 된다. 반드시 잡아와야 한다. 어서!"

약선은 행여 간신히 잡은 실마리를 놓치게 될까 봐 발을 동동 굴렀다.

유천복은 소취란이 다가올 때까지 기다렸다가 백학이 날아오르듯 수직으로 솟구치더니 눈 깜짝할 사이에 그녀의 머리 위까지 도달하였다.

멀리서 이 모습을 보고 있던 능초영은 유천복의 무공에 감탄하였다.

"아니, 유 공자의 신법이 불과 일 년 사이에 어찌 저런 경지에 이르렀단 말인가? 저것도 복령을 먹었기 때문인가?"

복령이라는 말을 하고 나자 또다시 도비류 생각에 그녀는 피가 나도록 입술을 깨물었다.

유천복은 소취란의 머리를 향해 어마어마한 장력을 연속적으로 뿜어내었다.

소취란은 화급한 마음에 달리던 여세를 몰아 앞의 숲 속으로 뛰어들었으나 유천복의 장력을 완전히 피하지는 못하였다.

어른 허리통만한 나무들이 연이어 쓰러졌고 그녀 자신도 어깨와 등에 연거푸 장을 얻어맞고 수장 밖으로 나가떨어졌다.

소취란은 어금니를 꽉 깨물었다. 낮에도 무공을 펼칠 수 있도록 그동안 부단히 노력해 왔다. 그런데 유천복과 이렇게 차이가 나다니… 대체 유천복의 무공이 어느 정도란 말인가?

'내 팔령주를 비웃었더니 과연 그의 말이 과장이 아니었구나!'

그녀가 나무를 피해 땅바닥을 뒹굴고 있을 쯤에야 뒤를 따라온 삼귀녀와 독갈이 덮쳐들었다.

"흥! 이제는 개나 소나 다 덤벼드는구나!"

천귀녀의 일권이 아무리 강하다 하나 그 정도를 피하지 못할 소취란이 아니었다. 능초영도 연거푸 연환장을 뿌리며 소취란을 잡으려 하였으나 소취란은 커다란 나무들을 적절히 사용하여 그녀의 장력을 피해내었다.

"재수가 없는 날이 분명하구나. 그러나 이 자리를 피할 수만 있다면 내 두 번 다시 같은 실수는 하지 않으리라."

소취란은 이를 갈았다. 그녀의 무공은 일류고수 중에서도 일류에 속해 있었다. 그러나 지금은 낮이어서 팔 할 정도의 무공밖에는 펼칠 수 없어 삼귀녀의 합공과 독갈의 공격에도 쩔쩔매었다. 그녀의 무공은 저들보다 한 수 위였으나 신법만은 독갈과 비슷하여 그의 시야를 피하지 못하게 되자 상황은 더욱 어려워졌다.

싸움은 점점 치열하게 전개되었다. 유천복은 한 손으로는 묵검을 휘두르고 다른 손으로는 장력을 뿌리며 소취란이 숨 쉴 틈도 없이 공격해 들어왔다.

콰쾅!

유천복의 장력이 떨어지는 곳마다 굉음이 울려 퍼졌다. 유천복은 시간이 지날수록 점점 무시무시한 공격을 펼쳤다.

소취란은 유천복의 공격을 피해 뒤로 이 장이나 날아갔다. 그러나 떨어진 곳이 공교롭게도 천귀녀 앞이었다. 천귀녀는 망설이지 않고 쌍권을 들어 소취란을 내려쳤다.

태산 같은 힘이 달려드는 것을 느낀 소취란은 거의 본능적으로 상체를 옆으로 굴리며 젖 먹던 힘을 다해 손을 휘둘렀다. 천귀녀의 쌍권이 소취란에게 적중된 것과 소취란의 쌍장이 천귀녀를 후려친 것은 거의 동시였다.

소취란은 허리가 끊어지는 듯한 통증에 기절할 것 같았다. 그녀의 왼손은 천귀녀의 옆구리를 꿰뚫고 있었다. 천귀녀는 아까 유천복과의 싸움으로 금강주의 주문이 군데군데 지워졌는데 옆구리도 그중 한 곳이었다. 붉은 선혈이 사방으로 튀고 두 여자는 그대로 얽혀든 채 땅바닥을 굴렀다.

"캬아아아!"

옆구리가 꿰뚫린 천귀녀는 처음으로 비명을 내지르며 괴로워하였다.

능초영은 이때가 절호의 기회라 생각하여 몸을 날리며 소취란을 향해 연환장을 십여 장이나 발출하였다. 소취란은 후퇴할 생각도 하지 않고 그대로 천귀녀의 옆구리에 손을 박은 채 천귀녀의 몸으로 연환장을 막아내었다.

금강주가 깨어진 천귀녀는 서서히 옥청화로 되돌아갔다. 남아 있는 한쪽 눈에서 쉴 새 없이 핏물이 흘러내렸다. 그녀는 소취란의 쌍장에 옆구리가 관통되는 순간 정신이 돌아왔던 것이다.

소취란은 그녀 뒤에서 숨을 고른 뒤 비호같이 몸을 뽑아내어 달려온 쪽과 반대쪽으로 달아나려 하였다. 일단 이곳을 피하려는 것이다. 그러나 유천복은 그녀를 그대로 가도록 내버려 두지 않았다. 번개같이 그녀의 뒤를 따라가며 장풍을 날렸다. 장력은 고스란히 소취란의 등에 격중되었다.

"으윽!"

억눌린 듯한 비명 소리가 소취란의 입에서 터져 나왔다. 그녀는 이제 비명을 지를 기력조차 없었다. 이미 천귀녀의 쌍권으로 내장이 상한 상태에서 다시 유천복의 장풍을 맞자 소취란의 코와 입에서는 쉴 새 없이 선혈이 흘러나왔다. 그녀의 신형은 크게 비칠거리더니 그대로 허물어지듯 바닥에 쓰러지고 말았다.

"유천복, 가서 끌고 오너라."

능초영은 전신이 피투성이가 된 소취란을 가리켰다.

유천복이 서서히 다가오는 것을 본 소취란은 절망했다. 이제 약선에 대한 복수 따위는 어떻게 돼도 좋았다. 단지 두 번 다시 아삼을 볼 수 없게 되는 것이 두려웠다. 그에게 자신의 마음을 제대로 표현하지 못했던 것이 한스러웠다.

죽음을 두려워하지 않던 소취란이었다. 아니, 오히려 자신의 손으로 끊지 못하는 목숨에 환멸을 느끼고 있었다. 그랬던 그녀가 삶에 미련이 생긴 것이다.

'그와 조금만 더 같이 보낼 수 있다면……'

지금 그녀가 바라는 것은 오직 그것뿐이었다. 그러나 이미 유천복에게 대항할 만한 한 줌의 기력도 남아 있지 않았다.

유천복이 소취란을 번쩍 안아 드는 것을 보고 능초영은 음양각 쪽으로 발길을 돌렸다.

그 순간이었다. 따라올 줄 알았던 유천복이 능초영과는 반대쪽으로 몸을 날렸다. 얼마나 빠른지 능초영이 돌아보았을 때는 이미 아득히 멀어져 하나의 점으로 보였고 그마저도 이내 사라졌다.

"아차! 연환장은 반 시진밖에 효력이 없는데… 유 공자가 정신이 들었구! 이를 어쩐다. 할아버지가 반드시 저 요녀를 잡아오라 하였거늘. 참, 유천복이 정신을 차렸다면 그자도?"

유천복만 생각하고 있던 능초영은 독갈에 생각이 미치자 몸을 홱 돌렸다. 아니나 다를까, 유천복과 동시에 정신을 차린 독갈도 사태를 파악하자마자 지귀녀를 들쳐 업고 다른 쪽으로 이미 내달리고 있었다. 독갈 역시 최상승의 무영신법을 발휘하고 있어 연환장을 다시 발출하기에는 거리가 있었다.

"이런, 내가 경험이 적어 할아버지의 일을 그르치고 말았구나. 그러나 너희는 이미 연환장에 중독되었으니 사흘 이상 살 수 없을 터."

능초영은 자신을 책망하였지만 이미 엎질러진 물을 주워 담을 수는 없는 법이다. 그녀는 간신히 한 가닥의 숨을 간직하고 있는 천귀녀에게 다가갔다.

옥청화로 되돌아오는 천귀녀는 육체의 고통을 느끼지 못하는 상태였다. 그럼에도 끊임없이 흘러내리는 눈물은 마음의 고통 때문이었다. 양황이 자신을 버렸다는 슬픔이 그녀를 울게 하였다.

능초영이 다가오자 그녀는 힘겹게 물었다.

"헉헉… 그는… 어찌… 되었……?"

능초영은 그녀가 묻는 것이 양황이라는 것을 알고 냉소했다.

"아직도 그가 걱정되나요? 당신을 이렇게 만들도록 시킨 사람인데? 아아, 여자란 어째서 이리도 어리석은지… 그는 자신의 어머니를 사랑했어요, 당신이 아니라. 당신은 뭐죠? 이대로 쓸쓸하게 죽어가기엔 너무 억울하지 않나요?"

옥청화는 가느다란 숨을 몰아쉬며 천천히 말을 이었다.

"그가… 행복하다면… 그것으로 나는 만족……."

"만족? 정말 그래요? 그만 행복하면 당신의 행복 따위는 어떻게 되어도 상관없다는 거예요? 그를 위해서 죽을 수도 있나요?"

옥청화의 말에 능초영은 끓어오르는 분노를 참지 못했다. 그녀의 상식으로는 옥청화를 도저히 이해할 수 없었다.

"복수하고 싶다고 말해 봐요. 그럼 할아버지와 내가 어떻게든 살려주겠어요. 당신을 이렇게 만든 사내를 증오한다고, 이 세상이 끝나는 날까지 용서하지 않겠다고 말하면 살려주겠어요."

능초영은 양씨 모자가 이미 죽었다는 말을 일부러 하지 않았다. 옥청화가 복수하겠다는 말을 꼭 듣고 싶었기 때문이다.

금방이라도 숨이 넘어갈 듯 깔딱거리던 옥청화의 음성이 갑자기 차분해지며 얼굴에 홍조를 띠었다.

'회광반조?'

능초영은 그녀가 곧 죽을 것임을 직감했다.

"그렇지 않아요. 그를 정말 사랑했으니까 용서할 수 있어요. 그가 행복하다면 나도 행복하니까… 만일 죽은 후에도 사람의 감정이 남아 있다면 난… 기억하고 싶어……. 그를 사랑했던 내 마음… 죽더라도 영원히 내 가슴속에……."

끝내 마지막 말을 맺지 못하고 옥청화의 고개가 툭 떨어졌다.

능초영은 새빨개진 얼굴로 표독스럽게 소리쳤다.

"믿을 수 없어! 당신은 그러면 안 돼! 어서 말해! 그를 증오한다고, 용서하지 않겠다고! 이대로 죽으면 너무 억울하잖아. 당신은 분하지도 않아? 이토록 처참한 죽음을 맞게 되었는데 원망하지 않아? 어째서야? 어째서 당신은 그를 용서할 수 있지?"

능초영은 허망한 얼굴로 비틀거리며 걸어갔다.

"사랑하니까 용서할 수 있다고? 말도 안 돼! 당신이 틀렸다는 걸 내가 보여주고 말겠어. 사랑이 얼마나 하찮은지, 남자란 족속이 얼마나 무정하고 비열한지 증명해 보이지! 사랑이 얼마나 쉽게 무너지는 것인지… 진실한 사랑이란 이 세상에 없어!"

유천복은 소취란의 등에 장력을 쏟아내다가 퍼뜩 정신이 들었다. 쓰러지는 소취란이 보이자 희미하게 자신이 한 일이 생각났다. 능초영이 소취란을 잡으라고 하자 그는 어느 쪽을 믿어야 할지 망설였다. 원래대로라면 능초영의 말을 들어야 했지만 그의 마음은 소취란을 구하라고 했던 것이다.

유천복은 소취란을 안고 무작정 시장 쪽으로 달려가다 이쪽으로 오고 있던 아삼을 만났다.

"아니, 이게 어찌 된 일이에요?"

아삼은 핏기 하나 없이 창백한 소취란의 모습에 크게 놀랐다.

소취란은 아삼의 목소리가 들리자 희미하게 눈을 떴다.

"죽파장으로… 우리 집으로… 가자……."

소취란을 안아 든 아삼은 불이 뚝뚝 떨어지는 듯한 눈으로 유천복을 보았다. 어쩐 일인지 묻고 있는 것이다.

“누가 이랬지요?”

“그, 그게 아삼, 나도 어쩐 일인지…….”

거짓말을 할 때면 유난히 더듬거리는 유천복이었다. 그걸 모를 리 없는 아삼은 잡아먹을 듯이 유천복에게 대들었다.

“유천복, 네놈이 그랬구나!”

아삼은 금방이라도 유천복을 후려칠 기세였다. 유천복이 어쩔 줄 몰라 하자 소취란이 중얼거렸다.

“어서 가자…….”

“유 공자, 당신과 나의 악연의 고리는 절대로 끊어지는 법이 없는 것 같군. 다시는 만나는 일이 없기를 바라오. 만일 소 소저에게 무슨 일이 생긴다면 지옥 끝까지라도 따라가 복수할 것이오.”

잠시 동안 유천복에게 냉랭한 시선을 던지던 아삼은 그대로 소취란을 안고 떠나갔다.

거리는 소란스러움으로 가득 찼으나 유천복은 혼자였다. 그는 능초영의 명령으로 소취란을 상대했던 일이 꿈같았다. 설마 자신이 정말 저 무서운 소취란을 저렇게 만들었을까?

“팽 소저는 집으로 돌아갔을 거야. 그래, 내가 왜 그 생각을 못했을까? 어서 집으로 가자.”

오늘 새벽까지 슬픔에 젖어 식음을 전폐하고 있던 유천복은 이제 아버지에 대한 것을 까맣게 잊고 말았다. 대신 팽소연에 대한 걱정과 꼬르륵거리는 위장을 무엇으로 채울까 고민하며 걸음을 옮기고 있었다.

정은 한번 깊어지면 산 사람도 죽일 수 있고
죽은 사람도 살릴 수 있다

아삼은 소취란을 안고 죽파장으로 돌아왔다. 그는 소
취란을 방에 눕히고 따스한 물을 떠와 상처를 깨끗이 닦
아주었다. 그는 속으로 그녀가 죽거나 한다면 자신은 반
드시 그녀의 복수를 하고 따라 죽으리라 생각했다.

"조금만 참아요. 내가 의원을 불러올게요."

사색이 된 얼굴로 돌아서는 아삼을 보며 소취란은 입
술을 깨물었다. 자신을 걱정하고 있는 그의 마음이 아프
도록 느껴졌다. 마음의 고통은 육신의 고통보다 컸다.

아삼의 눈은 시간이 지날수록 차분히 가라앉았다. 소
취란은 자신이 죽으면 그도 살려 하지 않을 것이라는 걸
직감할 수 있었다.

'아아, 우리가 만난 지 비록 한 달밖에 되지 않았지만

그는 진정으로 나를 사랑하고 있구나.'

남녀가 사랑에 빠지는 데 꼭 많은 시간이 필요한 것은 아니었다. 마찬가지로 서로의 진심을 알고 그것을 의심하지 않는 것도 한순간이면 가능한 일이었다.

소취란은 아삼을 위해서라도 살아야겠다는 생각을 했다. 그러려면 그에게 모든 것을 털어놓지 않으면 안 된다.

"너는… 정말 내가 무섭지 않느냐?"

그녀의 목소리는 조심스러웠고 걱정스러운 울림을 갖고 있었다. 문을 막 나서려던 아삼은 다시 되돌아와 그녀 곁에 앉았다. 불처럼 뜨거운 그의 손이 그녀의 손을 꼭 움켜쥐었다. 아삼은 소취란의 흐트러진 머리를 귀 뒤로 넘겨주었다.

"나는 무서워요. 당신을 잃게 될까 봐 무서워요. 당신이 나를 두고 혼자 가버릴까 봐 무서워요. 당신을 처음 본 날을 생각했어요. 지난날 경조부의 곡강지에서 당신은 날 찾고 있었어요. 귀신같은 당신을 보고 난 너무 무서워서 숨조차 쉴 수 없었지요. 하지만 알았어야 했어요. 우리의 인연은 그때부터 시작되었다는 것을……."

아삼의 말을 듣는 순간 소취란도 그때가 기억이 났다.

수옥이 경조부에 나타났다는 소문을 들었다. 그리고 그것이 한 거지의 손에 있다는 것을 알게 되었다. 소취란은 경조부로 달려갔고 닥치는 대로 거지들을 도륙하였다.

아삼이라는 거지를 찾기 위해서였다. 그런데 아삼이 바로 그였다니… 만일 그때 자신의 손에 그가 죽었더라면… 하고 생각하자 갑자기 그녀도 무서워졌다. 볼 수 없게 될까 봐 무섭다는 아삼의 말을 이해할 수 있을 것 같았다.

"세상일이란 참으로 우습구나. 내가 네 도움을 받게 되다니… 그래! 어쩌면 이대로 죽는 것이 더 행복할지도 모르겠다. 그러면 한 가지쯤은 좋았다고 여기고 떠날 수 있지 않겠느냐?"

그녀의 목소리가 잦아들었다. 누가 지금의 그녀를 보고 혈매화 소취란이라고 할 수 있겠는가? 그녀는 단지 사랑에 가슴 아파하는 보통의 여자였다.

"그런 말 하지 말아요. 당신은 죽지 않아요. 절대로 죽지 않을 거예요. 하지만 만일… 당신이 죽는다면 나도 당신을 따라 죽겠어요. 전에도 말했지만 당신이 없으면 이 세상은 더 이상 내게 아무 의미도 없어요."

소취란의 볼 위로 뜨거운 눈물이 떨어졌다.

"너는 걱정할 것 없다. 나는 절대로 죽지 않으니까. 네 마음이 진심이라면 나는 너를 떠나지 않을 것이다. 그러나 한 가지 약속하거라. 네가 떠나고 싶다면, 그런 생각이 든다면 너는 반드시 내게 말해야 한다. 그러면 나는 잡지 않겠다."

소취란은 만일 아삼이 자신을 떠나려 한다면 죽여 버릴 생각이었다. 갑자기 살기를 뿜어내는 소취란의 태도에 흠칫 놀란 아삼은 그녀의 뜻을 알아차렸다.

"그럴 일은 없겠지만 내가 만일 당신을 슬프게 하는 일이 생긴다면 당신은 언제든지 내 목숨을 가져갈 수 있어요."

아삼은 잡고 있던 그녀의 손을 들어 자신의 가슴으로 가져갔다.

"이 심장을 뛰게 하는 것도 멈추게 하는 것도 오직 당신만이 할 수 있어요."

소취란의 얼굴이 살짝 붉어졌다. 아삼이 내뱉는 말은 그녀가 지금까지 들어온 어떤 말보다 다정스러운 말이었다.

아삼은 원래 영민하였다. 배운 것은 없었으나 보고 들은 것은 잊지 않았다. 그가 동냥질을 하던 곳은 주로 기원이나 주루였고 그곳에서는 항상 설창이나 악극이 공연되었다. 공연의 내용은 거의 가슴 아픈 사랑 이야기가 나왔다.

설화자들의 이야기 중에서 아삼은 '연녀분(燕女墳)'을 특히 좋아하였다. 그것은 '제비여인의 무덤'에 얽힌 이야기였다.

요옥경이라는 유명한 기녀는 양주의 하급 관리인 위경유와 사랑에 빠져 그에게 시집을 갔다. 그러나 얼마 지나지 않아 남편은 물에 빠져 죽었다. 요옥경은 다시는 재가하지 않기로 하고 쓸쓸히 지내고 있었다. 봄이 되자 그 집 처마 밑에 한 쌍의 제비가 와서 집을 지었다. 그러던 어느 날 그중 한 마리가 매에게 잡혀가고 한 마리만 남게 되자 요옥경은 홀로 남은 제비와 동병상련의 마음으로 함께 살았다. 가을이 되자 제비가 강남으로 날아가기 전에 요옥경의 팔 위로 날아와 작별을 고했다. 요옥경은 제비의 다리에 붉은 끈을 매어주면서 '새봄이 되거든 다시 나를 찾아오너라' 하고 말했다.

이듬해 봄이 되자 그 제비가 과연 다시 돌아왔다. 요옥경은 크게 감동하여 제비에게 시 한 수를 지어주었다. '지난날 짝이 없어 가더니 올해 또 홀로 돌아왔구나. 옛 님의 사랑이 너무나 커서 차마 다시는 한 쌍이 되어 날지 못하는구나'. 이로부터 제비는 해마다 가을이면 남쪽으로 날아갔다가 다음 해 봄에는 반드시 혼자 돌아와 요옥경과 벗 하며 함께 지냈다. 몇 년 후 요옥경이 병으로 죽자 돌아온 제비는 집 주위를 돌며 슬피 울다가 요옥경의 무덤을 찾아가 죽어버렸다.

아삼은 이 이야기를 들을 적마다 자신도 저렇게 지고지순한 사랑을 하고 싶다고 생각했었다.

지금 소취란이 생사의 기로에 서게 되자 굳이 애쓰지 않아도 절절한 말이 입에서 술술 흘러나왔다.

때문에 정은 자신도 모르게 일어나지만 한번 깊어지면 산 사람도 죽일 수 있고 죽은 사람도 살릴 수 있다고 하지 않던가!

소취란은 아삼의 손을 잡은 채 오랫동안 자신의 이야기를 하였다. 그녀 자신의 입으로 누군가에게 그 이야기를 한 것은 처음 있는 일이었다. 그녀의 표정은 남의 이야기를 하듯 담담하기 그지없었다.

"내 말을 믿을 수 있겠느냐?"

"당신이 하는 말은 전부 다 믿을 수 있어요. 당신이 그로 변하여도 내 마음은 금강석처럼 굳으니 절대로 변하지 않아요. 당신은 어서 그로 변하여 상처를 치료하는 것이 좋겠어요."

아삼은 굳은 어조로 말하였다.

소취란은 희미한 미소를 띠며 말했다.

"내 입으로 이런 얘기를 하게 될 줄은 몰랐구나. 하지만 널 위해 난 처음으로 내가 살아 있어서 다행이라는 생각이 들었다."

소취란은 아삼에게 먹과 벼루를 가져오도록 하였다. 그녀는 오랜 시간에 걸쳐 한 통의 편지를 쓴 뒤 아삼에게 주었다.

"너와 지낸 후부터 나는 한 달 동안이나 그자로 변하지 않았다. 이제는 그에게도 시간을 좀 주어야겠구나. 너는 이곳에 있다가 그를 만나게 되면 꼭 이것을 전해주거라."

소취란은 아삼에게 서신을 전해주고 억지로 방 밖으로 쫓아내었다.

"무슨 일이 있더라도 들어오면 안 된다. 그로 변하기 직전에 일어나는 살심은 아무리 너라 해도 참기 어려우니까."

아삼은 소취란만을 방에 남겨두는 것이 마음에 걸렸다. 그러나 그녀가 너무도 완강하여 할 수 없이 죽파장 밖에서 달이 뜨기를 기다렸다.

그녀를 만난 지 한 달 만에 다시 보는 보름달이었다.

높게 뜬 보름달은 이 세상의 것이 아닌 듯이 보였다. 환한 달빛 사이로 죽은 자의 영혼 같은 반딧불들이 춤을 추고 있었다.

"으으윽……."

갑자기 방 안에서 고통에 찬 신음 소리가 들려왔다. 아삼은 당장이라도 방 안으로 뛰어들고 싶은 것을 억지로 참고 있었다.

할 수만 있다면 그녀의 고통을 대신 짊어지고 싶었다.

그때였다.

대나무 울타리 바같으로 검은 그림자가 얼핏 비쳤다. 그림자는 죽파방 앞에서 멈추어 섰다.

"킬킬, 찾았다. 이곳에 숨어 있었구나."

약선은 소취란이 도망갔다는 소리를 듣자마자 그녀를 찾기 위해 성도를 전부 뒤지고 다녔다. 낮에 벌어진 일을 기억하는 사람은 많았다. 그리고 그들 중 몇 사람은 소취란이 있는 곳을 알고 있었던 것이다.

아삼은 머리끝이 닭 벼슬처럼 쭈뼛 서는 것을 느꼈다. 그 목소리를 듣자마자 전신으로 퍼지는 고통스런 기억이 되살아났다.

"약선……."

아삼은 소취란의 서신을 가슴속에 쑤셔 넣고 벌떡 일어서 약선의 앞을 가로막았다.

약선은 처음에는 그를 알아보지 못하였다. 잠시 후에야 아삼이 독왕자였다는 것을 알자 의외라는 표정이었다.

"네가 어째서 여기에 있는 것이냐?"

"들어갈 수 없소."

아삼은 약선의 말에 대답하지 않았다. 아니, 대답할 필요를 느끼지 않았다. 그는 소취란이 가장 증오하는 사람인 것이다. 그리고 그 증오에는 정당한 이유가 있었다.

"돌아가시오. 그녀는 당신을 절대로 만나지 않을 것이오."

"이런 놈을 봤나. 너를 살려준 것이 누군지 잊었느냐?"

"당신이 날 살려줬다고? 내가 얼마나 고통스러워했는지 안다면 당신은 그렇게 이야기할 수 없지. 독장을 뿌릴 때마다 온몸이 갈가리 찢기우는 듯한 그 고통을 당신이 이해할 수 있어?"

약선은 오만한 표정으로 아삼에게 호통을 쳤다.

"저 애는 바로 내 딸이다! 아비가 딸을 보겠다는데 네놈이 무슨 자격으로 막아서느냐?"

약선의 뒤에 서 있던 건장한 사내들이 아삼에게 달려들었다.

소취란과 지낼수록 아삼의 독기는 점점 빠지고 있어 그의 열 손가락은 그전 같은 위력을 발휘할 수 없었다. 그러나 다행히도 약선과 함께 온 자들은 무공이 그리 고강하지 않았다. 아삼에게 할퀸 자들은 곧 손발이 마비되어 땅바닥을 뒹굴었다.

능초영이 뒤이어 달려들어 연환장을 후려쳤다. 아삼은 몇 차례나 피하였으니 끝내 능초영의 손에 얻어맞게 되고 말았다.

"멈춰!"

능초영의 일갈에 아삼은 방문 앞에 우뚝 서고 말았다.

"가서 소취란을 끌고 나오거라."

방 안에서는 고통에 찬 신음 소리가 들려왔다.

약선은 능초영이 말한 대로 소취란의 상처가 깊으니 어서 데려가 치료를 해야겠다고 생각하였다. 그러다 문득 눈을 들어 하늘을 올려다보니 둥그런 보름달이 유난히도 환했다. 그는 퍼뜩 깨달아지는 것이 있었다.

"오오, 오늘이 바로 만월의 밤이다! 드디어 변하는 것이냐? 내 눈으로 직접 봐야겠구나."

방문 앞에 서 있는 아삼을 밀치며 약선은 참을 수 없다는 듯이 황급히 방문을 열어젖히려 하였다. 약선의 손이 막 문고리에 닿았을 때였다.

방문이 와락 열리며 한 사내가 천천히 걸어나왔다. 달빛이 비친 사내의 모습은 인간 세상의 것이 아니었다. 약선과 능초영은 소양의 절륜한 모습에 할 말을 잃었다.

"오오! 추아, 이토록 완벽한 인간을 보았느냐. 나는 이 세상에서 가장 위대한 일을 해낸 것이다. 내 실험은 실패하지 않았다! 난 성공했어!"

그러나 아삼은 여전히 방문 옆에서 굳은 얼굴을 하고 서 있었다.

소양은 인상을 찡그렸다. 직감적으로 무슨 일이 있었다는 것을 눈치챘다. 그 자신이 변하였을 때 누군가 곁에 있었던 적은 황산이 처음이자 마지막이었던 것이다. 그런데 지금은 한두 명도 아니고 열 명에 가까운 자들이 자신을 둘러싸고 있었다.

"네가… 네가 내 아들이로구나."

감격스러운 약선의 목소리에 소양의 얼굴빛이 확 변하였다.

"아버지? 당신이 정말 나의 아버지란 말인가?"

너무 뜻밖의 장소에서 뜻밖의 인물을 만나 탓인지 소양의 어조는 격 앙되어 있었다.

"그래, 바로 내가 너희들의 아버지다. 세상에서 가장 완벽한 인간을 만들어낸 것이 바로 나란 말이다. 킬킬."

약선의 말을 듣는 소양의 표정이 차갑게 일그러졌다.

"가장 완벽한 인간을 만들어냈다고? 그래, 당신은 그렇게 생각하고 있었군. 그걸 위해서 우리를 한 몸으로 태어나게 한 것인가?"

"남녀가 한 몸에 있을 수 있다니, 얼마나 대단한 일이냐. 이 세상에 누가 있어 나와 같은 일을 해낼 수 있겠느냐. 아들아, 나와 함께 가자. 내 먼저 너를 살펴본 연후에 다시 딸년을 보아야겠다."

약선은 크게 기뻐하여 앞장서서 죽파방 밖으로 걸어나갔으나 소양 은 꼼짝도 하지 않았다.

"누가 당신을 아버지라고 인정했지?"

소양의 말에 약선은 획 돌아섰다.

"무슨 소리냐? 나는 분명히 너희들의 아버지다. 너희를 태어나게 한 것은 바로 나란 말이다!"

"그래, 그렇기 때문에 나는 당신이 내 아버지라는 것을 인정할 수 없 다. 내가 어릴 때 나는 분명히 아버지가 필요했었다. 그러나 그때 당신 은 없었지. 우리가 어릴 때… 그녀와 내가 괴물이라는 놀림을 받으며 숨어 지낼 때 당신은 어디에 있었나? 내가 아버지에 대해 알고 있는 단 하나의 사실은, 아버지라는 사람이야말로 우리를 이렇게 만든 원흉이 라는 것이다."

차디차게 말하는 소양의 손에서 무시무시한 장력이 뻗어 나왔다.

능초영이 재빠르게 바닥에 쓰러져 있던 사내를 소양에게 내던졌다.

소양의 화양공을 정통으로 맞은 사내는 그 자리에서 새카맣게 타버렸다.

"킬킬. 훌륭하구나, 훌륭해. 그게 바로 순수한 양강지력이로구나. 네가 쓰는 장력은 바로 이 내가 만든 것이다. 나는 너희들이 태어나면 각자 자신이 가진 잠재력을 극도로 발휘할 수 있도록 미리 조치를 취해두었다. 계집은 음한한 장력을, 사내놈은 양강한 장력을 쓸 수 있도록 말이야. 킬킬, 더구나 너희들은 상처도 입지 않고 죽지도 않는다. 이보다 더 완벽한 일이 어디에 있겠느냐?"

음양각에서 소취란을 보았을 때도 그렇게 느꼈지만 소양을 보자 약선은 점점 더 자신이 한 일이 자랑스러웠다. 고래로부터 누구나 바라 마지않던 불로장생의 꿈이 실현되는 순간이었다. 자신이 그것을 가능하도록 한 것이다.

"그거 고마운 일이군. 하지만 난 오래 살고 싶은 생각이 없는데 어쩌지? 내가 지금까지 이 생을 붙들고 있었던 까닭은 오직 하나 당신을 지옥으로 보내기 위해서야."

소양의 어조는 뼈를 시리게 만들 정도로 차가웠다. 그는 평생 동안 아버지를 찾아다녔다. 그것은 단 한 가지 이유였다.

자신들이 괴물이 아닌 사람이라는 것을 확인하고 싶었다. 그러나 약선을 만나는 순간 소양은 절망했다.

그는 인간이 아니었다. 오십 년 만에 만난 자식을 보고 실험이 성공했다며 좋아하는 인간을 어찌 아버지라 여길 수 있단 말인가? 그리고 그런 아버지를 둔 자신들 역시 인간이 아닌 것이 당연했다.

소양은 약선을 단숨에 때려죽이려는 듯이 덮쳐 갔다.

"독왕자, 뭐 하느냐! 저자를 막지 않고!"

능초영이 말하자 그때까지도 방문 앞에 서 있던 아삼이 열 손가락을 매의 발톱처럼 치켜들고 덤벼들었다.

소양은 깡마르고 야윈 사내가 자신을 할퀴려 하자 손을 들어 그자의 등을 후려쳤다. 아삼의 옷에 불이 화르르 붙었으나 그는 개의치 않고 다시 달려들었다. 반이나 타버린 옷자락 틈에서 서신 한 통이 삐죽 고개를 내밀었으나 아무도 신경 쓰는 사람이 없었다.

아삼은 양팔을 휘두르며 다시 달려들었으나 소양의 발길에 채여 다시 나가떨어졌다. 대나무가 와지끈 부러지는 소리와 함께 아삼은 방 안으로 나동그라졌다.

소양은 화양공을 연거푸 발출하여 능초영과 약선이 다가오지 못하도록 하고는 길게 휘파람을 불었다. 잠시 후 말발굽 소리가 들리더니 먹처럼 검은 털을 가진 말 한 마리가 쏜살같이 달려왔다.

소양은 그대로 말잔등에 올라 죽파방을 훌쩍 뛰어넘더니 말이 온 곳으로 달려갔다. 약선이 달려나오며 고래고래 악을 썼다.

"너희는 갈 수 없다! 나를 두고 갈 수 없단 말이다! 나는 너희들의 아버지다!"

"당신을 살려주는 것은 이번이 마지막이오. 다음번에는 반드시 지옥으로 보내주고 말겠소."

약선을 비웃는 듯한 소양의 목소리가 대숲에 메아리쳤다.

"또 사라졌구나. 이제 어디 가서 저 아이들을 찾는단 말이냐?"

안타까운 듯한 약선의 말에 능초영이 다가왔다.

"걱정 마세요, 할아버지. 추아가 있잖아요."

"그렇지. 내게는 네가 있었지. 하지만 저 아이들은 영원히 죽지 않을지도 모른단다. 불로장생의 비밀을 풀 수 있는 좋은 기회였는데……."

아쉬워하는 약선의 말 어디에도 자식을 보낸 아버지의 안타까움은 느껴지지 않았다. 능초영은 약선이 자신을 어떻게 생각하는지 알 것 같았다. 아무리 자신을 손녀딸처럼 여긴다 해도 필요하다면 그는 언제든지 자신의 배를 가르고 내장을 꺼내어볼 것이다.

하지만 겉으로는 언제나 다정스런 할아버지와 손녀딸이었다.

"할아버지, 저자는 어떻게 하죠?"

능초영과 약선은 동시에 방 안에 쓰러진 아삼을 보았다.

"아직은 쓸모가 많으니 데려가야겠다. 어떻게 아직까지 살아 있는지 궁금하구나. 죽어도 벌써 죽었어야 하는데 저렇게 멀쩡히 살아 있으니 말이다. 혹시 그 아이들이 저놈의 몸에 무슨 수를 썼다면 내가 알아볼 수 있을 게야."

능초영은 쓰러진 사내들을 시켜 아삼을 데려오게 하였다.

그들이 사라지고 얼마 안 있어 다시 소양이 나타났다. 그의 얼굴에는 이상한 기색이 드러나 있었다.

"참으로 이상하구나. 어째서 이곳으로 다시 돌아오고 싶어지는 거지? 마치 무엇인가 굉장히 중요한 것을 잊고 있는 듯한 느낌인데… 설마 아버지란 작자를 그리워하고 있다는 말인가? 아냐, 절대 그럴 리 없다. 그녀도 나도 절대로 그렇지 않을 것이다."

소양은 말에서 내려 반쯤 부서져 내린 방 안으로 들어갔다. 저 방 안에서 무슨 일이 있었다.

그렇게 평온한 상태에서 자신으로 돌아온 것은 처음 있는 일이었다.

아삼이 뒹굴어 여기저기 타다 남은 흔적이 있는 방 안은 별다른 것이 없었다. 대나무로 짠 침상과 탁자, 그리고 소소한 세간들이 제자리를 벗어나 쓰러져 있었다.

"그럼 그렇지, 이곳에 뭐가 남아 있으려고……."

허탈하게 말하며 막 나서려는 그의 눈에 불타 버린 대나무 사이에 삐죽 나온 종이가 들어왔다.

봉투는 이미 타버렸으나 안에 있는 서신은 그런대로 읽을 수 있었다. 서신을 펴 읽어 내려가던 소양의 얼굴은 마치 귀신을 본 것처럼 창백해졌다.

"그럼 그자가……?"

소양은 밖으로 뛰쳐나가 좌우를 살펴보았다. 그러나 아삼의 흔적은 어느 곳에도 남아 있지 않았다.

태어나서 처음으로 소취란이 그에게 남긴 편지에는 아삼과의 일이 적혀 있었다. 그리고 그가 괜찮다면 아삼을 부탁한다는 내용이었다.

*　　　*　　　*

유천복이 유가장에 거의 다다랐을 때였다.

막 문고리를 잡으려는 찰나 담 저쪽에서 누군가 쏜살같이 뛰어오더니 유천복의 손목을 잡아끌고 냅다 뛰기 시작했다.

"어, 누구?"

"쿵쿵. 아이고, 빨리 가자. 괴물들이 또 나타났단 말이다. 쿵쿵. 이번에는 하나가 아니다. 쿵쿵."

나타난 이는 이자오였다. 이자오와 무애 대사는 이미 여러 날 동안 유가장에 머물고 있었으므로 유천복은 두말없이 이자오를 따라갔다.

두 사람이 최상승의 신법을 펼쳐 날아가니 지나는 사람들이 그저 흰 빛이 번쩍 한다고 느낄 뿐이었다.

무애 대사와 이자오는 원래 유천복과 팽소연을 따라갔었다. 유천복이 사당에만 머물러 있자 너무너무 심심해서 팔다리가 다 꼬여들려는 찰나에 백희 공연을 보러 간다는 말이 들려온 것이다.

"쿵쿵. 저 천하에 버르장머리없는 것들을 봤나. 그런 재미난 구경거리가 있으면 우리 늙은 것들부터 보여주는 게 도리지. 쿵쿵. 안 그러냐, 땡중아?"

"이번만큼은 개코 네 말이 맞다."

두 사람을 따라 백희 공연을 보며 즐거워하던 두 노인네는 소취란이 나타나자 오히려 몸을 숨겼다. 귀찮은 일에 말려들기 싫다는 것이 이유였다.

"쿵쿵. 원래 군자는 여자와 싸우는 법이 아니지. 쿵쿵."

"맞다. 오늘은 개코 입에서 구구절절이 옳은 말만 나오니 내일은 해가 서쪽에서 뜨겠구나."

두 노인네가 히히덕거리고 있는데 그만 팽소연이 사라진 것이다.

"쿵쿵. 땡중아, 고 앙큼한 년이 어디 있냐? 쿵쿵."

"어디 있긴? 눈깔이 삐기라도 한 게야? 저기 있지 않느냐? 허, 그 마술사 한번 신통하다. 분명 칼을 들어 찔렀는데 어찌 살아 나올 수가 있지? 헐헐."

"이런 멍청한 땡중 같으니. 그 앙큼한 팽가 계집애는 살풋살풋 어린 송아지 고기 냄새가 나고 지금 나온 것은 늙은 암말 냄새가 나는 년인데 어찌 똑같단 말이냐? 쿵쿵."

이자오는 바구니 속에서 나온 여자가 팽소연이 아니라는 걸 단박에 눈치 챘다.

"어, 정말이네? 궁둥이가 대문짝만한 것을 보니 분명 그 어린 계집이 아니구나. 그럼 고것이 어디로 사라졌지?"

"쿵쿵. 고 계집애가 또 우리를 빼놓고 무슨 수작을 벌이는 것이 틀림없어. 따라가자. 쿵쿵."

"이런 고얀 것들… 어서 따라가자."

무애 대사와 이자오는 주변을 샅샅이 뒤지다가 황급히 떠나는 마술사의 뒤를 쫓았다. 이자오는 그자들이 들고 가는 바구니 속에서 팽소연의 냄새가 난다고 하였다.

팽소연은 마술사의 손에 이끌려 바구니 속으로 들어가는 순간 누가 아래서 발목을 확 잡아당기자 깜짝 놀라고 말았다.

"누구?"

누군지 보기도 전에 차디찬 손이 목덜미를 후려쳤다. 팽소연은 그대로 정신을 잃고 말았다.

바구니 바닥은 땅속으로 통하는 문과 연결이 되어 있었다. 팽소연이 사라지자 같은 옷을 입은 여자가 바구니 속에 들어가 있다가 마치 팽소연인 양 나와 사람들을 속인 것이다.

한참 만에야 정신이 든 팽소연은 자신이 여전히 바구니 속에 갇혀 어디로 이동 중이라는 것을 알았다.

바구니 틈으로 밖을 내다보니 구불구불한 잔도를 타고 산으로 올라가고 있었다. 구름바다 아래로 무성한 대나무숲과 물결을 일으키며 흘러내리는 계곡과 벼랑 사이로 아슬아슬하게 매달린 조교의 모습이 보였다.

팽소연은 혈도를 찔렸는지 움직일 수도 없고 목소리도 나오지 않았다.

'이자들은 누구고 날 왜 데려가는 것일까? 문주님께서는 내가 납치된 것을 알고 계실까?'

불안함이 엄습하였으나 유천복이 곧 자신을 구하러 올 것이라 믿었다.

문득 휘리릭 피잉 하는 가벼운 소리와 함께 사람들이 멈추는 것이 느껴졌다.

팽소연이 바구니 틈새로 내다보자 활처럼 굽은 대나무 장대들이 개울 속으로 머리를 숙이고 있는 광경이 보였다.

"누구냐!"

맨 앞에 서 있던 자가 소리쳤다. 그의 눈앞에 길다란 대나무 장대가 흔들거리고 있었다. 조금 전 개울에서 날아온 것이었다. 마술사는 대나무 그늘 아래 누워 콧노래를 흥얼거리고 있는 두 노인장에게 큰 소리를 질렀다.

"노인장들은 누구신데 애꿎은 사람들의 갈 길을 막는 게요?"

"쿵쿵. 생사람을 잡아도 유분수지, 우리가 언제 자네들의 길을 막았다는 게야. 쿵쿵."

팽소연은 이자오의 목소리가 들리자 이제 살았구나 생각하였다.

"저 낚싯대는 노인장들의 것이 아니오?"

바구니를 등에 진 장한이 늘어서 있는 낚싯대를 가리켰다.

"우리 말고 다른 사람이 없으니 저건 당연히 우리 것이 맞다오, 젊은이."

이번에는 무애 대사의 목소리였다.

마술사는 아무 말 없이 다시 길을 재촉하려 하였다. 그러자 개울에 있던 대나무 낚싯대가 저절로 이쪽으로 날아오는 것이 아닌가? 노인들은 여전히 대숲 그늘에 누워 있었다.

"저 노인들이 무슨 수작을 부리는 것이 틀림없구나!"

마술사가 냉랭하게 외쳤다.

"쿵쿵. 아무래도 우리가 낚으려는 물고기를 자네들이 먼저 낚은 것이 아닌가 싶네만. 쿵쿵."

"정말 그런가? 저 낚싯대들은 자기들이 원하는 물고기만 낚으려고 하는 고집 센 놈들이니 개코 네 말이 맞을지도 모르겠구나."

무애 대사의 말이 끝나자마자 자갈 속에 박혀 있던 대나무 장대들은 모두 저절로 일어서더니 일행의 앞에 삽시간에 대나무 울타리를 만들었다.

"이 늙은 것들이 우리를 가지고 놀다니! 어서 쳐라!"

마술사의 말에 다들 두 사람에게 달려들었다.

"쿵쿵. 아이쿠, 이것들이 노인을 치네. 쿵쿵."

그러나 무애 대사와 이자오는 양손에 죽청(竹靑)을 뽑아 들고 채찍 휘두르듯이 후려쳤다. 그저 소 궁둥이를 때리듯 천천히 철썩철썩 때리는데도 마술사의 부하들은 죽청을 피하지 못하고 고스란히 얻어맞고는 나가떨어졌다.

마술사는 두 노인네의 수법이 보통이 아니라는 것을 알았다.

"이제 보니 섣불리 상대할 노인들이 아니구나. 대력사(大力士) 태산대왕(太山大王) 현신(現身)!"

갑자기 마술사의 잘생긴 얼굴이 푸르르 떨리더니 보통 체격이던 그의 몸집이 부풀어 올라 키가 일 장도 넘는 무시무시한 괴물로 변하는 것이었다. 다른 부하들도 뿌득뿌득 소리를 내더니 이내 옷들이 찢어져 괴물로 변하였다.

무애 대사와 이자오는 크게 놀랐다.

"아니, 이게 어찌 된 일이냐? 내가 꿈을 꾸고 있는 것이 아니냐?"

"쿵쿵. 그건 아닌 것 같다. 나도 같은 게 보이니 말이다. 쿵쿵."

삐죽삐죽한 송곳니가 입 밖으로 튀어나오고 머리카락이 모두 솟구친 마술사의 모습은 말 그대로 악귀의 형상이었다. 괴물로 변한 마술사가 손을 들어 내려치자 집채만한 바위가 가루가 되었다.

"아이고, 늙은이 살려라. 이게 어디 사람이냐?"

무애 대사는 소리를 지르며 바위 위를 펄쩍펄쩍 뛰어다녔다.

"쿵쿵. 안 되겠다. 내가 가서 그 녀석을 데려오마. 쿵쿵."

"그 녀석이 누군데? 네놈 혼자 도망가려는 수작이지?"

"쿵쿵. 괴물을 전문적으로 때려잡는 놈이지 누구냐? 쿵쿵. 우리같이 평범한 사람들이 어찌 저런 귀신들을 상대할 수 있겠느냐?"

이자오는 무애 대사가 말리기도 전에 십여 장이나 되는 대숲을 훌쩍 뛰어넘어 줄행랑을 쳤다. 그러나 그전에 팽소연이 들어 있는 바구니를 낚아채 안전한 곳에 내려놓는 것을 잊지 않았다.

"쿵쿵. 내가 네 서방을 데려올 때까지 얌전히 기다리고 있거라. 땡중이 있으니 그리 걱정하지는 않아도 될 게야. 쿵쿵."

바구니 속에 있던 팽소연은 자신을 꺼내주지도 않고 사라진 이자오에게 속으로 욕을 퍼부었다.

"이 개코 놈아, 나 혼자 두고 도망을 치다니! 이런 죽일 놈!"

씨근거리며 쫓아가려던 무애 대사는 달려드는 괴물들 때문에 뜻을 이루지 못하였다. 게다가 팽소연은 아직 바구니 속에서 나오지 못하고 있으니 두고 갈 수도 없었다. 하는 수 없이 그대로 멈추어 서고 말았다.

"쿵쿵. 내 빨리 돌아올 테니 그때까지 그 계집애나 잘 보고 있거라. 쿵쿵. 난 도저히 악취가 나서 견딜 수 없단 말이다. 쿵쿵."

멀리서 이자오가 소리쳤다. 무애 대사는 그제야 괴물들의 몸에서 코가 문드러질 것 같은 썩은 냄새가 풍겨오는 것을 느꼈다.

"윽! 이게 무슨 냄새야. 이놈들이 일 년 내내 목욕도 안 하나 보구나. 그렇다면 노납이 오늘 자네들에게 선행을 베풀어주겠네."

무애 대사의 통통한 몸은 데구르르 괴물들의 다리 사이로 굴러갔다. 그의 손에는 길다란 죽청이 아직 들려 있었다.

"카오오오."

괴물들은 날카로운 손톱으로 무애 대사를 잡으려고 다들 허리를 굽혔다.

그러나 무애 대사의 몸이 워낙 빨리 움직이는 공 같아서 저마다 헛손질만 하였다. 그사이 무애 대사는 괴물들의 다리 사이를 돌아다니며 대나무 줄기로 다리를 꽁꽁 묶어놓았다.

이쪽 괴물과 저쪽 괴물의 다리 한 짝씩을 같이 묶어놓아 한쪽이 움직이면 같이 묶여 있던 다른 괴물도 쓰러지는지라 모두 한데 뒤엉켜 커다란 소리와 함께 넘어지고 말았다.

"헐헐. 자네들은 덩치만 컸지 영 힘을 못 쓰는군."

재밌어하는 무애 대사와는 달리 괴물들은 잔뜩 성이 나서 소리를 질러댔다. 그리고 대나무 줄기를 끊어버리고는 무시무시한 고함을 내지르며 다시 달려들었다.

무애 대사는 죽청을 손에 든 채 훌쩍 괴물의 어깨 위로 뛰어올랐다.

재빨리 죽청으로 괴물의 목을 휘감아 땅으로 뛰어내리며 양손을 힘차
게 머리 위로 뿌리니 어마어마한 괴물의 몸통이 그대로 십수 장이나
날아가 개울 속에 처박히는 것이었다.

"어이, 그놈 참 시원하겠다. 고맙다는 인사는 할 거 없네."

무애 대사가 껄껄 웃었다. 그러나 다가드는 괴물의 숫자는 십여 명
이나 되고 그의 손은 두 개밖에 없는지라 까딱 잘못하다간 괴물들의
손톱에 갈가리 찢겨 나갈 판이었다. 더구나 개울에 빠진 괴물도 곧 일
어서 이쪽으로 달려왔다.

세 명째의 거인을 개울 속에 빠뜨리고 난 무애 대사는 숨을 헐떡거
렸다.

"에고, 늙으니 확실히 근력이 달리는구나. 개코거지는 왜 이리 안 오
누. 설마 정말 날 두고 도망간 것은 아니겠지."

툴툴거리며 또 한 명을 머리 위로 번쩍 들어 날리는 무애 대사를 만
일 지나던 사람이 보았더라면 산신이 하강한 줄 알았을 것이다. 자신
보다 다섯 배는 큰 괴물들을 마치 공깃돌처럼 이리 굴리고 저리 굴리
고 하는 모습은 싸움이라기보다는 그저 장난을 치는 것으로밖에 안 보
였다.

거인들은 화를 참지 못하여 더러운 침을 뚝뚝 흘리며 나무를 무너뜨
리고 바위를 한 주먹에 부수었다. 그러나 달려드는 족족 개울에 처박
혔고 다시 기어올라 오기를 반복할 뿐이었다.

"아이고, 마냥 이러고 있다간 내가 먼저 기운이 달려 죽고 말겠다.
웃챠!"

팽소연이 들어 있는 바구니 옆으로 뛰어내린 무애 대사는 흐르는 땀
을 훔쳐 내었다.

"계집애야, 너도 손이 있으면 이 늙은 걸 도와야지 거기서 꼼짝도 안 하고 있으면 어쩌란 말이냐? 저것들이 보기만 저렇지 미련하기 짝이 없으니 무서워하지 않아도 된단 말이다."

무애 대사는 팽소연이 움직일 수 없다는 것은 모르고 그저 무서워서 나오지 않고 있는 것이라고 생각하는 듯했다.

"어째서 너만 만나면 내가 이런 수고를 해야 하는지… 전생의 악연이 틀림없나 보다. 이크, 저기 또 오는구나."

팽소연은 무애 대사도 자신을 꺼내주려 하지 않자 속에서 열불이 났다. 그때 무애 대사가 중얼거리는 소리가 들려왔다.

바구니 틈새 사이로 무애 대사의 장포가 심하게 펄럭펄럭거리는 것이 보였다.

"가만. 대윤회겁륜장(大輪廻劫輪杖)을 어떻게 펼치는 거더라? 기억이 가물가물하는구나. 이거였던가? 에라, 모르겠다."

중얼중얼거리는 무애 대사의 양손이 점차 환한 빛으로 물들더니 한번에 십팔 장이나 괴물들에게 쏟아져 나갔다.

퍼엉!

바윗돌이 천 길 벼랑에서 물속으로 떨어지는 듯한 소리와 함께 괴물 십여 명이 일시에 날아가 개울물로 처박히는 것이 아닌가!

"어라, 이건 십팔로항마장법(十八路降魔杖法)이네. 제기, 아무거나 맞혔으면 된 거지. 아이구, 허리야. 모처럼 힘을 썼더니 허리를 삐었나 보다. 계집애야, 얼른 나와서 허리를 주무르지 않고 뭐 하고 있는 게냐?"

무애 대사가 소리를 빽 질렀다. 바구니 속에서 그걸 보고 있던 팽소연은 엄청난 위력에 숨이 콱 막히고 말았다.

'내 이 노인네가 하도 괴팍하여 황산에서의 일도 우연히 이루어진 것이 아닌가 의심하였는데 지금 보니 소림신승이라는 별호가 괜히 지어진 것이 아니로구나. 저 땡중이 문주님의 사부가 되면 천하에 두려울 것이 없을 텐데…….'

"허, 이년이 정말 귀가 먹었나 부네."

마침내 무애 대사는 바구니 뚜껑을 왈칵 열어젖히려 하였다. 그런데 이게 웬일인가? 뚜껑은 마치 처음부터 바구니와 하나였던 것처럼 꿈쩍도 하지 않았다.

"으응? 이게 왜 이렇게 꼭 닫혔어?"

무애 대사의 힘으로도 어쩔 수 없는 까닭은 바구니에 봉인주(封印呪)가 걸려 있었기 때문이다.

몇 번 용을 써보던 무애 대사는 이내 포기해 버리고 말았다.

"이잉, 이거 열려다 더 골로 가겠다. 답답해도 좀 참아라."

팽소연은 무애 대사가 일부러 열어주지 않으려 하는 줄 알고 성질이 있는 대로 났다.

'무공은 세지만 여전히 노망난 늙은이인 것은 변함없구나. 망할 영감탱이!'

그때였다. 개울에 처박힌 괴물들이 일제히 반대 편으로 몰려갔다. 무애 대사가 보니 그곳에 있는 것은 바로 백희 공연 처음에 나와 장대를 오르던 난쟁이였다.

"멍청한 것들. 그래, 그 계집애 하나 제대로 데려오지 못해 나까지 오게 하다니."

철썩철썩!

싸늘한 음성과 함께 난쟁이의 손이 허공을 후려치자 괴물들의 머리가 휙휙 돌아가며 일제히 바닥에 처박혔다. 괴물들은 이제 보통 사람으로 모두 돌아와 있었다. 난쟁이는 특히 마술사에게 있는 대로 성질을 부렸다.

"그래서 네놈이 어느 세월에 마도사가 되겠느냐? 바보 같은 것!"

"죄송합니다, 사부님! 그렇지만 저 노인네가 워낙 다람쥐같이 빠르고 무공도 고강한지라……."

난쟁이가 이쪽을 쏘아보는 것이 느껴지자 팽소연은 흠칫 몸을 떨었다. 마치 뱀이 먹이를 보는 듯한 엄청난 사기가 바구니 속으로 흘러들었다.

"이제 보니 소림의 괴물 같은 중놈이로구나. 그렇다면 너희들로서는 무리였던 것이 맞겠지."

난쟁이가 있던 곳에서 이쪽까지는 삼십여 장의 거리가 훌쩍 넘었다. 그런데 난쟁이는 허공을 천천히 걸어 이쪽으로 오는 것이었다. 팽소연은 난쟁이의 무공이 어느 정도인지 가늠할 수가 없었다.

무애 대사의 얼굴이 살짝 굳어졌다.

"저 난쟁이 똥자루 같은 놈의 무공이 만만치 않구나. 까딱하면 내년 오늘이 땡중의 제삿날이 될지도 모르겠다."

말은 그렇게 하였으나 팽소연은 절대 그럴 리 없다고 생각했다.

난쟁이는 무애 대사의 삼 장 앞까지 걸어왔다.

"그년은 우리가 먼저 잡았으니 좋은 말 할 때 물러서거라."

무애 대사가 소림신승이라는 걸 알면서도 이렇게 거만하게 나오다니… 팽소연은 난쟁이의 정체가 더욱 궁금했다. 황산에서는 그 무섭다는 당삼고조차 무애 대사라는 말 한마디에 꼬리를 말고 도망쳤었다.

"헐헐, 이제 보니 장대를 숨기고 있었군. 망할 난쟁이 놈 같으니, 괜히 놀랐네. 어디선가 본 듯하다 했더니… 게으른 철장대, 네놈은 운남의 나철간왜(懶鐵竿矮) 여철(與鐵)이라는 난쟁이로구나.”

팽소연은 무애 대사의 말로 난쟁이가 허공을 걸어 개울을 건넌 것이 바로 장대를 이용한 수법이라는 것을 알고 실소를 터뜨렸다.

‘그럼 그렇지. 나는 저 난쟁이가 허공답보(虛空踏步)를 펼치는 줄 알았구나. 호호.’

그러나 난쟁이는 웃지 않았다. 그가 장대를 타고 개울을 건넌 것은 틀림없는 사실이었으나 장대는 매끄럽고 반질반질거려 손으로 잡고 몸을 지탱하는 것도 힘들어 보였다. 그러나 이 난쟁이는 발의 힘만으로 장대 위에 올라서서 개울을 건넜으니 그 공력이 만만히 볼 것이 아니었다.

무엇으로 만들었는지 은빛이 나는 장대는 햇빛을 반사하며 눈에 잘 뜨이지도 않았다.

“어차피 말로 해서는 듣지 않을 줄 알았지.”

냉소하던 난쟁이는 품에서 방울을 꺼내어 흔들기 시작했다.

딸랑, 딸랑!

방울 소리는 음산하고 어지럽게 고막을 흔들었고 높았던 난쟁이의 목소리는 거칠고 탁한 음성으로 바뀌었다.

“마존군신(魔尊軍神)! 응감지위(應感之位)! 조아대력(操我大力)! 분운소환(奔雲召喚)!”

방울 소리와 난쟁이의 주문 소리가 그치자 갑자기 대숲에 세찬 바람이 휘몰아치기 시작했다. 대나무숲이 부러질 듯이 우우 움직이더니 개울물이 부글부글 끓어올랐다.

촤아아!

순식간에 개울물이 십여 장이나 솟구치더니 음침목(陰沈木)으로 된 검은 관이 출렁 물 위로 모습을 드러냈다. 관의 안쪽에서는 뭉글뭉글 거리는 검은 연기가 뿜어져 나오고 있었다.

이윽고 퍼엉 하는 소리와 함께 관 뚜껑이 열리더니 검은 연기 속에서 길다란 송곳니를 가지고 호랑이의 얼굴에 사람의 몸을 가진 괴물이 불 같은 안광을 빛내며 걸어나왔다.

"으악! 이제 보니 저 난쟁이가 그 마림인지 뭔지 하는 마귀 놈들과 한패로구나. 내 저놈들이 괴물로 변할 때부터 알아봤어야 했거늘."

무애 대사가 펄쩍 뛰어 일어났으나 팽소연은 시커먼 연기만 보여 답답하기 이를 데가 없었다.

분운은 전동이 불러냈던 응룡과 마찬가지로 전설상의 요괴였다.

옛날 하왕조의 우왕이 치수공사를 할 때 강풍과 번개를 일으키며 저항하던 무지기(無支祁)라는 회수(淮水)의 신이 있었다. 분운은 바로 무지기의 셋째 아들이라고 전해져 온다. 수레바퀴처럼 커다란 호랑이 머리는 보는 것만으로도 오금이 저려왔다.

"끄응, 정말 명년 오늘이 내 제삿날어 되는 거나 아닌지 모르겠다."

난쟁이가 다시 방울을 흔들자 분운은 성큼성큼 개울 밖으로 걸어나왔다. 분운은 무애 대사의 일 장 거리까지 다가오자 송곳니를 드러내며 덮쳐들었는데 움직임이 둔하였다.

"그때 본 검은 뱀도 무섭긴 하지만 빠르진 않았지. 네놈도 생긴 것과 달리 느려 터졌구나."

무애 대사는 불영선하보(佛影仙霞步)를 펼쳐 눈 깜짝할 사이에 수십 번이나 분운의 몸을 돌며 연달아 항마복호장을 쳐냈다. 그러나 분운은 아무런 타격도 받지 않았다.

"흥! 그 정도로 분운을 물리칠 수는 없을 것이다."

여철은 바로 마림팔령 중 한 사람이었다. 팔령주인 전동을 위시하여 마림의 팔령들은 모두 마수를 하나씩 소환할 수 있는 능력을 갖고 있다.

그것은 일반 마도사들이 불러내는 귀령이나 마졸들과는 차원이 다른 것이다.

마존의 명으로 불러낼 수 있는 마귀들은 모두 세 계급인데, 그중 마존과 같은 지존의 신들은 하감지위(下鑑之位)라 하여 마림주만이 모셔 올 수 있었다. 그 밑의 마신들과 마수들은 응감지위(應感之位)라 하며 팔령주들과 감응하였고 그보다 저급한 마귀들은 래대지위(來待之位)라 하며 일반 마도사들이 부리는 것들이었다.

그렇게 볼 때 난쟁이가 불러낸 분운이라는 마수는 강력한 힘을 가진 요괴였다.

천비가 환생하여 마존을 부활시키면 저런 마신들과 마귀들이 마계를 떠나 현실에서 활개를 칠 것이 분명하였다. 그러나 아직 마림의 마도사들이 불러내는 마귀들은 현실에 적응하지 못해 동작이 둔하였고 힘도 십 분의 일밖에 사용할 수 없었다.

분운은 무애 대사를 잡을 수 없게 되자 소리를 지르며 더욱 광포하게 날뛰었다. 분운은 돌연 자신의 길다란 송곳니를 뽑더니 양손에 들고 하나로 합쳤다.

그러자 양끝이 뾰족한 어금니 모양을 가진 창으로 변하였는데 한눈에도 신병이기가 분명해 보였다.

그것은 뇌전사모(雷電死矛)라는 창으로 분운의 무기였다. 분운이 뇌전사모를 치켜들어 하늘을 가리키자 마른하늘에 삽시간에 먹구름이 몰

려들며 번개가 번쩍번쩍 하더니 벼락치는 소리와 함께 강력한 불꽃이
무애 대사를 공격하는 것이었다.

벼락이 무애 대사가 있던 바위를 내려치자 바위가 쩌억 갈라지며 곁
에 있던 바구니는 그 여파로 데굴데굴 굴러갔다.

"으악! 땡중 죽네!"

무애 대사는 번개를 피해 이리저리 개구리처럼 뛰었다. 분운이 창을
들어 가리킬 때마다 번개가 작렬하니 아무리 무애 대사라고 하더라도
속수무책이었다.

"쿵쿵. 땡중아, 내가 왔다. 쿵쿵."

"팽 소저! 팽 소저 어디 있소?"

멀리서 이자오와 유천복의 목소리가 들리자 무애 대사는 뛸 듯이 기
뻐했다.

"이 개코 놈아, 이제 오면 어쩌느냐! 조금만 늦었어도 땡중이 구운
오리 고기가 될 뻔했다."

유천복은 저만치서 달려올 때부터 키가 십여 장이나 되는 분운의 모
습을 발견하였다.

그는 무룡이 아니었으므로 무시무시한 분운을 보자마자 가슴이 콩
닥콩닥 뛰었다. 그걸 모르는 이자오와 무애 대사는 이제는 살았다 싶
었는지 십수 장이나 뒤로 물러서서는 느긋하게 바위 위에 앉았다.

"쿵쿵. 저건 또 어디서 튀어나온 괴물이냐? 쿵쿵."

"말세가 오고 있는 것이 틀림없다. 저런 괴물들이 수시로 튀어나오
니, 우리처럼 힘없는 늙은이들은 어찌 살겠냐?"

"쿵쿵. 네 말이 백 번 옳구나. 그럼 우린 여기서 유 공자가 저 괴물
을 어떻게 때려잡는지 구경이나 할까? 쿵쿵. 저놈은 그때 그 시커먼 뱀

에 비하면 덩치가 좀 작구나. 날지도 못하나 보지? 쿵쿵."

쫘르릉!

마치 잡극을 보듯 재밌는 표정으로 농담을 하던 이자오는 하마터면 분운이 내리친 번개에 맞아 통구이가 될 뻔하였다. 공중으로 몸을 뽑아 올려 간신히 번개를 피한 두 노인은 허공을 날아 각각 양쪽 절벽 위에 내려섰다. 개울에서 절벽의 높이가 삼십여 장에 이르는데 두 노인은 절벽을 몇 번 디디지도 않고 위까지 단숨에 올라갔다.

"쿵쿵, 사납기도 하지. 이놈아! 어서 해치우지 않고 뭐 하느냐? 저런 놈을 날뛰게 두었다가 우리가 다치기라도 하면 어쩌려고. 쿵쿵. 그러다 내 심장이 오그라들기라도 하면 네놈이 책임질 거냐? 아니, 근데 그 계집애는 어디 갔냐? 쿵쿵."

"응? 방금 전까지 여기에 있었는데?"

절벽과 절벽 사이는 백여 장에 이르렀는데도 두 노인은 마치 옆에서 대화하듯 평상시와 다름없는 어조였다.

팽소연은 바구니가 날아가 철썩 하고 물 위로 떨어지는 것을 느꼈다. 대바구니 틈으로 차가운 물이 마구 들어오고 있었으나 유천복의 목소리를 듣자 곧 이곳에서 나갈 수 있을 것이라 여기고 안정을 찾으려 하였다.

그러나 바구니를 먼저 발견한 것은 마술사들이었다. 마술사와 그의 부하들이 황급히 바구니를 들고 개울 아래로 내빼려 하였다.

"어라, 저놈들이 아직 남아 있었네."

무애 대사가 마술사를 쫓아가려 하자 그제야 절벽을 오른 여철이 그 앞을 막아섰다.

"쿵쿵. 이 난쟁이는 누구냐? 쿵쿵."

이자오는 건너편 절벽에서 자신과 키가 비슷한 여철을 보자 기분 나쁜 듯이 물었다.

"네가 모르는 난쟁이도 다 있었구나. 비슷하게 생겼길래 나는 네놈 친척인 줄 알았지."

무애 대사는 철 지팡이로 여철의 장대를 막으며 이자오를 조롱하였다.

"킁킁. 이놈아, 내가 어디 저렇게 못생긴 놈과 닮았단 말이냐? 저 난쟁이 얼굴에 비하면 나는 송옥(訟獄)이다. 킁킁."

여철은 두 노인네의 대화에 노기가 끓어올랐다. 비록 무림에서의 명성은 저들만 못할지라도 마림 내에서 그의 지위는 무시할 수 없는 것이었다. 그런데 저 노인들은 자신을 강호잡배로 여기고 농지거리나 하고 있으니 그가 분통이 터질 만도 하였다.

한쪽에서는 유천복이 기가 질린 얼굴로 분운을 보고 있었다.

"두 분 어르신! 설마 저보고 이 괴물과 싸우라고 하는 건 아니시지요?"

콰콰쾅!

말을 하는 중간에도 뇌전사모에서는 벼락치는 소리가 계속 들려왔다. 유천복은 분운의 얼굴을 보는 것만으로 간이 콩알만해져 감히 공격을 막을 생각은 하지도 못하고 도망만 다니고 있었다.

"킁킁. 장난하지 말고 전처럼 어서 해치우거라. 네놈이 그거 전문인 줄 우리가 뻔히 알고 있으니까. 킁킁."

"맞다. 전에 그 괴룡을 물리친 것처럼만 하면 될 것이야. 그놈보다도 훨씬 약한 것 같더라."

이자오와 무애 대사는 여철의 장력을 피해 절벽 위를 이리저리 옮겨

다녔다. 그러나 말소리만은 유천복의 귀 옆에서 떠드는 것처럼 가까이 들려왔다.

두 노인은 여철과 싸울 생각이 없는 듯 보였다.

"아, 저 난쟁이가 왜 나만 공격하는 거야. 저놈은 너랑 닮았다고 봐주는 거냐?"

무애 대사는 볼멘소리로 중얼거리다 그만 여철의 장대에 등짝을 얻어맞자 눈에서 불이 번쩍 했다.

"이 못생긴 난쟁이가 어디를 쳐!"

화가 있는 대로 나서 장력을 뿌리니 천지가 진동하고 금광이 난무하는데, 여철은 마치 꽁지에 불붙은 똥개마냥 피하느라 정신이 없었다. 보고 있던 이자오는 두 눈이 다 어지러웠다.

"쿵쿵. 잘한다, 잘해. 한주먹에 때려잡거라. 그나저나 땡중 놈의 무공이 늘었구나. 쿵쿵. 저놈이 혹시 나 몰래 영약을 먹고 있는 거 아냐? 쿵쿵. 아니면 저 난쟁이가 생각보다 약한가?"

고개를 갸웃거리던 이자오는 자신의 앞으로 달려오는 여철을 향해 강룡십팔장을 펼쳐 냈다. 쫘르릉 하며 강맹한 장력이 노도같이 밀려들었다. 여철은 감히 맞부딪치지 못하고 허공에서 수차례나 몸을 뒤집은 후에야 간신히 피할 수 있었다. 앞뒤에서 두 노인네가 마치 시합이라도 벌이는 듯이 일장씩을 주고받는데 그 위력이란 여철의 상상을 뛰어넘는 것이었다.

멀찍이서 분운에게 쫓겨 바위 위를 날아다니던 유천복은 시간이 지나자 울렁대던 가슴이 많이 진정되었다.

"무지자가 그동안 무슨 일을 저지르고 다녔길래 내가 이토록 핍박을 받아야 하는지 모르겠구나. 사람들에게 쫓기는 것으로도 모자라 이제는 이런 괴물들까지 나를 쫓아다니다니, 내가 전생에 무슨 죄를 지었단 말인가."

이미 자신의 전생을 환히 본 적이 있다는 사실조차 잊고 있는 유천복이었다. 우울하게 말하다 문득 보니 팽소연이 들어 있는 듯한 바구니를 여러 사람이 들고 황망히 사라지는지라 마음이 급해졌다.

"팽 소저!"

달려가려는 순간 분운의 창이 다시 꽈르릉 소리와 함께 번개를 내리쳤다. 유천복은 저도 모르게 두 손을 내밀어 번개를 막아내었다.

퍼엉! 화르르.

그런데 번개는 유천복의 손에 이르자 펑 소리와 함께 불꽃이 확 타오르는 것이 아닌가? 불길은 유천복의 몸을 태울 듯이 커졌으나 뜨겁지는 않았다.

"이건 수중연롱(手中燃弄)이구나."

유천복은 여환무단신공 중에 그 같은 초식이 있음을 떠올리고 양손을 좌우로 움직여 불을 굴리다 힘차게 분운 쪽으로 내던졌다.

설마 자신의 번개가 되돌아올 것이라 예상하지 못했던 분운은 불길에 휩싸여 끄아아악 하는 괴성을 질렀다.

이에 자신감을 얻은 유천복이 다시 정신을 집중하여 수중연롱을 펼치자 양 손바닥 사이가 화끈거리며 작은 불공이 생기더니 점점 커진다.

"이거 재미있구나. 내가 불공을 만들어내다니……. 하하, 이건 무지자라 해도 할 수 없을 거야."

재미를 느낀 유천복이 수십 개의 불공을 만들어 홍황지상(洪黃之象)의 장력으로 내질렀다. 하늘에서 불공이 우박처럼 떨어지자 분운은 들고 있던 뇌전사모를 내던지더니 눈을 가리고 괴성을 지르며 개울로 도망쳤다.

분운이 관 속으로 뛰어들자 관 뚜껑이 날아와 쾅 닫히며 다시 개울 속으로 가라앉았다.

여철은 분운이 사라지는 것을 보고 놀라서 자신도 몸을 빼려 하였다. 그러나 무애 대사와 이자오가 이를 두고 볼 리 없었다. 무애 대사가 철 지팡이로 여철이 서 있는 장대를 후려치자 장대가 중간에서 부러지며 여철이 땅으로 떨어지고 말았다. 밑에서 기다리고 있던 이자오가 타구봉을 들어 미친개를 후려치듯 내려쳤다.

분운이 사라지는 것에 신경이 흐트러진 여철은 이자오의 타구봉을 피하지 못하고 그만 머리가 박살이 나고 말았다.

"킁킁. 안 돼!"

이자오는 안타깝게 소리치며 서둘러 타구봉을 거둬들였으나 머리통이 박살난 여철의 몸뚱이는 이미 차갑게 식어가고 있었다. 머리통에서 떨어진 듯한 머리카락 한 올이 바위틈 사이로 스르르 미끄러져 들어갔다.

무애 대사가 한쪽에서 손뼉을 치며 즐거워하였다.

"개코거지야, 네놈이 먼저 살계(殺戒)를 범하였으니 이번 내기는 내가 이겼구나. 헐헐. 아이구, 좋아라."

이자오의 얼굴은 똥 씹은 표정이 되어 물끄러미 여철을 내려다보았다. 머리가 터졌으니 죽지 않았다고 우길 수도 없었다.

"킁킁... 킁킁."

할 말이 없어 킁킁대기만 하는 이자오였다.

유천복은 분운이 사라지자마자 빛살처럼 빠르게 팽소연을 쫓아갔다. 그런데 개울이 끝나는 곳에 이르렀을 때였다. 유천복은 되었다 싶어 손을 뻗어 바구니를 빼앗으려 하였다.

그런데 그 순간이었다. 개울 위에서 둥글게 원을 그리며 둘러서 있던 마술사와 그의 부하 십여 명이 감쪽같이 사라진 것이다.

"팽 소저!"

유천복이 놀라서 그 자리로 뛰어갔으나 첨벙첨벙 소리만 들릴 뿐 사람들의 모습은 어디에도 찾아볼 수 없었다.

"아니, 이게 어떻게 된 일이지?"

"쿵쿵. 아니, 이건 또 무슨 재주냐? 쿵쿵. 내가 오래 살긴 한 모양이구나. 자꾸만 헛것이 보이는 걸 보니. 쿵쿵."

뒤이어 달려온 무애 대사와 이자오도 주변을 샅샅이 뒤졌으나 팽소연의 모습은 하늘로 올라갔는지 땅으로 꺼졌는지 알 수가 없었다.

"두 분께서는 짐작 가시는 일이 없으세요?"

유천복이 물었으나 두 노인에게서 뾰족한 답이 나올 리 없었다. 두 노인은 먼 산을 보며 머리를 긁적거릴 뿐이었다.

팽소연이 사라진 지도 이틀이 지났다. 이자오가 개방도를 풀어 중원 전 지역을 샅샅이 뒤지도록 하였으나 들려오는 소식은 없었다.

이자오는 내기에서 지고 벌칙으로 자신보다 두 배는 큰 무애 대사를 업고 다니고 있었다. 먼저 살인하는 사람이 지는 내기였기 때문이다. 두 사람의 내기에서 한 번도 져본 일이 없는 이자오였는지라 이를 뿌드득 갈며 다음번 기회를 노릴 수밖에 없었다.

사람들이 이자오의 얼굴을 보려면 땅바닥까지 고개를 숙이는 수밖에 없었다. 유가장을 찾아온 개방의 제자들은 방주가 고개를 땅바닥에 처박고 있는 것을 보자 안색이 새하얘졌다. 평소 방주의 괴팍한 성질을 아는지라 말은 못하고, 그렇다고 방주 앞에서 뻣뻣이 서 있을 수도 없고 해서 모두 납작 바닥에 엎드렸다.

"쿵쿵. 이 바보머저리들아! 그래, 아직도 그 계집을 못 찾았단 말이냐. 쿵쿵."

"헐헐. 천천히 찾거라, 천천히."

무애 대사는 뭐가 그리 좋은지 싱글벙글이었다.

"쿵쿵. 이 호랑말코 후레자식 같은 거지 놈들아! 너희 놈들은 평생 빌어먹다가 똥통에 빠져 뒈져도 할 말이 없을 것이다! 쿵쿵. 이대로 내가 허리가 꼬부라져 죽으면 지옥에서도 귀신이 되어 돌아와 너희가 똥오줌을 처먹을 때까지 따라다닐 테니 알아서 하거라! 쿵쿵."

무시무시한 이자오의 저주에 개방 제자들의 얼굴이 핼쑥해졌다.

두 사람은 팽소연을 누가 먼저 찾는가로 다시 내기를 걸었다. 이자오가 이기면 당연히 무애 대사가 그를 업게 될 것이다. 그러나 팽소연을 찾지 못하면 반대로 평생 동안 땡중을 업고 다니게 생겼으니 이자오가 어찌 가만있을 수 있겠는가?

"그게… 점쟁이마다 말이 틀려서 말이지요……."

개방도 중 한 명이 땀을 뻘뻘 흘리며 말하였다. 그도 그럴 것이 용하다는 점쟁이를 다 찾아다녔지만 이놈은 동남방이라 하고 저놈은 동북방이라는 등 묻는 놈마다 다른 점괘를 내놓았기 때문이다.

어쩐 일인지 이자오의 뛰어난 후각으로도 팽소연의 흔적을 찾을 수 없으니 개방은 개방대로, 봉호문은 봉호문대로 걱정이 태산 같았다.

"팽 단주님, 죄송합니다. 제가 곁에 있었는데도 팽 소저를 지키지 못했으니……."

유천복은 말끝을 흐렸다.

"그게 어찌 문주님의 탓입니까? 질녀가 천방지축으로 날뛰니 생긴 일이지요. 포가야, 그렇지 않느냐?"

"……."

삽시간에 주위가 찬물을 끼얹은 것처럼 조용해졌다. 죽은 포태화가 대답을 할 리가 없었다. 견위강의 입가가 씰룩씰룩하더니 끝내 자리를 뜨고 만다. 보기보다 마음이 여린 그는 평생의 친구를 잃은 슬픔에서 쉽게 벗어나지 못했다.

그에 비해 유천복은 완전히 유장추를 잊은 듯이 보였다. 이자오의 말대로 산 사람으로 인한 걱정이 죽은 자를 잊게 만들었던 것이다.

유천복은 천왕문의 지하에 떨어진 후에야 팽소연에 대한 자신의 마음을 알게 되었다. 그러나 그 후로 여러 가지 일이 생겨 이제야 팽소연과 오붓한 시간을 보낼 수 있게 되었는데 그만 또 그녀가 사라진 것이다.

그녀에 대한 정이 새록새록 피어오르며 점점 좌불안석이 되었다.

"그런데 문주님의 안색이 고르지 못하니 걱정이 됩니다."

팽총은 유천복의 얼굴이 어두운 것을 보고 말했다.

그러고 보니 유천복 자신도 머리가 팽팽 돌고 가슴이 답답한 것이 마치 애 밴 여자처럼 속이 울렁울렁거려 참을 수가 없었다.

"카악!"

그 순간 뱃속에서 뭔가 울컥 치밀어 올라 목구멍을 간질간질하더니 유천복이 시커먼 선혈을 울컥 토해내었다.

"문주님!"

다들 깜짝 놀라 유천복의 곁으로 몰려들었다. 그러나 유천복은 오히려 선혈을 토해내고 나자 가슴이 시원한 것이 막혀 있던 게 뻥 뚫린 듯한지라 입가를 닦으며 손을 내저었다.

"괜찮아요. 토했더니 나아졌어요."

"심려가 크신 탓입니다."

팽총은 왕 노대에게 심신을 안정시키는 약을 지어오도록 시켰다.

그런데 나갔던 왕 노대가 금방 다시 뛰어들어 왔다. 왕 노대 뒤에는 하인들이 뻣뻣이 굳은 시체 하나를 들고 있었다.

"제가 대문을 막 나서려는데 대문 앞에 이자가 쓰러져 있었습니다요."

내려놓은 시체는 다름 아닌 독갈이었다. 얼굴과 손발이 시커멓게 변하고 칠공에서 피를 흘리는 것이 척 보기에도 이미 반쯤 죽은 것이 분명하였다.

"앗! 차박사!"

유천복은 그날 차박사와 함께 능초영의 장력을 맞은 것이 떠올라 무릎을 탁 쳤다.

"바로 그때 중독되었던 것이군. 능 소저가 언제 이런 독공을 익혔을까? 그렇다면 내가 토한 것도 그녀의 독장에 맞았기 때문이었구나. 왕 노대, 이리 내려놓아라."

유천복이 독갈의 코밑에 손가락을 갖다 대자 미약한 숨소리가 느껴졌다. 아직은 늦지 않은 듯하자 비수를 꺼내어 식지를 베어냈다.

유천복의 피를 마시고 얼마 안 되어 독갈이 휴 하며 커다란 한숨을 내쉬더니 그도 유천복처럼 검은 피를 왈칵 토해내었다. 세 번이나 검은 피를 토해내자 독갈의 얼굴은 서서히 원래의 얼굴빛으로 돌아왔다.

"킁킁. 땡중아! 혹시 말이다, 대환단 대신 저놈의 피를 다 빨아먹으면 불로장생할 수 있지 않을까? 킁킁."

한쪽 구석에서 그걸 보고 있던 이자오가 탐욕스럽게 말하자 유천복은 찔끔하였다. 혹시나 망령이 난 두 늙은이가 자신의 피를 빨아먹겠다고 덤비면 어쩌나 걱정이 되었다.

"누구냐?"

돌연 사천이 유천복을 가로막으며 소리쳤다. 사람들이 모두 밖을 내다보자 담장 위에서 붉은 인영이 훌쩍 뛰어내렸다.

"호호호. 유 공자, 역시 죽지 않았군요. 그럴 거라 생각했지만 만독불침이라니 정말 놀라지 않을 수 없네요."

유천복이 보니 능초영과 지귀녀였다.

지귀녀를 데리고 도망쳤던 독갈은 오히려 지귀녀를 찾아온 능초영에게 쫓기던 끝에 유가장 앞까지 와서 독이 발작하여 쓰러진 것이었다.

"능 소저의 독장이 무서우니 다들 조심하세요."

유천복의 말에 다들 경계의 눈으로 능초영을 보았다.

"호호. 오늘은 싸우러 온 것이 아니에요. 협상을 하러 온 거지요. 그리고 중독된다 한들 유 공자께서 해독시켜 주실 텐데 무슨 걱정들이 있겠어요?"

능초영은 서서히 대청으로 올라섰다. 그녀는 삼천교에서 보던 모습이 아니었다. 짙은 화장과 타는 듯이 붉은 치마를 입은 능초영은 요염한 아름다움을 뿜어내고 있었다. 유천복은 그녀가 예전의 청순했던 능초영이 아닌 것을 안타까워했다.

"능 소저, 무슨 협상이오?"

살짝 입을 가리고 웃는 능초영의 동작은 사내를 홀리려는 듯 교태스럽기까지 했다. 보는 이들은 노골적인 그녀의 태도에 이맛살을 찌푸렸다.

"나는 유 공자에게 한 가지 제의를 할까 해요."

"무슨 제의요?"

"수옥이 있는 곳을 알아요."

능초영의 말에 사람들은 놀라지 않을 수 없었다. 삼천교가 사라진 후 전 무림에서 수옥의 행방을 찾았으나 수옥이 어디로 갔는지 아는 이는 아무도 없었다. 두공의 말대로 약선이란 늙은이가 수옥을 가져갔으리라 짐작할 뿐이었다. 그날 사람들은 능초영이 약선을 따라가는 것을 두 눈으로 똑똑히 보았다. 그러니 그녀의 말을 믿지 않을 수 없었다.

"역시 그자가 가지고 갔었군."

팽총이 말하자 다들 고개를 끄덕였다.

"그자는 어디 있소."

유천복이 물었다.

"호호, 난 나만 알고 있는 줄 알았더니 모두 수옥이 어디 있는지 알고 있는 모양이군요. 그거 다행이네요."

"삼천교의 약선이라는 자가 수옥을 가져갔을 거라고 두공이 말했소."

"왜 두공이 가져갔을 거라고 생각지는 않죠?"

능초영의 말에 유천복은 할 말을 잃었다. 그 말대로였다. 두공의 말을 너무 쉽게 믿은 것이 아닐까? 사실 수옥은 두공이 가져간 것일지도 몰랐다.

"그대는… 그대는 수옥을 두공이 가져갔다고 말하는 거요?"

"글쎄요."

"능 소저, 협상을 하러 왔으면 그쪽의 패를 보여주는 것이 도리 아니겠소."

역시 상황 파악에 민첩한 팽총의 말이었다. 능초영은 팽총의 말이 마음에 들었는지 미소를 띠었다.

"이제 협상하실 마음이 생긴 모양이네요. 그렇다면 저도 사실을 말해야죠. 수옥은……."

사람들은 일제히 능초영의 입을 쳐다보았다.

"수옥은 할아버지가 가져간 것이 맞아요."

사람들은 능초영의 말장난에 놀아났다고 생각했다.

"그렇다면 우리에게 원하는 것이 무엇이오?"

팽총이 다시 물었다.

능초영은 유천복을 똑바로 보며 말했다.

"수옥은 있으나 송옥의 행방을 찾을 수가 없어요. 북해에 있다는 소문만 믿고 연약한 아녀자 혼자 몸으로 가는 것은 무리지요. 유 공자께서 동행하여 주신다면 좋겠어요. 우리 두 사람이 힘을 합쳐 수옥과 송옥의 비밀을 풀어낸다면 서로에게 좋은 일 아니겠어요?"

유천복은 이미 수옥과 송옥에 어떤 사연이 있는지 알고 있었으나 그 비밀이 영원히 묻혀지길 바랬다. 그로서는 능초영의 제안이 별로 달갑지 않았다.

"난… 팽 소저가 사라져 다른 일에 신경을 쓸 경황이 없다오."

은근슬쩍 팽소연의 핑계를 들어 능초영의 제안을 거절하려 하였다. 그러자 기다리고 있었다는 듯이 팽총이 말했다.

"문주님께 아직 말씀드리지 못한 것이 있습니다. 저희가 황산을 내려올 때 이미 전룡으로부터 이 같은 일이 일어날 것을 들었습니다."

"뭐라구요? 팽 소저가 납치될 줄 아셨다구요?"

유천복은 전룡의 재주가 신통하다는 것을 알고 있는지라 팽총의 말을 믿지 않을 수 없었다.

"전룡이 소연은 무사히 돌아올 것이라 하였으니 너무 걱정 마십시오. 이미 사람들을 풀어 백방으로 수소문하고 있으니 곧 소식이 올 것입니다. 지금은 여식의 일보다 송옥을 찾는 것이 시급합니다. 송옥이 북해의 빙림에 있다는 것은 소문이 아니라 했습니다. 송옥이 저들의 손에 넘어가기 전에 속히 가시는 것이……."

팽총은 자신이 너무 재촉한다 생각하였는지 말꼬리를 흐렸다. 소연이 걱정되지 않는 것은 아니었다. 그러나 지금으로서는 전룡을 믿을 수밖에 없었다. 또한 유장추의 죽음으로 인해 시간을 너무 많이 지체하였다. 더구나 나약한 유천복의 성격으로 보아 강하게 말하지 않으면 송옥을 찾는 것은 요원한 일이 될 듯싶었다.

"그게 정말이에요?"

유천복은 능초영의 시선을 은근슬쩍 피하였다.

"전 단주가 그렇게 말했다면 틀림없겠지요. 우리는 북해로 갑시다. 그러나 길이 험하여 능 소저가 함께 가도 될지……."

"유 공자, 설마 금곡춘청과 천금손가에서의 약속을 잊은 것은 아니지요?"

능초영은 자신의 손을 유천복의 손 위에 살며시 포개었다.

유천복의 얼굴은 형편없이 일그러졌다.

그랬다. 능초영은 도비류를 위해 수옥을 찾아오라고 하였고 그로 인해 길을 나서며 모든 일이 벌어졌던 것이다.

"으으… 하지만 저 계집이 언제 공격을 해올지 알 수 없소."

낯선 목소리. 치료를 위해 밖으로 실려 갔던 독갈이 대청으로 들어서고 있었다. 봉호문 사람들은 그 모습을 보고 모두 뒤로 나자빠질 뻔하였다. 마치 마유가 살아 돌아온 줄 알았다.

"뭘 그렇게들 놀라시오?"

"마, 마 형님!"

유천복은 든든한 마유의 얼굴을 보자 의자를 박차고 일어나 독갈을 꼭 끌어안았다. 독갈은 마유가 유천복의 전대를 후린 것만 알았지 유천복과 마유가 어떤 사이인지는 몰랐다. 알았다면 절대 그의 모습으로 변장하지 않았을 것이다. 그가 마유의 모습으로 변장한 것은 마유를 좋아했던 홍묘아가 이 모습을 보면 정신을 차리지 않을까 해서였다.

독갈은 마유가 예전에 도문의 식구였다는 것과 자신과 친형제처럼 지냈다는 사실들에 대해 이야기하였다.

"…그랬군요. 마 형과 형제나 다름없이 지내셨다니 그렇다면 저에게도 형님이나 다름없습니다."

독갈은 자신의 손을 꼭 쥐고 다정하게 말하는 유천복 때문에 거북하기 이를 데 없었다.

"그런데 그때 능 소저가 데리고 있는 추녀를 데려가신 것은 어째서지요?"

그 말에 독갈은 잡아먹을 듯한 시선으로 능초영을 보았다.

"그녀는 홍묘아, 바로 나의 사매요."

"호호. 그렇다면 당신은 도문의 사람이겠군요."

능초영이 소매를 들어 입을 가리고 웃었다.

"도문? 도둑들만 있다는 그 문파 말인가?"

이자오에게 업혀 있던 무애 대사는 아는 척을 했다.

사람들은 도문이 있다는 말만 들었지 실제로 있는지는 몰랐던 것이다.

"킁킁. 그럼 저 추한 계집이 그 도둑놈의 딸이란 말야? 킁킁."

바닥에 부딪쳐 웅얼거리는 것은 이자오였다. 자고로 도둑과 거지는 긴밀한 관계에 있으니 개방 방주가 도문 문주를 아는 것은 별로 이상한 일이 아니었다.

"쿵쿵. 그 도둑놈이 수옥인가 뭔가를 훔치라고 제 딸년을 보낸 거군. 쿵쿵. 그런데 제 년은 누굴 닮아 저렇게 못생긴 것이냐? 지 아비를 닮은 것 같지는 않고 어미를 닮은 게로구나. 쿵쿵."

이자오는 한껏 목을 빼서 지귀녀의 모습을 보며 말했다.

"그게 아니오. 홍묘아는 바로 저 계집의 독에 당한 것이오."

"호호, 설마 도둑의 말을 믿으시는 것은 아니지요. 제 독장에 맞은 두 분은 멀쩡하시잖아요?"

능초영의 말은 독갈을 의심하도록 만들었다.

"그건⋯ 너랑 같이 있는 늙은이가 그렇게 만든 것이 분명하다!"

"약선의 의술이 뛰어나긴 하지만 사람의 모습을 변하게 만드는 재주가 있는지는 나도 몰라요. 내가 본 그녀는 처음부터 저런 모습이었어요. 그녀가 도둑인 것은 사실이지만 반드시 홍묘아라고 할 수는 없죠."

"흥! 도문의 도둑 중에서 무영신법을 펼칠 수 있는 여자는 오직 그녀뿐인데 너는 그래도 거짓말을 하는 게냐?"

유천복은 독갈의 말을 믿었다. 마유는 결국 자신 때문에 팔을 잃고 또 목숨까지 잃었으니 그 은혜를 마유의 형제인 독갈에게 갚아야 한다고 생각했다.

"능 소저, 지귀녀를 독갈 형님께 돌려주시오."

"호호. 유 공자는 제 말보다 저 도둑의 말을 더 믿는군요. 할 수 없지요. 그런데 저도 그러고 싶지만 지귀녀가 제 곁에 있고 싶어하니 어쩌지요? 그녀 스스로 간다면 저도 말리지는 않겠어요."

“홍묘아, 이쪽으로 오시오.”

능초영의 말에 독갈은 지귀녀를 끌어당겼으나 지귀녀는 땅에 뿌리가 박힌 것처럼 꼼짝도 하지 않았다.

날이 저물어 모두가 들어간 뒤에도 지귀녀는 움직이지 않았다. 능초영의 명이 있기 전에는 움직일 수 없었던 것이다.

독갈은 능초영이 일부러 지귀녀를 대청에 세워둔 걸 알았으나 어쩔 수 없었다. 그는 지귀녀 곁에서 밤을 새우기로 작정한 듯 그 곁에 웅크리고 앉아 잠을 청하였다.

〈5권으로 이어집니다〉